DIE SCHRECKLICHE
WIRKLICHKEIT DES LEBENS
AN MEINER SEITE

CHRISTOPH HÖHTKER

DIE SCHRECKLICHE WIRKLICHKEIT DES LEBENS AN MEINER SEITE

ROMAN

BERLIN VERLAG

© Berlin Verlag in der Piper Verlag GmbH, München 2013
Alle Rechte vorbehalten
Umschlaggestaltung: ZERO – Werbeagentur, München
Typografie: Birgit Thiel, Berlin
Gesetzt aus der Res Publica von Greiner & Reichel, Köln
Druck und Bindung: CPI – Clausen & Bosse, Leck
Printed in Germany
ISBN 978-3-8270-1135-0

I.

Zum Beispiel: Ich sitze auf diesem gigantischen Sofa und trinke Wodka-Orangensaft, und allmählich, ganz allmählich, beginne ich, mich von der Parkplatzsuche zu erholen, die uns vorhin durch halb Petit-Saconnex und bis an den Rand des Wahnsinns geführt hat. Der Mann neben mir heißt eventuell Claude. Claude behauptet, er sei Frankokanadier. Außerdem arbeite er als *Program Manager* bei der WHO, und momentan beschäftige er sich mit dem Aufbau von Meldesystemen für Tuberkulosefälle, und sein Betätigungsfeld seien im Wesentlichen die mittelasiatischen Transformationsstaaten und gegenwärtig ... Glaubt der Mann wirklich, dass ich solche Informationen noch abspeichere? Ich unterbreche Claude und teile ihm mit, dass mir nicht ganz klar sei, was *meine* Abteilung eigentlich anstelle – mit Geldverbrennen habe es aber in jedem Fall auch zu tun. Er zögert kurz, entscheidet sich dann jedoch, die Bemerkung witzig zu finden. Ob ich einverstanden sei, wenn er die weitere Getränkeversorgung übernähme. Das bin ich, ganz und gar, weswegen sich Claude unverzüglich in Richtung Hausbar aufmacht. Der Raum hat die Größe eines mittelasiatischen Transformationsstaates. Überall stehen Menschen und Aschenbecher herum, aber niemand raucht. Kein Wunder, schließlich liegt der Anteil der Banker plus Anhang, also all derjenigen, die *nicht* in einer internationalen Organisation arbeiten, bei gespenstischen zehn Prozent. Wichtigstes Unterscheidungsmerkmal: die Kleidung. Geldleute sehen einfach besser aus. Vernünftige Anzüge, bei den Frauen raffinierte Kostüme, aussagekräftig geschnittene Hosen usw. Selbst die Missratensten unter uns machen durch die Aufmachung immer noch vieles wett. Bei den Internationalen findet sich dagegen so gut wie nie jemand, der attraktiv *und* gut gekleidet ist. Diese provokative Kombination scheint per Dienstvorschrift von vorneherein ausgeschlossen. Marion glaubt, das liege an den vielen Amerikanern in diesen Läden. Ich bin mir da nicht so sicher; ich könnte mir andere, subtilere, sogar ideologische Gründe vorstellen. Vor allem aber könnte ich mir vorstellen, noch etwas zu trinken, weswegen ich Claudes (weder attraktiv noch gut gekleidet) Rückkehr mit einem eine Spur zu lauten Johlen quittiere. Wir stoßen an. Er fragt, aus welchem Teil Deutschlands ich komme. »Aus dem Osten«, lüge ich spontan und gebe anschließend einen Abriss der Situation in meinem Heimatdorf. Claude findet das alles sehr interessant. Eine Weile saugt er meine Berichte über Okkultistenrudel und Kannibalismus-Verdachtsfälle förmlich in sich auf. Dann jedoch, das spüre ich, will er selbst wieder zu Wort kommen, mir künden von den Ursprüngen seiner jeden Monat mit schätzungsweise achttausend steuerfreien Schweizer Franken angereicherten Existenz. Ich nippe also noch mal an diesem Monsterwodka und frage: »And Canada, it's nice there, isn't it?« Und während Claude beginnt, von Montreal und der kanadischen Natur zu schwärmen, von Freiheit und Weite, von Eisbären und Kunsthandwerk, versinke ich langsam wieder in den Tiefen dieses wirklich unglaublich bequemen Sofas.

Irgendwann, sehr viel später, stehe ich mit einigen Leuten auf dem Balkon. Wir unterhalten uns – ich erfinde das nicht! – über Sprachen. Niemand hat auch nur ansatzweise meinen Alkoholisierungsgrad erreicht, und ich höre mich mit heiserer Stimme deklamieren, dass Latein mit Abstand meine Lieblingssprache ist.

»Oh really? How interesting!«

»But why? Tell us why!«

Ich lasse mir Zeit mit der Antwort und schaue zunächst in den sternensatten, albtraumhaften Genfer Nachthimmel. Dann sage ich auf Deutsch: »Weil Latein eine absolut tote Sprache ist«, und später im Auto sagt Marion, meine langjährige Lebensgefährtin Marion Gräfe, dass sie mich nicht mehr ertragen könne, und danach schweigt sie, bis wir in unsere Straße einbiegen.

Zum Beispiel: Ich sitze an der Rhône auf diesen breiten Steintreppen, die aussehen wie Zuschauerränge. Um mich herum Finanzleute und andere Büromenschen beim Schönwetter-Lunch. Wir alle schauen auf den Fluss, der sich flaschengrün gen Mittelmeer wälzt, und neben mir, nur ein paar Meter entfernt, hat sich in den letzten Minuten eine neue Gruppe formiert: fünf Männer, Durchschnittsalter achtundzwanzig, maßgeschneiderte Einreiher, dunkle Krawatten, gegeltes Haar usw. Fünf angemessen gekleidete junge Männer diskutieren, wie ich am Rande mitbekomme, die letzten Katastrophenmeldungen aus ihrer Bank. Mein Blick saugt sich an einem von ihnen fest. Er bemerkt das. *Wie* bemerkt er das? Was ist mit meiner Sonnenbrille los? Ein guter Moment, der mich mit bösartigem Adrenalin versorgt. Genug für den Rest des Tages. Er wendet sich wieder seinen Kumpels zu und sagt etwas. Zwei von ihnen lachen, zwei nicht. Der Fluss hat eine extreme Strömung, er wird angetrieben von der Wucht des Sees. Der See ist der größte in Westeuropa und an manchen Stellen über dreihundert Meter tief. Manchmal träume ich, auf seinem Grund zu liegen, in Dunkelheit und Stille. Manchmal denke ich, ich liege schon dort.

Links von mir: eine junge Frau. Brauner Pferdeschwanz, dunkelgraue Hose, weiße Bluse. Die Frau hört Musik und liest Zeitung, und sie isst etwas aus einer Plastikschale, was nach mediterranem Pastasalat aussieht. Ich kenne den Salat, vorgestern habe ich ihn selber gekauft. Die Feinkostabteilung dieses Kaufhauses wird jeden Mittag von einer Welle gieriger Angestellter überschwemmt, die in der Schlange alle zehn Sekunden auf ihre Fünftausend-Franken-Chronometer schauen. Ich gehe da jeden Mittag hin. Der Laden ist berühmt. Wie allen dort macht es auch mir Spaß, keine Zeit zu haben.

Das ist nichts Besonderes hier, aber die Frau ist natürlich gut. Ich muss gar nicht hinsehen; ich weiß, ihr Hintern ist sexy. Ich weiß auch, dass der Mann, der einige Meter hinter ihr in der Sonne verdampft, aus England kommt. Dieser gleich explodierende Glatzkopf sieht aus wie Paul. Er *ist* wie Paul. Nach Feierabend, darauf verwette ich den Jahresumsatz der Genfer Finanzbranche, nein, stopp, darauf setze ich mein Leben, nach Feierabend also wird er nach Hause hasten und den Anzug aufs Sofa neben seine betrunkene englische Ehefrau feuern, um sofort wieder zu verschwinden und allen da draußen zu beweisen, dass er einer von diesen Typen ist, die im Trikot ihres Vereins durch die Gegend laufen und dabei andauernd erzählen müssen, wie schlimm London doch geworden ist.

Ich schaue mir noch einmal die Frau an. Als ich das nicht mehr aushalte, versuche ich es erneut mit den Jungbankern. Und dann, ganz plötzlich, kann ich endlich die Augen schließen.

Auf dem Grund des tiefgrünen Sees ist es angenehm kühl. Wie in einem Keller, den man aufsucht, um vor der Hitze des Tages zu fliehen.

Oder: Ich komme aus dem gottverdammten Büro nach Hause und sehe Marion halb nackt auf der Couch. Ich frage, was das soll, ob das vielleicht eine Art Botschaft ist. Sie zieht die Hand aus ihrem Slip und dreht sich zur Wand, und in der Küche ist alles noch genau so, wie ich es am Morgen verlassen habe. Also mache ich mir erstmal ein Bier auf. Im Laufe des Abends trinke ich noch jede Menge davon. Der erhoffte Effekt stellt sich trotzdem nicht ein. Ich bleibe hellwach, und meine Laune ist – wie eigentlich?

Alles in allem, business as usual.

Zum Beispiel: Sprachen. Sprachen machen mich verrückt. Leute, die viele Sprachen sprechen, machen mich verrückt. Vielleicht sollte ich ein Buch darüber schreiben, wie und warum sie mich verrückt machen. Ein Buch, das in vierundsechzigtausend Sprachen *nicht* übersetzt wird. Das allein aus geschmolzenen Gutturallauten, vielleicht aus krakeligen Zeichnungen, aus Schmierereien mit geronnenem Blut, aus Gebissabdrücken, aus getrockneten Kastanienblättern, aus was weiß ich besteht.

Da schwirrt beispielsweise die bezaubernde Céline in mein Büro und beginnt, mir irgendeinen Schwachsinn zu erzählen. Wichtig daran ist allein, dass sie es in beinahe akzentfreiem Deutsch tut. Ich antworte etwas, sie lächelt und flattert wieder hinaus. Drei Minuten später, ich bin auf dem Weg zur Kaffeeküche, höre ich sie auf dem Flur Englisch reden. Nicht irgendein Englisch, sondern dieses schnelle, nuschelige New-York-Kauderwelsch. Ich weiß, dass sie zudem noch perfekt Spanisch, Italienisch und Portugiesisch spricht und dazu wahrscheinlich noch zehn bis fünfzehn abseitige afrikanische und mongolische Dialekte beherrscht.

Céline ist Genferin, aber das ist unwichtig. Wichtig ist: Céline ist *typisch* für Genf. Hier sind alle – bis auf die Angelsachsen natürlich – mindestens achtsprachig. Bereits Kleinkinder parlieren mit ihren Eltern in Mandarin, Rentner plündern Sparkonten, um in speziellen Kursen ihr Schulnorwegisch aufzupolieren. Und dann dieser Hund neulich, der sich in der Nähe eines Altpapiercontainers an einem Stapel Zeitungen zu schaffen machte. Gut, ich war sturzbetrunken, aber ich schwöre, das Vieh hat gelesen. Und das Beste daran: Die Zeitungen waren russisch oder ukrainisch oder osset-tschetschenisch, auf jeden Fall komplett in Kyrillisch gedruckt. Selbst wenn es mich interessiert hätte, ob hinter dem Ural mal wieder ein Aeroflot-Flieger in eine schlammige Uranmine gekracht war, ich hätte nicht ein Wort entziffern können.

Genf ist die Welthauptstadt der Sprachen. Das Leben hier ist eine permanente Herausforderung, die aber mit etwas Alkohol und diesen hervorragenden Schweizer Stimmungsaufhellern zu meistern ist. Vollends unerträglich, wie aus Dantes *Inferno* oder einer Vision von Hieronymus Bosch entsprungen, sind jedoch jene Menschen, die nicht nur unzählige Sprachen sprechen, sondern sich auch noch mit Vorliebe über die interessanten, so überaus vielsagenden *Unterschiede* zwischen jenen Sprachen unterhalten. Solche Menschen stellen in dieser Stadt die absolute Mehrheit. An wirklich jeder Straßenecke, in den Vorzimmern der Schwarzgeldverwalter, während der All-Inclusive-Thai-Massage für Chefdiplomaten, unter den Haschdealern des Jardin Anglais, beim im Stade de Genève abgehaltenen Jahrestreffen der Friseurinnung, überall und immerfort wird beispielsweise darüber diskutiert, um wie viel komplizierter Deutsch doch im Vergleich zum Moldawischen ist oder welch böse Überraschungen Englisch gerade für den fortgeschrittenen mexikanischen Lerner bereithält oder um wie viele Lichtjahre eleganter – im Vergleich zum Bauernbulgarisch der mittleren Bronzezeit – doch dieser Klicki-Klacki-Dialekt aus dem nördlichen Taka-Tuka-Land klingt.

Wie gesagt, Sprachen machen mich verrückt. Es ist mir ein Rätsel, warum man nicht längst alle sprachlichen Unterschiede eingeebnet, ja Kommunikation als solche zumindest erheblich eingeschränkt hat. Die Existenz von mehr als einer Sprache ist ohne jeden Zweifel dysfunktional, wenn nicht gar gefährlich. Was ist so toll daran, dass das Grönländische hundertsiebzig verschiedene Wörter für »Schnee« bereithält oder in Deutschland immerhin dreiunddreißig verschiedene Umschreibungen für Nationalsozialismus existieren? Ich verstehe das einfach nicht.

Dieses ganze Theater mit den Sprachen ändert natürlich rein gar nichts an der Tatsache, dass Céline der einzige mir halbwegs einleuchtende Grund ist, weshalb ich überhaupt noch auf Erden wandle. Ich komme also vom Kaffeeautomaten zurück und sehe sie da mit einem unserer Trader stehen. Ich habe das Gefühl, ihr unglaublicher Hintern bewegt sich im Takt der heiter hinausgeflöteten Sentenzen. O Céline, warum kommst du mich nicht noch einmal, vielleicht so gegen acht Uhr abends, in meinem Büro besuchen! Warum kann nicht alles wieder so sein wie bei der letzten Weihnachtsfeier! Erinnerst du dich? Als unsere Körper beinahe eine gemeinsame *Sprache* fanden.

Ich kehre zurück vor meinen Rechner und versuche es zur Abwechslung mit Arbeit. Das klappt selbstverständlich nicht. Stattdessen starre ich aus dem Fenster, in diesen makellosen, sahelzonenblauen, so ganz und gar generischen Himmel. Mir fällt dieser Satz wieder ein, den neulich ein Verrückter oder ein Demonstrant oder ein Keine-Ahnung-wer den Angestelltenarmeen entgegenschrie, die in Bel-Air aus den Bussen quollen: »Über Genf spannt sich ein Leichentuch.«

Immer wieder, nur dieser eine, leicht schwachsinnige Satz. Ich bin sofort hingegangen und habe dem Mann zehn Franken Belohnung zugesteckt. Was hat Marion dazu gesagt? Wie fand sie das?

»Obszön!«

Oder: Wir sitzen an einem Samstagabend in der Nähe von *Genève Plage* am See. Es ist warm, und von Zeit zu Zeit wabern Musikfetzen zu uns herüber, die von einem DJ stammen, der etwa hundert Meter entfernt unter freiem Himmel auflegt, und einige Leute tanzen oder liegen im Gras, während sich hinter uns, auf der Uferpromenade, eine Masse aus Radfahrern, Joggern, Walkern und Fußgängern ständig neu formiert. Im Westen steht die Sonne noch über dem Jura. Es ist windstill, der See dennoch voller Segelboote. Segelboote aller Preisklassen.

Marion hat mir schon vor einiger Zeit gesagt, dass sie Durst hat, und ich habe sie schon vor einiger Zeit gefragt, auf was. Die Silhouette eines weit entfernten Wasserskifahrers löst sich über der glitzernden Oberfläche auf. Abendmaschinen schweben im Minutentakt Richtung Flughafen ein. Ich denke daran, wie oft ich aus einem dieser Dinger auf die Stadt hinuntergeschaut und dabei die Wünsche der Leute gespürt habe, die im selben Moment in ihren Büros, vor ihren Bildschirmen, am Strand, ganz egal wo, darauf warteten, dass am Himmel endlich ein Feuerball aufleuchtete, der einen in der nächsten Mittagspause, auf dem Weg zu den Aufzügen, in den Augenblicken vor einem Meeting, zu *irgendeiner* Gelegenheit mit einem Thema versorgen könnte. Das Flugzeug verschwindet hinter dem Hügel am anderen Ufer. Auf dem Hügel: das Palais des Nations. Eine der größten Geldvernichtungsanlagen der Neuzeit. Ein Ort, an den die Länder dieser Erde ihre skrupellosesten Bevölkerungselemente verbannt und mit Unsummen ruhiggestellt haben. Ein Ort, an dem der Bruder der Frau »arbeitet«, die sich lasziv neben mir rekelt. Die Frau übrigens, die mir jetzt zum zweiten Mal mitteilt, sie habe Durst.

Ich stehe also auf und mache mich auf den Weg. Nach einigen Metern krache ich beinahe in einen dieser autistisch Pirouetten drehenden Inlineskater. Es sind wirklich eine Menge Menschen unterwegs. Es stehen eine Menge Menschen vor der Bude, an der ich eigentlich zwei neue eiskalte Wodka-Orangensaft erstehen wollte. Ich passiere auf Bänken herumlungernde, irgendein Kauderwelsch flüsternde nordafrikanische Haschdealer, auf anderen Bänken herumlungernde, irgendein anderes Kauderwelsch flüsternde schwarzafrikanische Koksdealer. Ich flaniere vorbei an französischen Banlieue-Nachwuchsgangstern und pikierten Oberklasse-Froschfressern, an engagierten bulgarischen Hütchenspielern und apathischen, in ihren fleckigen Vollsynthetikjogginganzügen *wohnenden* Roma-Bettlerinnen. Ich treffe auf saudiarabische Familien- und Lebensentwürfe, angeführt von beleidigt aggressiv dreinschauenden Wüstensöhnen, gefolgt von unersättlichen Nachwuchsmonstern und in Komplettverhüllung mühsam Anschluss haltenden Müttern. Ich sehe südamerikanische Drogenbarone, tragisch fette Amis und brutal klobige Russen. Mir begegnen verzweifelte Botox-Grimassen, obszön ineinander verschlungene Teenagerpärchen, halbnackte, radikal ausdefinierte Freizeit- und Lifestyle-Sportfanatiker sowie mindestens zwei Dutzend Friseure und Friseurinnen. Ich spaziere also durch eine ganz normale Genève-Plage-Samstagfrühabendmischung und genieße das alles außerordentlich, als mein Blick auf zwei unglaubliche, unten in einem Paar nuttiger Pfennigabsatzschläppchen und oben in der Andeutung eines Minirocks endende Beine fällt. Natürlich folge ich ihnen. Und einige Augenblicke später folge ich einem anderen Paar oder einem Arsch, schließlich sogar einem Hund, und ohne es zu bemerken – das heißt, ich bemerke es sehr wohl, kann aber trotzdem nichts dagegen unternehmen –, bin ich beinahe schon am Ende der Uferpromenade angekommen. Mein Telefon klingelt. Marion fragt, wo die Drinks bleiben. Das wüsste ich selber gern. Ich überquere den Quai Gustave Ador, gehe eine kleine Straße hinauf, plötzlich bin ich auf der Rue des Eaux-Vives. Ziemlich viel los auch hier, allerdings anders. Der Anteil der Touristen, speziell der Saudisippen, ist gleich null. Sofort beginne ich diese exotisch gelangweilten Gesichter zu vermissen, aus denen müde Augen das Theater betrachten, das tagtäglich von den Ungläubigen zu Ehren ihrer Platinkreditkarten veranstaltet wird. Ich vermisse diese Leute mit ihren erfrischenden Ansichten zu den Kapitalverhältnissen natürlich nur deshalb, weil *hier*, wenige hundert Meter vom Strand entfernt, die Genfer Bourgeoisie herrscht. Genauer gesagt deren verluderter Nachwuchs. Ich schlängele mich zwischen vollbesetzten Restaurant- und Caféstühlen hindurch. Diese Leute unterhalten sich andauernd, noch dazu auf *Französisch*. Schwer zu erklären, und für jemanden, der schon einige Zeit hier zubringt, mag es erstaunlich sein, aber diese Sprache macht mich aggressiv. Selbst wenn sie von einem dieser Lolita-Verschnitte in mein Ohr gehaucht würde, was dank Marion, dank meines Alters, dank einer Million anderer Faktoren nicht geschieht, ich würde es nicht mögen. Junge französischsprechende Männer bringen mich sogar regelrecht zum Durchdrehen. Warum?, könnte man fragen. Warum sollte ich darüber nachdenken?, würde ich antworten. Es reicht völlig, dass es so ist. Es reicht, weil es gut ist. Ich genieße es also, völlig unerkannt durch die Gegend zu marschieren und dabei kurz vor dem Amoklauf zu stehen. Davon bekommt man Durst. In einem sogenannten Café erkundigt sich, eine Nanosekunde nachdem ich Platz genommen habe, ein aufrechter Balkanier, was mein Begehr sei. Ich ordere einen Wodka-Orangensaft. Dann rufe ich Marion an. Ihr Telefon ist abgeschaltet.

Beispielsweise: Ich sitze im Shuttlebus vom Flughafen zurück in die Stadt, und ich zähle die Haltestellen, an denen eine neue Sprache zusteigt. Dieses Gefühl, inmitten eines sozialen Experiments zu leben, das tatsächlich *gelingt*. Das alles in allem wirklich angenehme Gefühl, dieses Gefühl nicht mehr ertragen zu können.

Ich schließe die Augen und versuche, von irgendwas, vielleicht einer Wiese zu träumen, auf der ich liege und dabei vergessen habe, wie menschliche Stimmen klingen.

II.
DIE STADT DER FRISEURE

FREITAG

The City of Glasgow

Marion ist in Deutschland, seit einigen Tagen schon.

Ich sitze mit Kollegen im *Sumo Kushiyaki*, einem winzigen japanischen Grillrestaurant in Les Paquis, und Paul ist bereits bei der sechsten Flasche Sapporo-Bier zu je zehn Franken angelangt, während ich immer noch mit Nummer vier beschäftigt bin. Es ist entsetzlich heiß. In der Mitte des Raums grillt ein Schlitzauge mit grauem Pferdeschwanz, eine Art Fernost-Hippie, kleine Spießchen über offenem Feuer, dazu wuseln zwei scharfe, nach bildender Kunst, nach provokativen Performances aussehende Bedienungen ständig zwischen den Tischen umher. Eine der beiden, ich nenne sie tatsächlich *Yoko*, und sie berührt mich manchmal im Vorübergehen und trägt ein Kleid aus schwarzer, knittriger, unfassbar japanisch aussehender Japan-Seide, also Yoko hat mich eben nicht sehr professionell, man könnte auch sagen, eine Spur zu lange angelächelt, und nun suche ich fieberhaft nach einer Strategie, unseren Erstkontakt irgendwie zu vertiefen, ohne dass diese jetzt schon halb betrunkene Meute in Gejohle ausbricht.

»Frank? Another beer?«

Das war unser Schwede. Sein Name ist mir mal wieder entfallen. Lars? Lasse? *Öre?* Der Mann arbeitet seit mindestens zwei Jahren auf unserem Stock, doch selbst die Kerndaten seiner zweifellos bemerkenswerten Existenz kann ich mir partout nicht merken. Und was soll ich sagen? Ich finde das gut. Ich finde das rationell. Denn für andere Dinge, die wichtigen Sachen, habe ich ein Elefantengedächtnis: Vor einigen Jahren zum Beispiel, ich war schon in Genf, aber noch bei einem anderen Laden, gab es ein ganzes Nest von skandinavischen Computerspezialisten. Diese Leute veranstalteten jedes Jahr Anfang Dezember ein Fest, eine Orgie zu Ehren irgendeiner nordischen Gottheit, und zu diesem Anlass wurde die gesamte Belegschaft mit einem teuflischen Gebräu abgefüllt, das auf den unheilschwangeren Namen *Glögg* hört. Wir alle genehmigten uns den Schwedentrunk bis zur Trance. Dann fütterten wir ein Lagerfeuer mit unseren Büromöbeln und sangen alte schwedische Volksweisen von Rentiertalg und mitternächtlichen Sonnenbränden. Es war – wie soll ich sagen? – *interessant.*

»Frank?« Erneut die sanfte Stimme des Nordmannes.

»No, thanks. I'm fine for the moment.«

Paul und sein Kumpel, selbstverständlich kenne ich auch seinen Namen nicht, verzogen ihre blassfleckigen Engländergesichter zu einem höhnischen Grinsen. Von einem Deutschen erwarten sie etwas anderes. *Ich* erwarte von einem Deutschen etwas anderes. Aber ich habe, aus einem Bündel strategischer Überlegungen heraus, mit Nein geantwortet. Mit einem Nein, das in dieser Situation – an einem Freitagabend mit Kollegen, nach dem erst vierten Bier – vielleicht bei einem Italiener oder Spanier, vielleicht auch bei einem Froschfresser erwartbar gewesen wäre, das aus meinem Mund jedoch unpassend, ja geradezu geschmacklos wirkt. Genf als elegant urbane Plattform der Völkerverständigung, Genf als schmierige Kneipenlandschaft, in der nationale Trinkgewohnheiten ungebremst aufeinanderkrachen. Die Blicke der Südländer, wenn ich bei gemeinsamen Diners schon vor dem ersten Gang drei Biere wegzische. Ihr ungläubiges Staunen, wenn sie meinen Analysen lauschen müssen, die, obwohl im Vergleich zu ihnen die gut achtfache Menge Alkohol durch meinem Blutkreislauf zirkuliert, als vollendet durchkomponierte, fehlerfrei vorgetragene Bandwurmsätze auf sie niederprasseln. Diese widerwärtige Mäßigung der Südländer beim Trinken – bevor ich nach Genf kam, wusste ich nichts von jenem Phänomen. Generell der gesundheitsfördernde Charakter der mediterranen Lebensart: hier etwas gegrillter Fisch, dort ein Tomätchen, und dazu ein oder zwei Gläschen Vin rouge, nicht mehr. Ist es verwunderlich, dass Pauls Landsleute dafür Rache nehmen wollen? Kann man es ihnen verübeln, wenn sie in kompakten Mobs in die Zonen der extraverginen Olivenöle einfallen und alles zermalmen, was ihnen unter die glasigen Lagerbieraugen kommt? Mit Paul habe ich übrigens einmal den Unterschied zwischen der deutschen und der britischen Trinkkultur – wir benutzten diesen Ausdruck wirklich – auf den Punkt gebracht: Engländer saufen wie die Löcher und drehen anschließend durch. Ihre Alkoholexzesse sind eine Rebellion gegen das Wetter, blasse Haut, schlechte Zähne, gegen *alles*. Deutsche dagegen saufen wie die Löcher und legen noch in derselben Nacht einen alphabetisch geordneten Index ihrer Sexspielzeuge an, sie fetten die Nordic-Walking-Stöcke, graben den Garten um. Auf jeden Fall aber gehen sie am nächsten Morgen zur Arbeit. Deutsche trinken wie Maschinen.

Paul grölt jetzt: »Come on, Frank. It's *Friday*, for God's sake!« Ich zucke mit den Schultern und sage nichts. Was, Herrgott noch mal, soll man darauf auch sagen?

Zehn Minuten später begegnet mir Yoko im schmalen Gang zu den Toiletten. Ich will sie durchlassen, doch sie bleibt vor mir stehen und flüstert mir etwas Französisches ins Ohr. Als ich das natürlich nicht verstehe, teilt sie mir auf Englisch mit, sie habe in zwei Stunden Feierabend. Ob ich Lust hätte, auf sie zu warten.

Zurück am Tisch, steht an meinem Platz ein neues, taufrisches Sapporo. Es gelingt mir, mit dieser Flasche geschlagene fünfundvierzig Minuten hauszuhalten. Trotzdem fühle ich mich langsam betrunken, denn Pauls Kumpel, er heißt Kevin oder Collin und ist nicht Engländer, sondern Schotte, was für ihn allerdings aufs selbe, nämlich ein handfestes Alkoholkoma hinausläuft, Pauls Kumpel hat also vor einiger Zeit damit begonnen, uns alle mit Sake zu versorgen. Die Temperaturen in diesem Laden machen mich fertig, und nun trinken wir zum Bier und all den Spießchen auch noch *warmen* Reisschnaps. Ich beobachte den Zopfmann am Grill. Ihm ist die Hitze egal. Sein stoischer, regelrecht eingefrorener Gesichtsausdruck inspiriert mich zu Gedanken von kristalliner Klarheit. Vermutlich ist dieses Antlitz Ergebnis einer über mehrere hunderttausend Jahre eingebimsten Kulturtechnik. Meine Geschäftsidee ist deswegen, den Konfuzianismus als nebenwirkungsfreies Spiritual-Botox zu vermarkten, doch als ich den anderen von diesem millionenträchtigen Einfall berichten und folglich zum ersten Mal seit zehn Minuten den Mund aufmachen will, kommt mir unser schwedischer Freund mit der allerdings auch nicht üblen Idee zuvor, in einem englischen Pub zwei Straßen weiter endlich richtig mit dem Trinken zu starten. Alle sind einverstanden, wir rufen nach der Rechnung, die Rechnung kommt sofort, unsere Kreditkarten knallen simultan auf den Tisch, Yokos Kollegin sucht sich eine von ihnen aus. Auf der Straße fängt Paul, der technisch gesehen sogar irgendwie mein Vorgesetzter sein dürfte, übergangslos damit an, Lieder zu Ehren seines Lieblingsvereins Leeds United zu schmettern. Während der folgenden gut zwei Minuten Fußmarsch bringt er es fertig, *drei Mal* entgegenkommende Passanten, hauptsächlich Nordafrikaner auf dem Weg zu den Nutten-Straßen von Paquis, anzurempeln und anschließend mit rassistischen Flüchen zu belegen. Der Skandinavier und ich sind fasziniert, Kevin-Collin hingegen scheint plötzlich verärgert, und als Paul die Tür des Pubs mit einem unartikulierten Kampfschrei aufreißt, höre ich unseren schottischen Freund ein düsteres »Shut up, you fucking english cunt« zischen. In erstaunlich zivilisierter Manier betreten wir daraufhin das *Red Lion*, das sich in der Tat als stilechte, allerdings schlecht besuchte angelsächsische Säuferanstalt entpuppt: schwere viktorianische Möblierung, dunkles Holz, rotes Leder, Dartscheibe an der Wand, Sportfernsehen unter der Decke, fünf nebeneinander angeordnete, mit den Emblemen abstruser englischer Brauereien verzierte Zapfhähne. In einer Ecke quittieren zwei nicht mehr ganz taufrische, jedoch leicht bekleidete Exotinnen unser Erscheinen mit verheißungsvollem Lächeln. Wir bleiben jedoch zunächst am Tresen stehen, auf dem in Windeseile vom Wirt – Jemenit? Pashtune? Komantsche? – vier gut gefüllte Humpen platziert wurden. Paul leert sein Glas in einem Zug bis zur Hälfte; unser Scotsman Kevin (ich entscheide mich jetzt für diesen Namen) beobachtet ihn dabei.

»What?«, entfährt es Paul. »Shall we drink *buckfast* instead?«

Ich weiß, wovon er redet. Buckfast ist eine Art süßer Wein, ein gedoptes Turbo-Glögg, mit einem Wort ein Höllengetränk, das sich ausgerechnet in den Slums von Glasgow großer Beliebtheit erfreut und dort für eine rekordverdächtige Anzahl von Gewaltausbrüchen sorgt. Woher ich das weiß? Nun, es mag wenig glaubhaft erscheinen, aber ich interessiere mich für die Welt. Ganz besonders interessiere ich mich für die wahrscheinlich unbegrenzte Anzahl von Methoden, die Leute rund um den Erdball anwenden, um endlich wieder einmal so richtig durchzudrehen. Buckfast, habe ich mir sagen lassen, soll in dieser Hinsicht äußerst effektiv sein.

Kevin zuckt mit den Schultern, Lars (ich entscheide mich jetzt für diesen Namen) schaut verständnislos, und gerade als ich Paul mitteilen will, dass Buckfast und sein Temperament sich meiner Meinung nach ideal ergänzen würden, stößt er sich vom Tresen ab und überwindet die wenigen Meter bis zu den beiden Sambatänzerinnen in diesem speziellen Gang des besoffenen, aber selbstbewussten Empires. Wir beobachten im Folgenden, wie eine der Frauen zur Seite rückt, wie Paul sich neben sie auf die Bank fallen lässt und sich augenblicklich eine allem Anschein nach ungewöhnlich interessante Unterhaltung entspinnt. Lars und Kevin sind mittlerweile beim zweiten Lager angelangt; Paul beachtet uns nicht mehr. Er redet wild gestikulierend auf die Frauen ein, die sich von Zeit zu Zeit befremdet amüsierte Blicke zuwerfen. Ich sehe, wie Paul seiner Sitznachbarin immer weiter auf die Pelle rückt, und auch, dass sich ihre Hand jetzt wie zufällig auf seinen Oberschenkel verirrt. Schließlich ein Blick auf meine Uhr.

»Meine Herren, Zeit für mich zu gehen.«

Die beiden Nordeuropäer schauen verständnislos. Offenkundig spricht keiner von ihnen Deutsch, was allerdings in einer Stadt wie Genf nun wirklich nicht *mein* Problem sein kann. Ich gebe den dreien in der Ecke ein Handzeichen, das weder von Paul noch von den Frauen bemerkt wird, und auf dem Weg zurück zum *Sumo Kushiyaki* erkenne ich unglaublicherweise einen der Algerier oder Marokkaner oder was weiß ich wieder, die von Paul vorhin lautstark als »greasy terrorists« klassifiziert worden waren. Soweit es mein derzeitiger Zustand zulässt, bereite ich mich in Sekundenschnelle auf eine Attacke vor. Es passiert jedoch nichts. Der Mann steht ruhig vor einem hell erleuchteten Tabakladen, und sein Kopf ist jetzt gesenkt, und er sieht beinahe demütig aus. Vielleicht schämt er sich für mich, für uns, für seine Schwester, keine Ahnung. Als ich ihn passiert habe, kommt mir plötzlich in den Sinn, dass seine extreme Sensibilität ihn dazu verleiten könnte, mir von hinten ein Messer zwischen die Rippen zu wuchten. Also drehe ich mich um: Er steht immer noch vor dem Geschäft, blickt aber nicht mehr zu Boden, sondern mir nach. Ich rufe ihm etwas zu, schon wieder auf Deutsch. In manchen Momenten finde ich es einfach geil, eine Sprache zu beherrschen, der etwas Bedrohliches, etwas ganz und gar Schreckliches vorauseilt. Ich bin mir sicher, würden Genfer Polizisten ihre Ansagen ausschließlich in makellos kaltem Hochdeutsch machen, die Kriminalität in der Stadt wäre binnen Tagen ausgerottet.

Ich gehe weiter und versuche dabei, meinen derzeitigen Zustand zu analysieren. Der ist, wenn mich nicht alles täuscht, ideal. Ich habe überhaupt keine Hemmungen mehr, andererseits haben sich alkoholbedingte Ausfallerscheinungen immer noch nicht eingestellt. Ich torkele nicht, meine Akzentuierung eben war einwandfrei, und dazu registriere ich Laute und Bewegungen in bemerkenswerter Klarheit. Ich höre es in Gebüschen und unter Papierhaufen am Straßenrand rascheln (Mäuse? Gespenster?). Ich rieche ganz deutlich den mindestens zweihundert Meter entfernten See. Ich schmecke neben eventuell gezielt für südländische Nachtschwärmer kreierten Männerparfüms, neben den Düften der Kebab-Fleischlappentürme, neben einer Million anderer Aromen den Geschmack von – beinahe komme ich mir vor wie Claude aus Montreal – Freiheit und Abenteuer, der heute ohne jeden Zweifel in der Luft von Paquis liegt und der mich während meines kleinen Spaziergangs zurück zum *Sumo Kushiyaki* nach und nach in echte Euphorie versetzt.

See

Am Ziel wartet selbstverständlich die Ernüchterung: Das kleine Restaurant liegt verlassen da. Was soll das? Hat Yoko mich verarscht? Haben attraktive fernöstliche Performancekünstlerinnen etwa auch noch Humor? Ich starre ungläubig auf meine Uhr und dann ins Dunkel des Gastraums hinein. Weit hinten, vielleicht in einer Vorratskammer, einer Roboterwerkstatt oder Opferstätte, glimmt schwaches Licht. Dieses Licht veranlasst mich, mindestens fünfzehn Minuten vor dem Lokal herumzustehen, dabei zwei Zigaretten zu rauchen, Passanten zu beäugen, zu klassifizieren und (in Gedanken) zu attackieren. Schließlich wird es mir zu bunt. Ich mache mich auf den Weg zurück zum *Red Lion*, um Paul die Tour mit den beiden Favelitas zu versauen, zumindest aber um meine Enttäuschung durch einen Ausflug in die Märchenwelt englischer Braukunst zu mildern. Doch dann, ich habe kaum zwanzig Meter zurückgelegt, hakt sich plötzlich etwas bei mir unter, von dem ich zunächst nur einen blassweißen Mittelscheitel inmitten pechschwarzer Haare erkennen kann. Ich bleibe stehen, wir schauen uns an, und sie studiert mich dabei regelrecht. Das Lächeln von eben, als sie uns im Minutentakt mit Spießchen bombardierte, ist verschwunden. Nach einer Ewigkeit, einer Pause von der Länge des dritten vaterländischen Krieges, den Kaiser Mitsubishi Sake gegen eine Armee schuppiger Seeungeheuer verlor, fragt sie schließlich: »You've been waiting quite a long time, haven't you?«

»Did you see me?«, frage ich zurück.

»Yes.«

»So you were observing me while I was waiting in front of the restaurant?«

»Yes. And if you had gone immediately I would not have followed you.«

Wenn mir jemals eine Sprache gefallen könnte, dann dieses grammatikalisch hochkorrekte, abgehackte Yokohama-Englisch.

»So it's been some kind of a test?«, erkundige ich mich.

Keine Antwort, überhaupt keine Reaktion von ihr. Wir stehen uns immer noch gegenüber. Für eine Japanerin kommt sie mir gar nicht mal klein vor. Sie trägt dieses schwarze Kleid und dazu diese schwarzen Turnschuhe. In einer Hand hält sie – soll das eine Handtasche sein? – eine Plastiktüte mit großen japanischen Schriftzeichen darauf.

»You like what you see?«, fragt sie, wartet aber meine Antwort gar nicht ab, sondern hakt sich wieder bei mir ein.

»Come! I want to show you something.«

Warum nicht, verdammt noch mal! Ich gehe also mitten in der Nacht mit einer mindestens zehn Jahre jüngeren, auf eine allerdings eher unauffällige Weise *sehr* sexy gekleideten Asiatin durch die belebten Straßen des Genfer Vergnügungs- und Rotlichtviertels, und die vielsagenden Blicke der uns entgegenkommenden Männer interpretiere ich als aufrecht empfundene Anerkennung.

»They think I'm a prostitute«, stellt Mari (»Mari?« – »Yes, Mari. Like the virgin.« – »Is this a Japanese name?« – »Yes«) gleichmütig fest. »And they think that you bought me for the night.«

»They cannot know that it was the other way around.«

»Yes, they cannot know this.«

Wir haben die engen Straßen von Paquis verlassen. Vor uns liegt jetzt: Genf in Perfektion. Ein beinahe kreisrunder Mond, direkt darunter die angestrahlte Kathedrale und die Altstadt, dann die eleganten Bauten am Ufer, auf deren Dächern Reklameschriftzüge verbrecherischer Bankhäuser und grotesk überteuerter Uhrenhersteller leuchten, und schließlich der See, dessen Wasseroberfläche diese weltberühmte Kulisse spiegelt. Touristen stehen auf den Brücken und betrachten die Szenerie. Petrodollarsippensprösslinge sitzen in Mercedes-Cabrios und betrachten die Touristen.

»Come«, sagt Mari wieder.

Wir spazieren also über die Promenade des Quai Mont-Blanc, wir spazieren über die Promenade des Quai Wilson. Danach kommen die noblen Uferparks: Parc Mon Repos, La Perle du Lac. Mari scheint tatsächlich ein Ziel zu haben. Aber wo ist das? In Nyon? Lausanne? In Pearl Harbor?

Als wir schon fast auf der Höhe des düsteren Monumentalbaus der World Trade Organization sind, fragt sie plötzlich: »You work in a bank, don't you?«

Das tue ich nicht. Der Laden, in dem ich arbeite, ist *keine* Bank. Ganz daneben liegt sie mit ihrer Mutmaßung trotzdem nicht, weswegen ich der Einfachheit halber mit einem »How do you know?« und etwas gespielter Verwunderung reagiere. Gleichzeitig fällt mir diese Geschichte wieder ein, die Marion von ihrem UN-Bruder gehört haben will. Es ging um einen Italiener, der eines Tages in den Tiefen seiner mediterranen Psyche gespürt haben muss, dass sein vollkommen wirkungs- und einflussloser Posten als Administrative Assistant in irgendeiner der dreitausend Subdivisions der WTO einfach nicht mehr mit seinen hochentwickelten ethisch-moralischen Standards zu vereinbaren war, und der es daraufhin fertigbrachte, einem drogensüchtigen Reservisten der Schweizer Armee dessen Sturmgewehr abzuschwatzen, damit unbemerkt in die WTO-Zentrale zu marschieren, ein Meeting seiner Arbeitsgruppe abzuwarten, um sich dann vor versammelter Kollegenschaft den Schädel wegzublasen. Überflüssig zu erwähnen, dass der Fall nicht einmal in den Genfer Lokalblättern auftauchte.

»I listened to you and your friends«, antwortet Mari. »I often listen to the people in the *Sumo Kushiyaki*.«

»And we were talking about banks?«

»No, but the way you were not talking about money and banks and all these financial things told me that you work for a bank.«

So verrückt das klingt, ich weiß, was sie meint. Daher frage ich nicht nach. Allerdings würde ich liebend gerne nachfragen, warum sie nicht kommentiert, dass ich nicht nachfrage. Stattdessen beteure ich, dass ich trotz meines Arbeitgebers von Geldgeschäften nicht den geringsten Schimmer habe.

Sie lacht, läuft einige Meter voraus, dreht sich dann zu mir um.

»It's the same with me. I work in a Japanese restaurant but I don't know much about Japanese cuisine.«

»But the guy with the pony tail does.«

Wie ein waschechter Froschfresser schiebt sie das Kinn leicht vor und hebt dazu Schultern und Augenbrauen. »Maybe. That's at least what he thinks.«

»And about what do *you* know much?«

Mit Blick auf den See und einer wirklich geilen Verzögerung antwortet sie: »I don't know«, und bald danach stehen wir auf der Kaimauer einer winzigen, beinahe kreisrunden Mole vor einem gar nicht mal kleinen Motorboot.

»This is yours?«, frage ich, während sie sich bereits an der Vertäuung zu schaffen macht. Eine Bedienung, die ein Tausende von Franken teures Wasserfahrzeug besitzt? Was für ein Problem hatte dieser WTO-Spaghetti eigentlich?

»No, but I know how to use it. Come!«

Ich sitze neben Mari, die eine Hand am Steuer und die andere am Gas hält, und wir preschen bereits seit einer Weile durch pechschwarze Fluten, und bevor es losging, ist Mari mit zwei Flaschen Heinecken aus der Kajüte zurückgekommen, und wir fahren immer weiter hinaus auf den See, und diese Pille, die Mari mir zum Bier gereicht hat und die ich, ohne ihre Erklärungen (»No extasy. More like LSD, but better«) abzuwarten, sofort geschluckt habe, hat noch nicht zu wirken begonnen. Irgendwann schaltet Mari den Motor ab. Das Boot drängt noch einen Augenblick vorwärts, dann ist plötzlich alles ruhig. Ich drehe mich um: Die Stadt ist weit entfernt. Überhaupt: Jedes Ufer kommt mir weit entfernt vor.

Mari sagt: »We will wait here till sunrise. This is beautiful. If you want you can sleep a little bit.«

»Sleep?« Ein Vorschlag, mit dem ich nicht gerechnet habe. »And you? What will you do? Fishing?«

»I will sleep. But I will wake up before sunrise.«

Wir rauchen eine Zigarette (»Are you smoking?« – »No, but could you give me one?«) und leeren unser Bier. Danach verschwindet Mari ohne weitere Erklärungen in der Kabine. Ich sitze eine Weile unschlüssig herum, fühle mich nicht betrunken genug für irgendeine unüberlegte Aktion. Genau genommen fühle ich mich stocknüchtern (was, bitte schön, war das für eine Pille?), und aus irgendeinem Grund denke ich jetzt an diesen Kriminalfilm aus den Achtzigern, in dem Mickey Rourke als raubeiniger Pole im New Yorker Chinatown aufräumt, dabei einerseits Heerscharen von Chinesen umlegt, aber andererseits seine hässliche Ehefrau für eine junge chinesische Aristokratin eintauscht. *Probleme und Lösungsstrategien des chinesischen Hochadels während der großen Kulturrevolution* – plötzlich hoffe ich flehentlich, dass es dieses Buch gibt. Das Schimmern des Mondes auf der Wasseroberfläche. Es kann sein, dass sich das Boot ganz sachte im Kreis dreht, denn dort, wo ich eben noch die Lichter Genfs in der Ferne erkennen konnte, ist jetzt nichts mehr, kein Licht, keine Konturen, gar nichts. Zur Zeit der Kulturrevolution war Mari noch nicht auf der Welt. Dennoch bin ich mir sicher, dass sie – als Japanerin, als japanische Künstlerin – eine explizite Vorstellung und Meinung zu den damaligen Vorgängen auf dem Festland hat. Japan und China, eine verhängnisvolle Liaison. *Die chinesische Kulturrevolution in der zeitgenössischen japanischen Kunst.* Auch ein Titel, der es verdient hätte zu existieren. Die japanische Besetzung Chinas in den dreißiger und vierziger Jahren. Die japanische Besetzung der Philippinen. Die japanische Besetzung der nördlichen Hundefutterinseln. Eine sich nähernde amerikanische Armada, Landungsboote, deren Klappen sich öffnen wie die Mäuler verendender Walfische. Heraus krabbeln Soldaten, waten durch Wasser und einen Hagel in Zeitlupengeschwindigkeit fliegender Geschosse, und über allem ein riesiger glutroter Sonnenball als Hintergrund für einen plötzlich auftauchenden Helikopterschwarm. In einem der Flugobjekte sitze ich, und ich bestreiche vietnamesische Reisfelder, Kokospalmenhaine, Wasserbüffelherden, Dörfer, Altenheime mit gleichmäßigem MG-Feuer, und ich weiß, dass ich schon wieder in einem amerikanischen Film zu Gast bin, aber das macht nichts, denn nun nähert sich der Schwarm aus sehr großer Höhe, beinahe aus dem Weltraum, einem tiefschwarzen, schnell größer werdenden Flecken, einem Gewässer, wie mir klar wird, einem See bei Nacht, auf dem irgendetwas herumschwimmt. Ich stehe auf. Entweder hat meine abrupte Bewegung das Boot ins Wanken gebracht oder etwas von außen, eine Welle, ein Ungeheuer. Ich halte mich an der Reling fest und gehe die zwei Schritte Richtung Kajüteneingang. Meine Bewegungen sind noch langsamer als die Kugeln vorhin am Strand. Natürlich ist mir klar, dass diese Pille zu wirken begonnen hat. Dennoch, und dieser Widerspruch gefällt mir außerordentlich, fühle ich mich *immer noch* nüchtern. Ich gehe zwei oder drei Stufen hinab und stehe in einem winzigen, niedrigen, durch das hereinfallende Mondlicht nicht einmal wirklich dunklen Raum. Mari liegt auf einer

Pritsche. Ihre Augen sind, sogar das erkenne ich, geöffnet, und sie bedeutet mir mit einer kleinen Geste, mich neben sie zu legen. Ich tue, was sie sagt, und unglaublicherweise realisiere ich erst einige Augenblicke später, dass sie bis auf einen Slip nackt ist.

»What do you see?«, fragt sie.

»Ich schieße aus einem Helikopter auf laotische Schulklassen.«

Mari streicht mir mit den Fingern durchs Haar. Mein Kopf ist irgendwie auf Höhe ihrer Brust. Ich betrachte diese Brust, die größer ist, als ich erwartet hatte. Ich komme nicht auf die Idee, sie zu berühren, und Maris Achseln sind *nicht* rasiert, und in Wirklichkeit habe ich den Helikopter bereits seit einiger Zeit verlassen. Wo ich jetzt bin? Keine Ahnung.

»I don't understand German. What do you see?«

»I don't know. Right now I see you.«

»What do you see when you see me?«

»Mickey Rourke.«

Sie lacht. Anschließend fährt sie mir wieder durch die Haare. Irgendwann berühre ich doch ihre Brüste, und dann haben wir, jeder für sich wahrscheinlich, eine Reihe von Träumen, die mir samt und sonders nicht sehr realistisch, aber dafür ungemein *informativ* erscheinen. Ich habe – nach einer Freitagabendsauftour im Kollegenkreis! – das Gefühl, geografisches, historisches, soziologisches, ja ökonomisches *Wissen* anzusammeln. Mari riecht dabei irgendwie bitter. Dieses Parfüm, darauf gehe ich jede Wette ein, kommt aus ihrer Heimat, und ich bin fest entschlossen, mir demnächst einen Flakon davon zu kaufen, und als die wirkliche Sonne Stunden später in einem Feuerwerk aus Rot- und Pinktönen hinter den Bergkämmen im Osten erscheint, holt mich Mari (»Come. Please come *now*«) zu sich an Deck.

Sie zieht eine Plastikbox mit Reisröllchen aus dieser Plastiktütenhandtasche. Wir essen die Reisröllchen. Die Sonne steigt mit enormer Geschwindigkeit. Das Boot liegt ganz still inmitten des Sees.

SAMSTAG

Alentejo

Am Nachmittag laufe ich wie paralysiert (Mari? Diese Pille? Das Chaos an den Wertpapiermärkten?) durch die Gänge unseres Supermarkts. Es ist überhaupt nichts los. Wahrscheinlich fällt es langsam auf, dass ich wieder die Kasse mit der portugiesischen Pornodarstellerin wähle: großporige, gebräunte, trotzdem irgendwie blasse Haut, Kajalstift, unnatürlich schwarzes, schulterlanges Haar, dessen Locken wahrscheinlich echt sind, aber eben nicht echt aussehen, freizügiges Dekolleté unter dem Kittel. Ihr ironisches Lächeln, als sich unsere Hände beim Bezahlen berühren.

Abends teilt mir Marion am Telefon mit, dass es ihrem Vater noch nicht besser gehe. Sie wolle daher noch in Deutschland bleiben.

»Wie lange?«, frage ich.

»Weiß ich noch nicht. Bis nächsten Freitag vielleicht. Ist das ein Problem für dich?«

»Nein.«

»Dann ist ja gut.«

Pause. Erstaunlich, wie lang zehn Sekunden Stille während eines Telefongesprächs dauern.

»Also, ich rufe wieder an«, sagt Marion schließlich.

Und dann legen wir auf.

SONNTAG

MONTAG

Aus den Kriegstagebüchern: April 2008

Ich beginne die Arbeitswoche mit meiner neuen Lieblingslektüre.

1. April

Mit Frauke einkaufen gegangen. Altstadt, Rue du Rhône, auch in den ganz teuren Läden geguckt, die Verkäuferinnen wussten aber gleich Bescheid und haben uns in Ruhe gelassen. Immer wieder gut, mit ihr zu sprechen. Zu hören, wie sie mit der Situation umgeht. Scheinbar ohne größere Probleme. Sagt, sie und B. versuchen mittlerweile alles, um endlich ein Kind zu haben. Gefragt, wie, ganz konkret, sie die Tage herumkriegt. Antwort: »Mensch, Marion, genau wie du, was dachtest du denn?« *Aha ...*

Sie kaufte sich übrigens dann doch ein Kleid für 1200 Franken. Das ist eben der Unterschied. B. verdient mindestens 2000 F. mehr als Frank, dazu Krankenversicherung etc. – alles gratis.

Scheiße, wenn man schon zur Untätigkeit verdammt ist, dann wenigstens Luxus!

Frauke sagt, ich soll Sprachlehrerin werden. Die würden in Genf dauernd gesucht, ein Uni-Abschluss würde reichen.

2. April

F. beim Abendessen von der Sprachlehreridee erzählt. Seine

*Reaktion: Ein Zehnminutenmonolog, wie scheiße alle Spra-
chen sind. Schlusssatz: »Ich lehne das Konzept Sprache, eigentlich das Konzept Sprechen generell ab.« Das Irre ist, ich
musste auch noch lachen. Dabei weiß man bei ihm nie, ob das
alles noch Ironie ist.*

*Das hat mir Frauke gestern auch erzählt: B. glaubt, F. hat
ein psychisches Problem.*

Würde das auch gern glauben. Wäre irgendwie einfacher.

4. April

*Heute Morgen, mitten in meinen Übungen, klingelte wieder
diese fette alte Frau aus dem 4. Stock. »Madame, QU'EST-CE
QUE VOUS FAITES DANS VOTRE APPARTEMENT? CE
BRUIT EST INCROYABLE!«*

*Die Alte stand direkt vor mir und keifte einen Augenblick,
aber ich musste wieder nur an ihr hässliches Hündchen denken. Selten fand ich einen Hund abstoßender, trotzdem tut
er mir leid. Dieses dreckig weiße Pudelfell, diese krummen
Beinchen, die irgendwie wie Dackelbeine aussehen, die aus
Versehen um einige Zentimeter zu lang geraten sind. Vor
allem aber diese Eier! Habe so was noch nie gesehen: Seine
Hoden sind ganz lang und wirken irgendwie im Vergleich
zum Restkörper ganz nackt. Hinter den beiden auf der Straße muss ich immer diesen ekligen Hautbeutel anstarren, der
langgezogen zwischen seinen Hinterbeinen hin und her schla-
ckert. F. (muss es ja wissen) sagt, das muss dem wehtun. Das
wäre irgendwie krankhaft.*

*Letzten Monat (oder wann war das? Im Winter? Es pas-
siert nichts, aber die Zeit rast dahin. Die Zeit rast durch mein
Gesicht) kam sie mit dem Hund auf dem Arm aus dem Auf-*

zug, und dieser – das Wort passt wirklich – Sack hing von ihrem Unterarm herab. Wie grotesk sah das denn aus? Um ein Haar hätte ich losgeprustet, aber Frank hat recht: Eigentlich müsste wirklich mal jemand mit dem Tier zum Arzt.

Irgendwann die Alte unterbrochen, dreimal Oui, Oui, Oui gesagt, Tür zu. Danach hatte ich komischerweise gute Laune. Wusste zuerst nicht, warum. Dachte, wegen meiner coolen Reaktion, weil das alles so klischeemäßig war. Begriff dann, dass ich gut gelaunt war, weil ich viel besser und viel jünger aussehe als die Alte mit ihrem Klöten-Köter. Und weil ich wahrscheinlich, wenn ich so alt bin wie sie, immer noch viel besser und viel jünger aussehen werde. Und weil ich nicht allein bin.

Habe mich und mein Leben ernsthaft mit dieser Frau verglichen. Als ich das begriffen hatte, war die gute Laune natürlich wieder weg.

9. April
Nach dem Frühstück fast den ganzen Tag im Glocals-Forum verbracht – O Gott!

10. April
Mit Helen getroffen und trainieren gegangen. Sie findet das Silhouette Femmes viel besser als ihr Studio und will so bald als möglich wechseln. Dabei war die Hauptattraktion heute gar nicht da ...

Helen ist wirklich die netteste von Fraukes Glocals-Freundinnen. Haben zur Übung die ganze Zeit Französisch geredet. Wär schön, regelmäßig was mit ihr zu unternehmen. Aber sie hat erzählt, dass sie und ihr Mann voraussichtlich im nächsten Jahr in die Staaten zurückkehren.

13. April

Mit B. und Frauke in ihren 35ten reingefeiert. Wirklich netter Abend, familiär eben. Sogar F. war gut gelaunt – Wunder geschehen! Erst im Milan toll gegessen, dann Vieille Ville bis zum Abwinken. Hatte fast vergessen, dass man in Genf so feiern kann. Um drei Uhr mit F. Arm in Arm nach Hause getorkelt.

Wie sehr ich so was vermisse!

Ganz milde Nacht, beinahe schon sommerlich.

16. April

Weiter herrlichster Sonnenschein. Daraus irgendwie Mut geschöpft und bei Helga in Köln angerufen. Momentan sei es ganz gut mit Jobs. Aber natürlich das ewige Problem: Die Agenturen wollen lieber mit Leuten vor Ort zusammenarbeiten.

Was mache ich eigentlich noch hier? Gibt es einen vernünftigen Grund, in Genf zu bleiben? Mit F. kann man über das Thema Rückkehr nach Deutschland überhaupt nicht mehr reden. Gestern Abend fragte er wieder: Was willst du denn bei den Nazis?

WAS WILL ICH HIER???

21. April

Was mich am traurigsten macht, sind diese Erinnerungen. Wie wir früher am Sonntagmorgen im Bett gelegen haben und sich ganz langsam aus dem schläfrigen Kuscheln etwas entwickelt hat. Heute: nichts. Er steht einfach auf – und ich bin auch noch froh darüber.

Heute, als ich unter der Dusche stand, kam er rein, weiß gar nicht genau, warum. Zuerst dieser Blick von oben bis unten und dann der Kommentar: »Du bist immer noch eine sexy Frau.« Klang für mich genau nach dem Gegenteil.

Hab mich richtig geschämt.

Mein ganzes Selbstvertrauen: weg.

Ich könnte ganze Tage damit verbringen, an früher zu denken.

23. + 24. + 25. April

Glocals Forum, Glocals Forum, Glocals Forum ... Mehr nicht.

Abends dann F.s Witze genau darüber.

Dreimal Oui, Oui, Oui gesagt? Also Oui, Oui, Oui, Oui, Oui, Oui, Oui, Oui, Oui? – In Marions Tagebuch zu schmökern ist das Geilste überhaupt für mich. Seit ich das Versteck (recht einfallsreich: im Küchenregal, im Vertrauen auf mein totales kulinarisches Desinteresse einfach zwischen die Kochbücher gestellt) entdeckt habe, freue ich mich regelrecht auf die Samstage, wenn sie für Stunden in ihrem Fitnessstudio verschwindet und dort, auch das verraten ihre Aufzeichnungen explizit, irgendeinen schmierigen *Silhouette*-Stretching-Clown anschmachtet.

Marions Leben ist nicht gerade ein Feuerwerk, die Einträge sind selten umfangreich und zudem unregelmäßig. Ich konsumiere daher stets nur Häppchen, kleine Dosen ihres Œuvres. Oftmals begnüge ich mich sogar mit Zeitabschnitten von nicht mehr als drei oder vier Tagen. Ihre Memoiren beginnen, ohne dass ich einen besonderen Anlass dafür entdecken konnte, im Februar des letzten Jahres. Ich habe die ganze Wohnung, das Auto, selbst unseren kleinen Abstellraum auf dem Dachboden mit äußerster Penibilität abgesucht, doch von anderen Bänden war nichts zu entdecken. Ich muss also annehmen, dass Marion entweder ihre früheren Tagebücher vernichtet oder dass sie wirklich erst vor gut anderthalb Jahren zu diesem Hobby gefunden hat. Eines ist auf jeden Fall klar: Ich habe Angst vor dem Tag, an dem ich in ihren Notaten in der Gegenwart angekommen sein werde. Aus diesem Grund versuche ich, langsamer und langsamer zu lesen, was mir, seit Marion zu ihren Eltern gefahren ist, natürlich doppelt schwerfällt. Wenn ich in die Küche komme, fällt mein Blick automatisch auf das Bord mit den Kochbüchern, und jedes Mal spüre ich einen regelrechten Sog, noch mehr über die schreckliche Wirklichkeit des Lebens an meiner Seite zu erfahren. Irgendwann am Sonntagabend – vermutlich war ich es leid, ständig über das merkwürdige Mari-Erlebnis nachzudenken – kam es dann zu einem bedauernswerten Verlust von Selbstdisziplin: In einer Art Anfall verschlang ich den ganzen letzten Winter, weswegen mir nun nur noch wenige Monate bleiben. Ich habe mir deshalb vorgenommen, bis zu Marions Rückkehr (und den damit einhergehenden natürlichen Beschränkungen) überhaupt keine neuen Einträge mehr zu verbrauchen. Stattdessen lese ich nun die alten Sachen wieder und wieder. Ich versuche, wirklich jeden einzelnen Satz zu genießen und darüber hinaus zu verstehen, warum Marion nach mittlerweile elf bleiernen Jahren immer noch bei mir ausharrt, welches Geheimnis sie nach wie vor in Genf festnagelt. Diese grauenvollen

Abende mit ihrem Bruder können es jedenfalls nicht sein. Ja, auch ich erinnere mich an jenen dreizehnten April dieses Jahres, als zwei mehr oder weniger wohlsituierte, nicht mehr ganz junge Pärchen zunächst in einem der besten italienischen Restaurants der Stadt ein durchaus delikates Mahl zu sich nahmen, um auf dieser Grundlage in einigen Lokalen in der Nähe der Kathedrale St.-Pierre noch eine stattliche Anzahl von Drinks niederzumachen. Was Marion allerdings verschweigt, was sie vielleicht sogar gar nicht wusste, aber mit ein wenig mehr Sensibilität hätte wissen *können*, ist, dass sich ihr langjähriger Lebenspartner Frank Stremmer zur Vorbereitung dieses Ereignisses direkt nach der Arbeit zu den Händlern in den Jardin Anglais hatte begeben müssen, um dort drei qualitativ hochwertige und (gegen Aufpreis) bereits fertiggedrehte Haschzigaretten zu erstehen, dass Stremmer einen Joint sofort und die beiden anderen in unbeaufsichtigten Momenten während des Abends geraucht hatte, um sich so, in Verbindung mit beträchtlichen Mengen Alkohol, jene nervliche Gelassenheit zu verschaffen, die ihm unerlässlich erschien, um einen Zeitraum von mehreren Stunden in Gegenwart eines grotesk langweiligen, dabei verstörend selbstbewussten deutschen Einserjuristen plus frustrierter Gattin zu ertragen. Und ja, Marion liegt vollkommen richtig, wenn sie unseren Heimweg als vertraut und harmonisch beschreibt. Allerdings hätte ich zu diesem Zeitpunkt, also mit einer immer noch ansehnlichen THC- und einer rekordverdächtigen Alkoholkonzentration im Blut und dazu in einem Zustand allumfassender, an transzendente Glückszustände erinnernder Erleichterung,

nicht nur mit Frau Gräfe, sondern auch mit einem acht-
äugigen und sechzehnsprachigen Maulesel diese kleine,
von Marion komischerweise nicht erwähnte Tanzeinlage
am Springbrunnen mitten auf der Place Neuve hingelegt.
Aber gut, ich habe eben ein psychisches Problem, wie der
lediglich zum Spaß als Rechtsverdreher bei den Vereinten
Nationen absahnende Premiumpsychiater Dr. Bernd Gräfe so richtig feststellt. Bernd Gräfe, der in seiner Freizeit
gerne wie ein hirntoter Münchner Freiberufler Jacketts
zur Jeans kombiniert und auf seiner weibischen Stups-
nase ganz selbstverständlich eine randlose Entscheider-
brille balanciert, um mit der nötigen Sehschärfe die Besitzungen um seine gruftartige Riesenvilla in Veyrier zu
inspizieren, die er damals – nie vergisst er, das zu erwähnen – lediglich für »eins Komma fünf, praktisch umsonst«
erstanden hat. Bernd Gräfe, der genau genommen am Un-
glück seiner Schwester die Hauptschuld trägt, da er bei
jedem Heimatbesuch vom Freizeitwert, den Verdienst-
möglichkeiten oder der Umgebung Genfs schwärmte und
so der armen Marion langsam, aber sicher den Kopf verdrehte. Manchmal hätte ich wirklich Lust, mit dickem
roten Filzstift in ihrem Buch herumzukritzeln und klar-
zustellen, *wer* von uns beiden ursprünglich in die Schweiz
wollte und *wer* von uns beiden von Anfang an wusste, dass
Marion von Genf aus, als schon in Deutschland nur mä-
ßig erfolgreiche Grafikdesignerin, niemals im Geschäft
bleiben würde. Praktisch gegen meinen Willen habe ich
mich damals brav um einen Job bemüht, aber jetzt sind
wir eben hier, und ich glaube kaum, dass ich freiwillig
jemals wieder zurückgehen werde. Marion (falls sie ver-

rückt genug ist, bei mir zu bleiben) wird sich damit abfinden müssen. Schließlich gibt es Schlimmeres, als seine Tage auf der »Glocals«-Website für die gut fünf Millionen Ex-Pats in Genf zu vergammeln. Vielleicht sollte sie wirklich versuchen, als Sprachlehrerin unterzukommen. Eine andere Möglichkeit wäre, sich initiativ auf meinen Job zu bewerben. Sie könnte sich für das Interview so stylen, wie sie es früher zuweilen getan hat, mit Salvini (unser Human-Resources-Chef, ein krankhaft unersättlicher, vampirhaft aristokratisch distinguierter Spaghettiverbrecher aus Turin) schlafen, mich bei *Suisse Forex* verdrängen und somit endlich in den Abgrund stürzen. Das Potenzial dazu, sowohl psychisch als auch intellektuell (haha), hätte sie allemal. Als letzte Alternative bliebe Marion natürlich der Weg ihrer Schwägerin Frauke. Denn Frauke Wesenberg-Gräfe, vierunddreißig, promovierte Rechtsgelehrte mit guter Figur, aber – schließlich ist sie nicht umsonst Deutsche – widerlich pragmatischem Kurzhaarschnitt, vormals, wie ihr Mann, bei der UNECE tätig, dort jedoch vor anderthalb Jahren unter mysteriösen Umständen ausgeschieden, seither im schönen Genfer Vorort Veyrier privatisierend, Frauke Wesenberg-Gräfe also versucht seit einiger Zeit, schwanger zu werden. An dem Tag, als Marion mir erstmalig von den Plänen im Hause ihres Bruders berichtete, schaute ich meine Langzeitfreundin lange an. Ich schaute in diese hellblauen, eigentlich kühlen, aber seit einiger Zeit verhangen traurigen, an manchen Tagen, an manchen Abenden sogar verzweifelten Augen. Ich glaube, wir dachten beide dasselbe. Aber wir verloren kein Wort darüber. Auch später nicht.

28. April

Der Winter ist zurück. Alles hat schon geblüht – und jetzt das. Es ist so lächerlich, aber wenn ich daran denke, dass jetzt vielleicht alles erfriert, kommen mir die Tränen.

Wieder nur Glocals Forum.

Place de Saint-Gervais

Seitdem es in der Geldbranche zu kleineren Problemen gekommen ist und einige Spatzenhirne bereits das Ende von Kapitalismus, Gier und Ausbeutung gekommen sehen, finde ich es wieder richtig geil, überall zu erzählen, dass ich in der Finanzindustrie arbeite. Technisch gesehen ist das sogar die Wahrheit. Andererseits habe ich natürlich von den Geschäften meines Arbeitgebers kaum mehr als eine vage Vorstellung. *Wir* sind ein Forex-Broker und handeln dementsprechend mit Währungen. Forex-Handel bedeutet: Man kauft, meinetwegen für 50 Millionen Dollar eines Kunden (wahlweise seriöser Anleger, Ölscheich, Bantuhäuptling oder Waffenhändler), Euro ein, weil man darauf spekuliert, dass der Euro steigt. Wenn er das dann tatsächlich getan hat, verkauft man die Euro wieder. Vom Gewinn in Dollar kauft sich dann der Kunde die nächste Jacht, und unsere Trader kaufen sich, wenn sie ein paar Geschäfte dieser Art eingefädelt haben, ebenfalls eine.

So in etwa sieht mein Wissensstand über das Geschäftsfeld meines Arbeitgebers aus. Mit anderen Worten: Ich habe keinen blassen Schimmer von den Geheimnissen, den Mythen, den Schlachten und den Helden des Forex-Handels. Und was soll ich sagen? Mich interessiert das alles auch nicht die Bohne.

In unserer Branche gibt es, genau wie in der Viehzucht und im Klempnergewerbe, eben wie in jedem anderen idiotischen Berufsstand, eine Art Spezialcode, den niemand sonst versteht. Ich habe Worte wie »Pips« oder »Spreads« oder »Hebel« lernen müssen wie Vokabeln einer fremden (und mir fremd bleibenden) Sprache. Mein Job besteht lediglich darin, diese Sprache anzuwenden: Ich halte die deutsche Version unserer Website auf dem neuesten Stand; ab und an verfasse ich sogar Pressemitteilungen oder PR-Texte. Aber deren Inhalt bestimme ich nicht selber; nach einigen unschönen Missverständnissen (Kunden hatten meine leicht ausgeschmückten Ausführungen zu den Risiken unseres Geschäftsfeldes etwas zu ernst genommen) verlangt man mittlerweile von mir, mich möglichst wortgetreu an Pauls kranke Originalvorgaben zu halten.

Den Gipfel meiner Macht bei *Suisse Forex S. A.* erreichte ich im letzten Herbst, als man mir die Koordinierung der externen Übersetzungen für die anderen Sprachen (Italienisch, Chinesisch, Japanisch, Spanisch, Russisch usw.) übertrug. Seitdem habe ich nicht nur das Vergnügen, sondern die Pflicht, schmierige Übersetzerbüros im Preis zu drücken oder die korrekte Wortwahl eines meinetwegen polnischen, zu zwei Dritteln aus Zahlen bestehenden Textes anzuzweifeln.

Mein Job macht mir Spaß. Von existenziellen, also geldwerten Entscheidungen in *unserem Haus* (auch eine der Formulierungen, die mir mittlerweile ohne Lachanfall über die Lippen gehen) bin ich so weit entfernt wie Marion von einem Sexualleben. Ich genieße die absolute Irrelevanz meines Tuns – auch weil deutschsprachige Kunden bei uns traditionell unterrepräsentiert sind. Dennoch oder gerade deswegen behaupteten die Froschfresser in der Geschäftsleitung bislang, ein Muttersprachler im Unternehmen sei notwendig. Dieser Irrglaube ist quasi meine Jobgarantie. Es ist meine vordringlichste Aufgabe, ihn am Leben zu erhalten. Ich sollte wirklich dringend etwas tun, um ihn am Leben zu erhalten. Aber, Herrgott noch mal, *was*?

Wie auch immer, als ich bei *Suisse Forex* anfing, nahm ich schon bald eine Veränderung, nein, keine Veränderung, eine Akzentuierung meines Weltbildes wahr: Angestellte internationaler Organisationen, erst recht natürlich die Spinner in den kleinen NGOs, waren für mich fortan arbeitsscheues, Steuer- oder Spendengelder verprassendes Gesindel. Ich brachte es fertig, irgendwelche Leute, die kurz unter Kofi Annan oder Ban Ki Moon im Palais des Nations residierten und das Zehnfache von mir am Monatsende abkassierten, in meiner ganz privaten Wertigkeitsskala als Versager einzuordnen. In Bezug auf meine eigene Person stellte sich hingegen eine Perspektivenspaltung ein, für die ich immer noch dankbar bin: Einerseits ließ ich mich von dem Elitebewusstsein der Trader im Haus anstecken und fühlte mich bereits kurz nach Eintritt in die Firma als Teil einer auserwählten Kaste, die tagtäglich Milliarden über den Globus schaufelte.

Andererseits aber, und das war überhaupt das Beste, blieb mir stets bewusst, dass ich mit all dieser wunderbaren Relevanz wenig zu tun hatte, dass ich zwar wesentlich mehr als unsere Sekretärinnen verdiente, dass meine Arbeit jedoch von jeder halbwegs deutschsprachigen Hausfrau mit Realschulabschluss nicht nur erledigt, sondern möglicherweise sogar *besser* erledigt werden könnte. Dieser Kontrast ist bis auf den heutigen Tag das Reizvollste, was mein Job zu bieten hat. Paul und Céline, die für die englisch- bzw. französischsprachige Öffentlichkeitsarbeit und damit für die wichtigeren Dinge in unserem kleinen Team Zuständigen, wissen, wovon ich rede: Diese amüsanten Augenblicke, wenn man irgendeinem Claude aus Montreal oder einem Mr Kobongi aus dem Senegal bei einer dieser gemischten, also von Geldleuten und Internationalen besuchten Partys mit einer kleinen Ironie, mit einer lässig eingestreuten Randbemerkung zu verstehen gibt, wie gering die Anzahl der Sekunden wäre, die sie in einem anständig geführten Unternehmen der freien Wirtschaft überleben würden, wie lächerlich überhaupt das Anliegen ihrer *Organization* ist, was, *am Ende des Tages* (die beste Formulierung überhaupt, bis vor kurzem ein geheimes Erkennungsmerkmal polyglotter deutscher Führungskräfte), für minderwertige Subjekte sie eigentlich sind. Besonderen Spaß machen solche Spitzen bei Leuten aus der Dritten Welt, die durch die im Dienste der internationalen Gemeinschaft ergaunerten Unsummen zu Hause bereits den Status von auf Hüttenaltären verehrten Halbgöttern erlangt haben.

Die Arbeit im Finanzsektor hat weitere immense Vorteile. Zum Beispiel – es ist nicht zu fassen – reagieren Frauen auf Geldleute intensiver. Ich bin nicht verblendet genug, um nicht genau zu wissen, dass ein Vorfall wie der mit Mari sehr viel mit der Aura der Branche zu tun hat. Obwohl ich vielleicht sogar leicht überdurchschnittlich aussehe, war meine Erfolgsquote stets katastrophal. Es erscheint mir nach wie vor als reines Wunder, dass sich ein (früher) unbestrittener Knaller wie Marion an meine Seite verirren konnte, denn mit meinem resignativen Pessimismus und mit dem, was *ich* für Humor halte, wies ich gleich zwei entscheidende Handicaps auf. Heute jedoch, wie gesagt, zählt das alles nichts mehr. Paul, ein bleichgesichtiger, segelohriger und verheirateter Inselaffe mit selbst durch Anzughosen sichtbaren X-Beinen, berichtet mir regelmäßig von lebhaften Wochenenden. Und über die Gespielinnen der wirklichen Cracks, also unserer Trader, erzählt man sich wahre Wunderdinge.

Nochmals verbesserte sich die Situation, als in den Staaten einige Pizzaboten und Hamburgerbrater die Kredite für ihre Zehnzimmervillen nicht mehr bedienen konnten und deswegen mancher Bank auf einmal mehrere Milliarden in der Portokasse fehlten. Unglaublich, wie viele Systemkritiker daraufhin plötzlich *in Genf* herumliefen. Man habe es ja schon immer gewusst: Unsere Branche sei der Untergang des Kapitalismus und der Kapitalismus der Untergang der Welt. Rettung verspreche allein die Rückkehr zur streng warenbasierten Subsistenzwirtschaft. Wenn ich irgendwo auf eine junge Bolschewistin treffe, die solche Ansichten vertritt, vermeide ich tunlichst, darauf hinzuweisen, dass der Währungshandel mit all diesen Turbulenzen nichts zu tun hat, dass wir im Gegenteil kräftige Wachstumsraten verzeichnen und weiterhin fleißig Steuern zahlen – nicht kosten. Stattdessen gebe ich den diabolisch lächelnden, Schuldbewusstsein nur heuchelnden Banker, der in Wahrheit von seinem schädlichen Tun nicht ablassen *kann*. Der Effekt, alle bestätigen das, ist umwerfend.

Céline (Französisch Muttersprache, Englisch verhandlungssicher, Deutsch und Italienisch fließend, mehr als nur ein wenig Spanisch, Portugiesisch, Basismolukkisch usw., o Céline, heute, an diesem wunderbaren Montagmorgen, trägst du keine dieser eleganten und an den richtigen Stellen jedoch knallengen Geschäftsfrauenstoffhosen, nein, heute entzückst du meine gierigen Frettchenaugen mit einem leichten, sommerlich frisch anmutenden Blumenkleid, o Céline, du Stern eintönig dahinfließender Arbeitstage, allein deine Stimme lässt mich die unerhörten Strapazen meines Berufes, die Demütigung öffentlichen Nahverkehrs, lässt mich einfach alles ertragen, und wenn ich dann deinen sich in diesen Hosen, in diesen Röcken und Kleidern dezent, aber nachdrücklich abzeichnenden Po erblicke, beginne ich zu träumen, von einem Leben abseits gesellschaftlicher Konventionen, fern des zermürbenden Karrierestrebens, ja, Céline, ich weiß, du bist achtundzwanzig und ich zehn Jahre älter, und ich weiß, du hast im Mai geheiratet, damals, als wir alle missmutig – ich jedoch nicht einmal mehr bestürzt, sondern nur noch betäubt – auf deinem Fest erschienen, um diesen unwürdigen Frosch Alexandre zu begutachten, dem du fortan dein Lachen und deinen Körper schenken und daher wirklich Abschied nehmen wolltest von diesen von allen nur denkbaren Substanzen berauschten Nächten im Kollegenkreis, in denen es vorkommen konnte, dass du auf Tischen tanztest, dein Becken heftig hin und her wiegend, in denen es vielleicht sogar hätte passieren können, dass du mit einem von uns zu weit gegangen wärest, von jenen Nächten also, die deinen legendären Ruf auf den Fluren dieses altehrwürdigen, die Geldschränke der arabischen Halbinsel füllenden und wieder plündernden Unternehmens begründeten, o Céline, habe ich dir von meinen fiebrigen Träumen berichtet, habe ich dir je von meinem Leid gekündet, Morgen für Morgen, Jahr für Jahr neben einer verfallenden Germanin zu erwachen und nicht neben dir?) kommt herein und feuert wortlos den neuesten PR-Quatsch von *Suisse Forex S. A.* auf meinen Schreibtisch. Bereits wieder im Türrahmen, dreht sie sich um.

»Paul and I go out for a sandwich. Wanna join?«

»No, I've got to work.«

Ein herrlich kokettes Kichern.

»Also, Herr Stremmér (sie betont die zweite Silbe extra französisch), in fünfzehn Minuten. Werden Sie mit uns sein?«

Ich zögere, drehe mich mit meinem Bürosessel zum Fenster, erblicke in den Bürowaben auf der anderen Straßenseite Dutzende Schlipsträger, die hinter ihren Schreibtischen auf drehbaren Bürosesseln hocken, Spiegelbilder von mir, von denen manche in diesem Augenblick sogar ebenfalls aus dem Fenster starren. Schließlich entgegne ich Céline: »Ich werde sehen, was sich machen lässt«, und als ich mich danach wieder zu ihr umdrehe, ist sie natürlich längst verschwunden.

Später laufen wir irgendwo in der Nähe der Place de Saint-Gervais herum. Die Sonne brennt von diesem weiterhin makellos blauen Genfer Augusthimmel herab, und die Bänke und Steintreppen am Fluss, die Tische vor den Restaurants, die Bürgersteige, die Geschäfte, *die Luft* – alles ist an diesem Montagmittag voll mit Leuten aus den Büros sowie mit Leuten, die den Leuten aus den Büros zu Diensten sein müssen. Paul, Céline und ich sehen eindeutig so aus, als gehörten wir zur ersten Kategorie. Unsere Kleidung, unsere Gesten, unsere Sprache (Englisch) weisen uns ohne jeden Zweifel als Angehörige der privilegierten Kaste aus, wobei unser spezieller Job sogar noch einen zusätzlichen Distinktionsgewinn bereithält: Denn als PR-Leute in der Finanzbranche bemitleiden wir selbstverständlich nicht nur die dienstbaren Geister in den Sushi-Imbissen, Sandwicherien und Tapas-Bars, in den Boutiquen, den Fitness- und Thaimassagestudios, nein, wir amüsieren uns genauso über jene Heerscharen von Investment-Consultants oder Back-Office-Accountants, von Kredit-, Performance- oder Portfolio-Analysten, die, zermürbt durch den täglichen Überlebenskampf in ihren Büroställen, langsam, aber sicher durchdrehen und es daher fertigbringen, sich ernsthaft für Zeitungsüberschriften wie »Housing market crisis spirals out of control« zu interessieren. Ganz egal, wie vergleichsweise lächerlich unsere Bruttogehälter sich ausnehmen – wir haben das große Los gezogen, und passend dazu finden wir jetzt sogar einen Tisch auf dieser nur im Sommer geöffneten Terrasse direkt am Fluss. Paul und Céline bestellen Sandwiches mit Parmaschinken, Parmesan, Cherrytomaten und Ruccola; mir steht der Sinn nach einer Portion frischen Taboulés, und dann, noch bevor wir unsere Snacks serviert bekommen, erhalte ich innerhalb von zwei Minuten zwei Textnachrichten. Marion schreibt: »Habe für Freitagnachmittag umgebucht. Bis dann.« Maris allererste an mich versandte SMS besteht lediglich aus dem Wort »Hello«, das ich so lange auf dem Display verschwinden und wieder auftauchen lasse, bis ich einen spöttischen Seitenblick meiner Kollegin bemerke.

Centre-Ville

Ich stehe an der Bushaltestelle Bel-Air; der Abend hat begonnen. Mein übliches Arbeitspensum war selbstverständlich bereits vor vier erledigt, doch um meine Stellung bei *Swiss Forex* nicht unnötig zu schwächen, zog ich es vor, zwei weitere Stunden am Schreibtisch abzusitzen. In jeder Hinsicht eine kluge Entscheidung, denn jetzt, genau jetzt, herrscht überall um mich herum jenes Inferno, jener spezielle, sich allabendlich wiederholende Ausnahmezustand, von dem Paul behauptet, er werde ihn schon in naher Zukunft in die Homosexualität treiben. Die Büros haben ihre Fluttore geöffnet. Dutzende, Hunderte von durchweg reizenden, zuweilen atemberaubenden, in Einzelfällen sogar das Niveau der eigentlich ganz und gar unvergleichlichen Céline erreichenden Catherines, Séverines oder Anne-Joëlles, aber auch Jelenas, Sharons und Chiaras stürmen von ihren Bildschirmen weg hinaus auf die Straße, in die Busse und Trams, in die Cafés und Bars und Restaurants. Ich stehe an der Haltestelle und betrachte diesen nicht versiegenden Strom blutjunger Sekretärinnen-Luder, deren Attraktivität, diese selbstverständliche Gesundheit und Grazie, beinahe schon Aggressivität ausströmt. Ich lausche heiteren, in Mobiltelefone gezwitscherten Satzfetzen. Ich rieche sommerlich charmante Düfte, die aus edlen Flakons auf ebenso makel- wie schamlose Dekolletés gestäubt wurden. Meine Blicke bohren sich in Hautpartien, auf denen jetzt hin und wieder, durch den schockartigen Übergang vom Reich der Klimaanlagen in die sommerliche Hitze, ein zarter Schweißfilm glänzt. Wo, so rätsele ich jedes Mal aufs Neue, werden in dieser Stadt die Missratenen, die von der Vorsehung in Fettklumpen, schielende Fleischquader oder haarige Eichenfässer verwandelten Normalsterblichen gehalten? Paul, seines Zeichens Experte für solche Fragen, verriet mir einst von ausgedehnten unterirdischen Industriekomplexen in der Nähe des Flughafens, in denen die Monster der gesamten Westschweiz konzentriert und in der Snowboardproduktion eingesetzt würden. Ich wollte das nicht glauben. Dennoch ist es eine Tatsache, dass in einigen zentralen Bereichen Genfs der Faktor menschliche Hässlichkeit, zumindest was die Bevölkerungsgruppe der weiblichen, im tertiären Sektor beschäftigten Achtzehn- bis Fünfunddreißigjährigen angeht, aus dem Straßenbild eliminiert wurde.

Freunden aus Deutschland präsentiere ich die Genfer Feierabendprozession übrigens möglichst zeitnah zur Heimfahrt. Der Grund dafür ist: Ich habe bemerkt, dass diese unerbittliche Abfolge gelungener Physiognomien umso verheerender wirkt, je unmittelbarer der Rückmarsch ins Kartoffelgrauen bevorsteht. Vielleicht ist das sogar der Grund, warum wir kaum noch Besuch bekommen. Die Reaktionen sind auf jeden Fall immer die gleichen: geweitete Pupillen, spontane Schweißausbrüche, fassungsloses Kopfschütteln, schließlich gesenkte Blicke, Scham, auch hilflose Wut. Einige fingen sogar an, inmitten der tosenden 90–60–90-Brandung von der Bedeutung *innerer* Werte zu faseln.

An manchen Tagen, vielleicht ein- oder zweimal im Monat, laufe ich nach Dienstschluss ziellos durch die Gegend, oder ich warte (wie jetzt) an einer Bushaltestelle und lasse meinen Blick umherschweifen auf der Suche nach einer Inspiration, nach einem Objekt, das aus der Masse absolut tauglicher Objekte noch heraussticht. Ist ein solches gefunden, beginnt mein eigenes, ganz und gar untouristisches Genf-Erkundungsprogramm. Meine Observierungen haben mich in die noble Stille von Malagnou oder Champel geführt, ins lebhaft volkstümliche Servette, ins pittoreske Carouge, weit nach draußen bis unter die Betonburgen von Onex und Lancy, die futuristischen Sechziger-Jahre-Glas-und-Plastik-Türme von Lignon. Einmal landete ich sogar im düsteren Annemasse, also in *Frankreich.* Ich habe gelernt, in Bussen und Bahnen, auf Trottoirs und in Parks genau den richtigen Abstand zu wahren, und am Ende solcher Ausflüge, wenn die Haustüren mitleidslos hinter den Idealkörpern ins Schloss gefallen waren, stellte sich selbstverständlich ein fader Beigeschmack, ein Gefühl der Leere ein. Unwillkürlich fragte ich mich, was diese Schnitzeljagden eigentlich sollten, ob ich derartigen Unsinn wohl auch schon als Zwanzigjähriger veranstaltet hätte. Die Antwort ist zweifellos nein. Doch andererseits, als Zwanzigjähriger wusste ich eben noch nicht, was ich als Achtunddreißigjähriger am liebsten vergessen würde: Es ist vollends gleichgültig, was für ein Hobby man sich aussucht. Wichtig ist allein, dass man *überhaupt* etwas hat, was einen hin und wieder mit der Tatsache des immer näher rückenden Todes versöhnt.

Meine Exkursionen in die Wohngebiete der Schönheiten haben selbstredend noch nie zu einem Ergebnis geführt. Die Frauen bemerken mich gar nicht, und ich würde – um der Rolle als klassisch verklemmter Voyeur treu zu bleiben – niemals von mir aus auf mich aufmerksam machen. Das wäre auch ohne jede Erfolgsaussicht. Denn in Genf, Paul verzweifelt geradezu daran, schauen Frauen Männer nicht an, bzw. sie taxieren Männer nur für einen Sekundenbruchteil, um ihren Blick sogleich und für immer in eine andere Richtung zu lenken. Unter diesen Umständen käme das Anbandeln auf offener Straße einem Tabubruch, ja einer Absurdität gleich. Von jener eher aus südlichen Ländern bekannten Praxis profitiert übrigens eine Spezies, die unter normalen Umständen in dem absolut mitleidslos geführten Genfer Konkurrenzgetümmel hoffnungslos unterlegen wäre: die deutsche Frau. Diese erfreut sich – mir war das bis zu meiner Ankunft in

Genf nicht bewusst – aufgrund ihrer offensiven, männlichen Blicken ganz und gar nicht ausweichenden Präsenz großer Beliebtheit. Beispiel Frauke: passable, zugegeben sehr, sehr, sehr passable Figur, aber ein Charme und Anmut geradezu verhöhnendes nordfriesisches Schafsbockgesicht, das zu allem Überfluss von einer bizarren, rot gefärbten Mecki-Stachel-Frühachtziger-Feministinnenfrisur wortwörtlich getoppt wird. Diese Frauke also, das erwähnt Marion mindestens einmal pro Woche, kann sich in ihrem Fitnessstudio vor Verehrern gar nicht retten. Ich glaube das. Vor allem, weil ich selber scharf auf Frauke bin, aber auch, weil ich von etwas gehört habe, das der gute Bernd seiner Schwester und mir nun schon seit etwa anderthalb Jahren verschweigt: Madame Wesenberg-Gräfes Demission von ihrem gut dotierten UNECE-Posten soll nämlich keineswegs ausschließlich Ausdruck eines drängenden Wunsches nach mehr Freizeit, sondern vor allem Konsequenz einer ruchbar gewordenen Affäre mit dem Ehemann einer in der UN-Hierarchie schon ziemlich hoch angesiedelten Argentinierin gewesen sein. Das, was auf den ersten Blick unglaublich erscheint, erhält unter Berücksichtigung hiesigen Balzgebarens eine gewisse Logik. Deutsche Frauen können, solange sie noch halbwegs jung und halbwegs als Frau zu erkennen sind, in Genf nahezu frei wählen. Dieses Privileg gilt natürlich erst recht für jemanden wie Marion. Unzählige Male habe ich die saugenden Blicke registriert, die allein ihr galten, wenn wir ein Restaurant betraten oder uns mit anderen zu einem dieser lächerlichen »Apéros« trafen. Trotz ihres tragisch hohen Alters sieht meine Langzeitfreundin selbst nach

Genfer Standards noch absolut konkurrenzfähig aus. In Sachen Aufmerksamkeit könnte sie jedoch locker mit der Genfer Oberklasse, ja selbst mit der viel jüngeren Céline mithalten. Denn sie ist eine dieser germanischen Sagengestalten, deren aus hellblauen Stahlaugen abgefeuerte Blicke das Gewürm auf den Bürgersteigen, in den Sushi-Lounges, hinter den Steuern der 4x4s förmlich zu Staub zerbröseln. Ich gehe mit Marion durch die Straßen, und ich bemerke, wie sich die Frau neben mir in die Protagonistin von Angst- und Wunschträumen unzähliger zwergenwüchsiger Südländer, perverser Araber und pikierter Froschfresser verwandelt. Manchmal schaue ich diese Frau dann selber an und denke darüber nach, wie lange ich nun schon mit ihr zusammen bin, so lange, dass sich eine Trennung gar nicht mehr zu lohnen scheint. Ich betrachte sie und empfinde so etwas wie Stolz, denn ich begreife, was man in ihr sehen kann. Doch andererseits ist da dieses Gefühl, das mich beinahe traurig macht. Es gleicht dem eines Autoliebhabers, der in der Garage vor seinem Lieblingswagen steht und alles dafür geben würde, mit diesem Wagen noch einmal fahren zu können. Doch er hat sämtliche Schlüssel verloren, und neue können nicht mehr hergestellt werden. Schlimmer noch, während er versunken das Auto ansieht, bemerkt er plötzlich, dass selbst die Türschlösser nicht mehr da sind.

Mari Takano

Ich stehe also seit mindestens zehn Minuten an der Bushaltestelle Bel-Air herum, mitten im Zentrum der Stadt Genf, auf der Pont de l'Ile, die zur mit Banken zugepflasterten Rhône-Insel und dann hinüber nach Rive Droite führt. Trotz des Bombardements mit aus allen Richtungen herbei- und in alle Richtungen davontrippelnder Mannequins, trotz der durch die Sommerferien kaum geminderten, geschäftigen, wuseligen, ermüdenden, enervierenden Feier- und Vorabendhektik bleibe ich weiterhin in einem Zustand gespanntester Aufmerksamkeit. Ich fühle, dass sich die Sensibilität meiner Sinnesorgane sogar noch steigert und nach und nach in eine Art Hysterie verwandelt. Ständig scanne ich die Umgebung neu, kein einziger optischer, akustischer oder olfaktorischer Reiz soll mir entgehen. Ich muss das alles aufsaugen und in mir abspeichern, denn ich bin beinahe vierzig. Bald schon, wenn ich auf den Fluren irgendeines Siechenheims verschimmle, werde ich jede dieser Erinnerungen brauchen.

Ich stehe auf der Brücke, und in jedem Augenblick registriere ich Hunderte von Informationen und dazu noch einmal Tausende von Assoziationen und Erinnerungsfetzen, und mein Gehirn stelle ich mir gegenwärtig wie einen altmodischen Computerbildschirm vor, über den permanent lange neongrüne Buchstaben- und Zahlenkombinationen wandern. Ich weiß, dass in diesem Moment unter meinen Füßen, im Fluss unter der Brücke, Fische einen verzweifelten Kampf gegen die Strömung kämpfen, um nicht in den Stromgeneratoren der etwas flussabwärts liegenden Staustufe zerschreddert zu werden. Ich denke an die Fische. Ich fühle mit ihnen. In meinem aktuellen Zustand ist es jedoch keinesfalls verwunderlich, dass ich *gleichzeitig* aus dem dichten, unablässigen Passantenstrom das Gesicht von Mari Takano herausfiltere und an der Seitenwand des Bushaltestellenhäuschens ein Plakat entdecke, das, in Schwarz auf feuerrotem Hintergrund, das Konterfei einer Blondine zeigt, die ich mühelos als Gudrun Ensslin identifiziere.

Ich kenne das Plakat; ich habe es schon an anderen Plätzen der Stadt gesehen. Es wirbt für irgendein idiotisches Theaterstück, und jedes Mal, wenn ich es irgendwo erblicke, könnte ich kotzen. Ich meine, nichts gegen Frau Ensslin persönlich oder die RAF im Allgemeinen. In den Achtzigern haben wir alle von den technisch anspruchsvollen Anschlägen und der strikten Anonymität der mythischen dritten Generation geschwärmt. Das Problem ist: Die Plakate hängen hier! Was, zum Teufel, soll das? Zugegeben, nach mittlerweile über vier Jahren und nach gut fünfzehn Millionen Gelegenheiten, bei denen ich in dieser Stadt – bei meinen Spaziergängen, während der Businesslunches, Abendessen, Cocktailpartys – mit dem Wort »international« (englisch ausgesprochen) konfrontiert wurde, hat sich meine Allergie gegen alles, was irgendwie über das Territorium der Schweiz hinausweist, in einen manischen, nicht mehr zu bändigenden Furor verwandelt. Mir ist klar, unendlich viele Leute in Genf verdanken ihre Monsternettogehälter Problemen, die anderswo auf dem Globus geschaffen wurden und nirgendwo, am allerwenigsten natürlich hier, gelöst werden können. Eine globale Perspektive erscheint daher bei nicht wenigen durchaus verständlich. Trotzdem, warum kann man sich nicht ausnahmsweise, quasi als bizarres Freizeitvergnügen, einmal mit lokalen Angelegenheiten auseinandersetzen? Was, zum Beispiel, ist mit den tagtäglich in ihren *charmanten* Kleinwagen die Grenze überquerenden Froschfresserlegionen, die Straßen und Plätze dieses wohlgeordneten Gemeinwesens in ein lärmendes, lebensgefährliches Chaos verwandeln? Oder wer nimmt sich der lustigen Burschen an, die sich einst aus den idyllischen Zonen nördlich und südlich der Sahara aufgemacht haben und nun an den Ufern der Rhône, im Jardin Anglais, in den Straßen von Les Paquis, an der Seepromenade von Eaux-Vives Stellung bezogen haben, um – Gott sei Dank! – bei Wind und Wetter und rund um die Uhr die Versorgung der Stadt mit illegalen Substanzen sicherzustellen? Wie, schließlich, ist es um das Abfallrecycling bestellt, um die Finanzierung der Kultureinrichtungen, die Entwicklung der Wohnungsmieten, die Taktung von Bussen und Bahnen und Nervenzusammenbrüchen? Es mag übertrieben klingen, aber es ist nun mal Fakt: Ich bin der einzige Mensch weit und breit, der sich mit dieser Stadt beschäftigt, und außer mir lassen sich nur noch die Finanzmenschen, denen aus Prinzip alles egal ist, als halbwegs normal bezeichnen. Den großen Rest aber, gerade auch die drei Dutzend Eingeborenen, befeuert ein widerwärtiges obsessives Interesse an den ganz großen Zusammenhängen. Hier gründen verrückte Rentnerinnen zusammen mit ihren Schoßhunden NGOs zur unabhängigen Überwachung der weltweiten

Milchproduktion. Hier kämpft man in den Kindergärten nicht um Anerkennung oder Süßigkeiten oder Heroinspritzen, man kämpft um Praktikumsplätze in Läden wie dem Welthalbschuhbund oder der Internationalen Tomaten Union. Nur hier, nirgends sonst, träumen psychisch abnorme Maronenbrater und melancholische Metzgergesellen von prestigeträchtigen Abschlüssen als »Master in International Politics« oder »Bachelor in International Law« plus anschließender Karriere als Welterlösungsjurist. Und es ist überflüssig zu erwähnen, dass solche und noch hundert verwandte Studiengänge in der Stadt nicht nur von diversen Hoch- und Volksschulen, sondern auch von Imbissbetrieben, Beachvolleyball-Clubs und ukrainischen »Fotomodellen« angeboten werden.

Kurz, die Stadt, in der ich seit langem wohne und die ich – Marion hin oder her – nicht einmal als Leiche zu verlassen beabsichtige, ist so unerträglich polyglott, dass selbst ein unschuldig dämliches, die untergewichtige Tochter eines schwäbischen Pastors abbildendes, von einem nostalgischen Schwachkopf kreiertes Plakat ausreichen könnte, um das Fass dereinst zum Überlaufen zu bringen und mich endgültig Amok laufen zu lassen.

Andererseits: Mari Takano ist jetzt nur noch fünf Meter von mir entfernt, und sie sieht wahrhaftig noch geiler aus als beim letzten Mal. Nach dem asketischen Schwarz von vorigem Freitag präsentiert sie sich heute als Zögling der Tokioter Hare-Krishna-Sex-Gesamtschule für höhere Töchter: weiße, abgetragene Siebziger-Jahre-Tennisschuhe, ein leuchtend orangefarbener, ihre langen und unjapanisch braunen Beine betonender Extrem-Minirock, dazu ein leuchtend orangefarbenes, supereng geschnittenes, nach anthroposophischen Batikkursen aussehendes Kinder-T-Shirt. Ich würde darauf wetten, dass dieses Styling irgendwie ironisch gemeint ist, dass es womöglich etwas mit Kunst zu tun hat. Mari ist vor mir stehen geblieben und küsst mich jetzt, dabei auf den Zehenspitzen balancierend, mit halb geöffneten Lippen auf den Mund. Anschließend macht sie einen Schritt zurück. Vielleicht will sie mir Zeit geben, um diese ziemlich vielversprechende Begrüßung zu verarbeiten. Aber ich brauche keine Zeit, um irgendetwas zu verarbeiten. Es ist, als hätten die Sonne und die Frauen von Bel-Air und der einsetzende Alkoholhunger die Schablone für sinnvolle Reaktionen aus meinem Gehirn geätzt.

»Do you know that woman?«

»Which woman?«

Ich deute mit einer vagen Bewegung hinter sie und präzisiere: »La femme sur cette affiche.«

Aber Mari dreht sich nicht um. Stattdessen betrachtet sie mich nachdenklich über den Rand ihrer pechschwarzen Yakuza-Sonnenbrille hinweg. Schließlich sagt sie: »Yes.«

Napoli

»Why am I here with you? Because ...«, sie zögert, nimmt einen Schluck Bier und dann eine von meinen Zigaretten, »... I don't know why. Maybe because of your hands. I like your hands. I like your eyes ... I like ... the weather ...«

Wir sitzen vor einem italienischen Restaurant am Boulevard Carl-Vogt in Plainpalais, und es ist jetzt halb neun, doch die Temperatur beträgt immer noch mindestens fünfundzwanzig Grad, und an den Nachbartischen ist der Anteil der Leute, die ihre amoralischen Gehälter von der Finanzindustrie oder irgendwelchen Organisationen beziehen, so erfrischend gering, dass ich mich fast wohlfühle. Überall schnattern entzückende Studentinnen und Studenten herum. Zudem zieht etwas weiter die Straße hinunter ein Verrückter immer wieder sein, wie ich glaube, mit einigen Blutspritzern verziertes Hemd aus, begutachtet es von allen Seiten, nur um es sich anschließend erneut überzustreifen. Kurz, die ganze Szenerie gefällt mir außerordentlich gut. Und das Beste ist selbstverständlich, dass ich den Ausführungen einer ziemlich seltsamen, aber, selten war ich mir bei etwas sicherer, sexuell permissiven Premiumasiatin lauschen darf, die ich eben *keinesfalls* gefragt habe, warum sie *mit mir* hier ihre Zeit verplempert, anstatt an meterhohen Genitalskulpturen herumzukleistern, an ihrer aus den Begeisterungslauten japanischer Versuchstiere bestehenden Symphonie weiterzukomponieren oder endlich dieses kleine Haiku zu vollenden, an dem sie schon so lange sitzt und das die Zusammenhänge zwischen den Dingen erklärt. Ich habe, vermutlich, um irgendetwas zu sagen, Mari lediglich gefragt, warum sie *in Genf* ist.

»... to be honest«, macht sie weiter, »for most of the things I do I don't really know the reason.«

»Can I also be honest?«

»That's not necessary with me.« Sie lächelt, dann verschränkt sie die Hände hinter dem Hals und lehnt sich etwas zurück, und auf diese Weise heben sich ihre Brüste unter dem T-Shirt. Ebenfalls interessant: Die Ärmel des T-Shirts sind so kurz, dass ich ihre Achselhöhlen erkennen kann, die genau wie neulich nicht, jedenfalls nicht in den letzten drei Tagen, rasiert sind. Ich stelle mir vor, wie sie in diesem Look zum Vorstellungsgespräch bei *Swiss Forex* erscheint, wie dieses Gespräch anschließend in die Unternehmensmythen eingeht, wie es heimlich aufgezeichnet wird, wie es *von Mari* heimlich aufgezeichnet wird. Mein Gehirn beginnt, fieberhaft nach einem catchy Titel für das unvermeidliche Kunstvideo zu suchen. Es ist, mit anderen Worten, atemberaubend, in welcher Geschwindigkeit ich mich in einen glutäugigen Fetischisten verwandele. Passend dazu zieht der Verrückte schon wieder sein Hemd aus. *Er* (ca. fünfunddreißig, gebräunt, sehnig – das könnte tatsächlich ein Schweizer sein) ist rasiert.

»Ok, but *can* I be honest?«

»If you feel better like this.«

»I already feel quite good.«

»You do?« Mari beugt sich wieder nach vorn. Auf einmal wirkt sie konzentriert. »Why do you feel good? Tell me exactly what makes you feel good.«

Sie klingt wie die Sprechstundenhilfe eines vollautomatischen Luxusbordells. Mir gefällt diese aufgeladene Fragerei, aber selbstverständlich habe ich nicht die geringste Lust, mir auf so etwas eine Antwort auszudenken. Außerdem habe ich mich meines Wissens in den bisher achtunddreißigeinhalb Jahren meines Lebens noch nie *vollumfänglich* (ein anderes unfassbar geiles Wort aus meiner Berufswelt) gut gefühlt. Ich hatte zwar auch vor Marion schon einige ganz gute Frauen, aber im Vergleich zu anderen einfach lächerlich wenige. Wir alle wissen, die Relevanz der Qualität einer Frau nimmt im Verlauf einer Beziehung ab. Bereits nach ein paar Monaten ist alles so ausgelaugt, dass selbst eine Vierfach-Céline den Laden nicht mehr auf Vordermann bringen könnte.

Ich fühle mich allerdings, das muss andererseits gesagt werden, erstaunlich oft *relativ* gut. Mein Beruf ist mir scheißegal, das Frustrationspotenzial des Irrenhauses *Swiss Forex* bleibt deswegen konstant gering. Ich habe keinerlei Ehrgeiz, und ich weiß ganz genau, dass meine Fähigkeiten als PR-Mann – nun ja – bescheiden sind. Solange also dieses für deutsche Verhältnisse sehr, sehr, sehr faire Gehalt weiter auf mein Konto flutet, bin ich der Letzte, der anfängt, sich zu beklagen. Im Gegenteil, um diesen Job zu behalten, wäre ich zu einigem (wahrscheinlich zu allem) fähig. Ich würde beispielsweise, sollte man das je von mir verlangen, ohne mit der Wimper zu zucken, ja sogar mit Vergnügen, Tag für Tag exakt denselben Schwachsinnstext schreiben, diesen sodann ins Serbo-Bolivianische übersetzen und zu guter Letzt im Reißwolf verschwinden lassen. Ich würde klaglos und viertelstündlich mit Pinzette und Lappen die grindige Tastatur von Pauls pornografieverseuchtem Rechner säubern. Ich würde mit Freuden aus den Frühstücksresten, den abgenagten Äpfeln und ausgelutschten Kiwischalen in Célines Büropapierkorb einen würzigen Schnaps brennen und diesen in der Mittagspause, uniformiert wie ein Fast-food-Kellner, an die Kollegen verschachern.

Frauen, Beruf – die Dinge laufen bei mir wahrlich nicht komplett falsch. Und was den Rest betrifft, habe ich schon seit einiger Zeit festgestellt, dass das Leben in Genf zweifellos und ganz abgesehen von diesem Sex-Wahnsinn auf den Straßen Vorteile mit sich bringt: Da ich nicht dazu neige, mein durchaus abnormales Innenleben durch äußerliche Extravaganz zu untermalen, spüre ich keinerlei sozialen Druck. Marion hin oder her – ich bin allein hier. Ich habe keine Freunde, nicht einmal wirklich Bekannte. Außerhalb des Büros kann ich daher – wenn ich will, und ich will das oft – tagelang den Mund halten. Früher hätte ich mir nicht vorstellen können, wie unendlich privilegiert ein Leben ohne funktionierendes soziales Umfeld ist.

Im Moment allerdings habe ich durchaus Lust, etwas zu sagen. Also fange ich wieder mit dem Thema von eben an.

»Let me just finish what I wanted to say before: In contrast to you I know the reason for everything I do.«

»Really?«

»Yes.«

»Okay, why are you sitting in this restaurant?«

»Because you proposed it.«

»And why did you follow this proposal?«

»Because I was too lazy to think about something else. And also because I thought that going here would keep you happy.«

»Why did you want to keep me happy?«

Als ich nicht sofort antworte, nimmt sie einen weiteren, einen großen Schluck von ihrem Bier und streicht anschließend mit Zeige- und Mittelfinger über die Haare meines Unterarms. Nur über die Haare. Dann flüstert sie:

»Okay, let's order a pizza now.«

93

Es war einer dieser ferienstillen, lethargischen Genfer Sommerabende. Ich saß allein in unserer Wohnung herum; Marion war ... Ich kann mich nicht erinnern, wo sie war. Vermutlich strampelte sie sich (einfühlsam assistiert von einem gallischen Anabolikaschwengel) im *Silhouette Femmes* ab. Eventuell tauschte sie auch irgendwo mit ihrer Schwägerin, der Ehebrecherin Frauke Wesenberg-Gräfe, bei einem kleinen Salat mit Schafskäse sowie einer Flasche sechzigprozentigem Stroh-Rum die letzten »Neuigkeiten« aus. Das alles ist nicht wichtig. Wichtig ist, dass ich allein war in der Wohnung und unfähig, mich zu entscheiden, ob ich mir die zur Verhinderung eines depressiven Schubs notwendige Dosis Alkohol in den eigenen vier Wänden oder doch lieber unter freiem Himmel verabreichen sollte. Wie so oft in derlei Situationen fällte ich keine Entscheidung, sondern begann einfach ohne offiziellen Startschuss mit dem Trinken, während ich gleichzeitig im Internet lustlos auf den Nachrichtenportalen nach halbwegs interessanten Meldungen oder Artikeln fahndete. Apropos: Ja, ich bevorzuge renommierte Nachrichtenportale oder die Internetpräsenzen überregionaler Tageszeitungen. Ich tue das aus dem einfachen Grund, weil ich alles andere nicht mehr ertrage. In Sachen Pornos zum Beispiel ziehen bei mir selbst Kombinationen wie zahnloser Frührentnertransvestit/ tollwütiger Maulesel nicht mehr. Ich habe mir auf YouTube und anderswo gut zwanzig Millionen Musik-, Fußball-, Tier- oder Naturkatastrophenvideos angeschaut. Ich habe in den Suchmaschinenmasken die Namen selbst von Leuten eingegeben, deren Gesichter ich schon damals, als ich noch mit ihnen zusammen in der vierten Klasse dämmerte, zu vergessen versuchte. Kurz, seit meinen Anfängen in Genf habe ich Unmengen unwiederbringlicher Lebenszeit vernichtet, und erst als sich im Netz wirklich nirgends mehr neuer Schwachsinn auftreiben ließ, als alles ganz und gar ausgelutscht erschien, vollzog ich die Kehrtwende und schwenkte auf Gehaltvolles, ja auf Analytisches um. Aktuell sind meine Favoriten daher nicht mehr »horny matures« oder Foren für psychisch Erkrankte, sondern Hintergrundberichte zu EU-Gipfeln, SPD-Parteitagen oder Theaterkrisen. Auf die launigen Glossen, wenn mal wieder einer aus der Riege der psychotischen deutschen Theaterregisseure publikumswirksam durchdreht, bin ich geradezu versessen.

Ich saß also an diesem ruhigen Sommerabend allein in unserer Wohnung herum. Der Laptop summte, das Bier im Glas schäumte, und meine Laune war, wie bereits erwähnt, irgendwie schlecht. Ganz vorsichtig, quasi auf Zehenspitzen, schlich sich jedoch der Alkohol an meine Gehirnzellen heran, bereit, dort diese schwarzen Schleier zu vertreiben, auf die meine Langzeitpartnerin wahrlich keine Exklusivrechte besitzt. Dann allerdings, in diesem schicksalhaften Moment, stieß ich auf jenen »genauen und verlässlichen« Online-Intelligenztest, und nur eine Stunde beziehungsweise zwei Halbliterdosen später wurde ich mit einer Zahl konfrontiert, von der ich niemals angenommen hätte, dass sie das Potenzial besitzt, mein Leben zu verändern. Die Zahl lautete 93, und sie bedeutet: Ich stehe an der Schwelle zur Lernbehinderung. Ich bin höchstwahrscheinlich dümmer als Marion. Ich kann, erwiesenermaßen, einem Durchschnittsdeutschen nicht das Wasser reichen. Diese letzte Erkenntnis gab mir den Rest. Dass Marion schlauer sein sollte als ich, hätte ich zwar immer als Absurdität abgetan – aber gut, warum nicht? Dass ich allerdings auch von einer Horde Nationalsozialisten in die Tasche gesteckt würde, machte mich fertig. Obwohl ich fühlte, wie der Alkohol Teile meines leistungsschwachen Denkapparats demolierte, trank ich an diesem Abend noch viel mehr Bier, und ganz allmählich, nachdem ich auch noch mit diesem hervorragenden Hochland Single Malt begonnen hatte, änderte sich meine Stimmung. Nun gewann ich der Situation sogar Positives ab. Denn für die Art, wie ich meine Tage verbrachte, das musste ich zugeben, war ich bestens ausgestattet. Genau genommen war ich dafür beinahe schon *zu* intelligent.

Dann, ich lungerte mittlerweile auf dem Parkettboden im Flur herum, öffnete sich endlich unsere Wohnungstür. Marion sah in ihrem knallengen schwarzen Trainingsanzug extrem scharf aus. Aus irgendeinem Grund (93) teilte ich ihr das umgehend mit, und das Lächeln, das sich daraufhin und bevor sie die Whiskyflasche erblickte, auf ihr Gesicht legte, war so dankbar, so schüchtern, dass es mich beinahe rührte.

Mir ist natürlich klar, warum ich gerade jetzt an dieses Lächeln denken muss. Soeben habe ich Mari Takano ein ähnliches Kompliment gemacht. Ich habe dabei sogar fast genau dieselben, allerdings ins Englische übersetzten Worte benutzt wie bei Marion. Maris Reaktion fällt jedoch anders aus: Sie beobachtet mich – mit einem nachdenklichen, ja ernsten Blick. Schließlich zuckt sie mit den Schultern und sagt: »You think so?«

Was soll das? Will sie mir zeigen, wie unkonventionell sie ist, wie außergewöhnlich reflektiert? Beinahe möchte ich ihr einen IQ-Test empfehlen. Andererseits dürfte Mari zumindest eine gewisse taktische Intelligenz besitzen, denn ihre verdrehte Art des Flirtens törnt mich absolut an.

Wir schlendern mittlerweile am Ufer der Arve entlang. Die Arve ist der zweite Fluss im Stadtgebiet. In seinen Uferanlagen tummeln sich zahnlose Rentnerinnen in Schlafanzügen, verschrumpelte Hundeattrappen oder cannabishaltige Migrantensprösslinge der mindestens achten Generation. Im Winter hingegen besetzen riesige Krähenschwärme die kahlen Bäume und erinnern nachdrücklich an die gnädige Allgegenwart des Todes. Ich mag die Arve. Da ich selten etwas Positives zu sagen habe und darüber hinaus unserer Unterhaltung eine neue Wendung geben möchte, versteige ich mich zu der Bemerkung: »I like the Arve.«

Mari bleibt stehen. Es beginnt, so scheint es, hinter ihrer Stirn, in diesem durch Tonnen von Omega-3-Fettsäuren auf Hochleistung getrimmten Sashami-Hirn, zu arbeiten. Eine besonders originelle Yoko-Ono-Replik steht unmittelbar bevor.

»I am very happy that you like the Arve. That really makes me feel good.«

»Why? Is there some kind of a connection between you and the river?«

»Yes, there is«, entgegnet sie energisch und zieht mich gleichzeitig zu der Bank hin, an der wir gerade vorbeikommen.

Ich habe mittlerweile schon zu viel über Maris Kommunikationsverhalten gelernt, um mich noch nach der Natur dieser Verbindung erkundigen zu wollen. Stattdessen lege ich meinerseits nach: »The water looks like coffee with a lot of milk.«

Infantile Bemerkungen über die Natur! Augenscheinlich kann man Mari genau damit in Ekstase versetzen, denn nun stellt sie sich auf die Zehenspitzen und lässt ihre Zungenspitze ganz leicht über meine Lippen wandern. Dann stellt sie sich auf die Parkbank nimmt meinen Kopf zwischen ihre Hände und presst ihn an ihre Brust.

»Do you hear my heart?«

Ich höre: eine Sirene irgendwo in der Stadt, das Rauschen des Autoverkehrs auf der Pont des Acacias, das andersartige Rauschen der etwas flussaufwärts liegenden Stromschnellen (die Arve hat tatsächlich gleich mehrere davon), rhythmisches Klackern, vermutlich verursacht von Hundekrallen auf Steinboden, abartige Balkanmusik aus einem der Fenster auf der anderen Seite der Uferstraße. Ich höre nicht: Maris Herz.

»Yes, I can hear it. It beats fast.«

»Really?«

»Yes.«

Ich lüge extrem oft. Mein ganzes Leben besteht aus Lügen. Ich lüge selbstverständlich auch dann, wenn ich ausnahmsweise die Wahrheit sage – zum Beispiel wenn ich Marion bestätige, dass sie immer noch gut aussieht. Ich halte mich für nichts Besonderes, daher gehe ich davon aus, dass alle um mich herum ebenfalls lügen. Der Grund, warum *ich* lüge? Komplexitätsreduktion. Das Wort ist urplötzlich aus den Tiefen meines absolut untiefen Bewusstseins aufgetaucht. Ich denke, gut achtzig Prozent meiner Flunkerei lassen sich mit dieser Überschrift versehen. Dabei finde ich das Leben nicht sonderlich kompliziert. Aber ich will es noch einfacher haben.

»Strange«, sagt Mari. »Normally, when I had a pill I have the impression that my heart is not beating at all.«

»Can I also have one?«

»Yes, but these are stronger than the one you had before.«

»I don't care.«

Mari öffnet ihre Handfläche, und von irgendwoher ist dort eine kleine grüne Pille gelandet, die sie mir jetzt in den Mund schiebt. Ich schlucke das Ding gierig hinunter und sehe mich bereits wieder kambodschanische Reisfelder mit gleichmäßigem Napalm-Granatfeuer bestellen. Gleichzeitig höre ich hinter mir eine Stimme. Die Stimme klingt jung, männlich und amerikanisch, und sie kann leider noch nicht chemischen Ursprungs sein.

»Excuse me. Can we talk to you for a second?«

Meine Augen haben sich an Maris Leucht-T-Shirt regelrecht festgesaugt. Ich will momentan nirgendwo anders hinschauen. Außerdem habe ich Angst, dass hinter mir niemand ist. Natürlich drehe ich mich trotzdem um und erblicke zwei korrekt frisierte Achtzehnjährige aus Salt Lake City. Am Revers ihrer grauen Konfirmandenanzüge entdecke ich Namensschilder. Was passierte, wenn ich es wie *John D. Shwartzer* und *Ross F. Gonzales* machte und mit so einem Anzug zur Arbeit ginge? Würde ich erschossen? Ließe sich Céline davon rühren? Oder gar von mir scheiden? Während ich über diese Fragen nachdenke, beginnt es in meiner Hosentasche zu vibrieren. Ich zücke mein Telefon, erblicke Marions Bild auf dem Display, und aus irgendeinem Grund – vielleicht, weil ich unbewusst die Komplexität in meinem Leben eigentlich lieber steigern möchte, vielleicht auch nur aufgrund meines außerordentlich niedrigen Intelligenzquotienten – nehme ich den Anruf entgegen.

Pont de Carouge

Ein Erlebnis von vor einigen Wochen: Ich sitze auf der Terrasse eines Cafés in Eaux-Vives und versuche, mich *langsam* zu betrinken. Am Nebentisch erzählt ein Amerikaner (keinen Tag älter als diese Mormonenhäuptlinge jetzt), nur gelegentlich angefeuert von einem »definitely« oder »yeah« seines ebenfalls amerikanischen Kollegen, am laufenden Band Dinge wie: »We have to re-focus on our key competence – which is capacity building« oder »The performance of the unit still needs to improve« oder »The CEO showed true leadership«. Das Irre dabei: Es war keine Ironie, die beiden meinten das tatsächlich genau so. Nach einer endlosen Viertelstunde mischte ich mich schließlich für einen Moment ein und bat den Hauptredner in gewähltestem Deutsch darum, doch bitte endlich seine verfickte Schnauze zu halten.

Welche Lehren können wir nun aus dieser kleinen Episode ziehen? Was will ich mit diesem Beispiel sagen? Ich will sagen, dass mich Amerikaner in Genf, junge Amerikaner in Genf, im Allgemeinen wahnsinnig machen. Diese Ernsthaftigkeit, diese Professionalität – was, zum Teufel, soll das?

Ein anderes Beispiel, das allerdings schon länger zurückliegt: Ich stehe in einer ziemlich vollen Sportbar, schaue ein Champions-League-Match mit englischer Beteiligung und hoffe wie jeder vernünftige Mensch auf Albions Niederlage. Neben mir, inmitten eines Pulks käsiger, aber in schicke Fred-Perry-Shirts gequetschter Tommys, ein junger Amerikaner. Typ hungrig schleimiger Aufsteiger mit fünftausendprozentigem Engagement für seinen UN-Laden, seine Bank, seine was weiß ich. Er versucht andauernd, eine Unterhaltung in Gang zu bringen, und zwar mit solch genialen Eröffnungen wie: »Well, Soccer can be an exciting game« oder »Wow, what a strike«. Die Reaktion der Inselaffen: ungläubiges Glotzen, noch mehr Bier.

An dieser Stelle sollte ich vielleicht anmerken, dass Engländer in Genf, die als Ex-Pats natürlich samt und sonders der gehobenen, zumindest aber der Mittelschicht entspringen und in der Regel mehr Geld machen als ich, sich in ihrer Freizeit in raue, trinkfreudige *mates* mit Hooliganvergangenheit, in waschechte Ausgeburten der Unterklasse verwandeln. Paul ist in dieser Hinsicht ein Lehrbeispiel, und gerade das macht es zuweilen so amüsant, mit ihm nach Dienstschluss um die Häuser zu ziehen.

Keine Ahnung, ob die anderen zu ihm gehörten oder ob der Zufall diese beiden antagonistischen Welten aufeinanderprallen ließ, auf jeden Fall versuchte es der US-Boy mit allen Mitteln. Sämtliche Kniffe, die man ihm in diesen wertvollen Rhetorikkursen auf der Chichacota High und später, mit sechzehneinhalb, als Student in der freien und Hansestadt Las Vegas eingebimst hatte, kamen zur Anwendung. Überhaupt, die *social skills* dieser Leute sind gespenstisch: hier eine charmante Überleitung, dort ein harmloser Scherz. Wenn ich es recht überlege, törnen mich die achtfach vorgestanzten Phrasen der Jung-Amis schon wieder an. Die glauben allen Ernstes, hier in Genf die ganz große Karriere anschieben zu können. Die sind wirklich der Überzeugung, irgendwann im Weißen Haus zu enden und von dort mit charmant unkonventionellen Entscheidungen – »Jeff, Bill, Josephine, lasst uns heute Albanien umgraben« – die Welt verändern zu können.

An diesem Abend in der Sportbar hatte die Führungsnation der freien Welt allerdings keinen leichten Stand. Kein Wunder, sie war umringt von bösartigen Vertretern des alten Kolonialherrn, und ich, der einzige Nationalsozialist weit und breit, konnte und wollte ebenfalls nicht zugunsten des halbwüchsigen Kommunikators einschreiten. So kam es, wie es kommen musste. Irgendwann Mitte der ersten Halbzeit wurden die Engländer immer ruhiger und stellten schließlich ihre Kommentare zum Spiel vollkommen ein. Der US-Boy hingegen deklamierte unverdrossen Sachen wie »This was never a foul, man« oder »Look at the crowd, wow, they are having fun«. Es war, als hätte er die Funktion des Kommentators übernommen, ja, für einen Moment glaubte ich, die Vereinigten Staaten von Amerika hätten nun auch noch die Deutungshoheit über die unamerikanischste aller Sportarten erlangt. Dann jedoch erschallte von irgendwoher und in tadellos imitiertem Yorkshire-Akzent ein erlösendes »Shut up, Yankee cunt!«. Die Vorstellung von Lee Iacocca Jr. Jr. fand daraufhin ein jähes Ende.

In gewisser Hinsicht schmerzt es mich, dass Amerikaner in dieser Stadt in der Regel als kindisch motivierte Karrieristen auftreten. Denn als Revolutionär bin ich eigentlich ein treuer Freund der USA, ein entschiedener Anhänger *jedes* Präsidenten. Zudem macht es Spaß, in Genf die USA zu mögen. Das ungläubige Staunen auf den Partys, womöglich sogar im Gespräch mit einem Parasiten von der UN, wenn man eine solche Einstellung kundtut – unschlagbar.

Der Präsident wäre auch jetzt ein gutes Thema, aber ich habe Angst, dass Mari etwas missverstehen könnte. Die beiden Missionare stehen immer noch vor uns, und ich lausche immer noch in mein Handy hinein, und Marion sagt tausend Kilometer weiter nördlich einfach nur: »Frank?«, und dann, als ich nicht antworte, noch mal: »Frank? Was soll das?« Das reicht. Ich drücke auf den roten Knopf.

»We would like to talk to you about Jesus«, fängt Ross F. Gonzales wieder an, und weil er wieder anfängt, frage ich mich plötzlich, wie lange diese Unterbrechung eigentlich gedauert hat. Drogen, die das Zeitempfinden durcheinanderbringen – sollte ich jemals eine von Maris Pillen an einem ganz normalen Montagmorgen zum Frühstück verspeisen, die kommende Arbeitswoche würde mir wie mein gesamtes Leben vorkommen.

Mari ist von der Bank heruntergestiegen. Sie hat sich eingehakt und lehnt sich gegen mich (sehr gute Berührungen, kleine Explosionen in meinem Kopf). Es ist klar, dass sie den beiden antworten wird. Ich erwarte irgendetwas Unerwartbares, eine Miniatur feinsten Shinto-Humors, womöglich eine im natürlichsten Ton vorgetragene Anzüglichkeit.

Vier Menschen stehen also dicht beieinander, von ferne könnte man uns für Freunde halten, dabei sind wir alte Feinde und Konkurrenten um die Weltherrschaft, Japan, Deutschland, zweimal USA, Achse gegen Demokratie, Gottkaiser und Führer gegen gewählten Bürgerkönig, und über dem Kopf von John D. Shwartzer sehe ich eine Möwe, die über der Arve zu schweben scheint, die mich aber eigentlich an einen Kamikazeflieger erinnert, der kurz davor ist, auf sein Ziel herabzustürzen. Vielleicht sollte Mari sich für die unfaire Taktik ihrer Landsleute im letzten Krieg entschuldigen. Alle reden immer von Hiroshima, aber wer bitte schön denkt noch an den einfachen Marineinfanteristen Butch Rosenzweig, der sich am 17. November 1943 an Bord des US-Schlachtkreuzers *Jimmy Carter* friedlich der südpazifischen Sonne hingibt, dann jedoch plötzlich Zeuge werden muss, wie sich ein irre gewordenes Schlitzauge auf seine schwimmende Wahlheimat plumpsen lässt. Und unten im Meer: dreitausend verhaltensgestörte Kamelhaie.

Über all das könnte Mari sprechen, doch ich hoffe inständig, dass geschichtliche Themen vermieden werden. Irgendwann muss einfach auch mal Schluss sein, irgendwann muss man auch mal nach vorn schauen dürfen. Nach so vielen Jahren sind wir Shwartzer & Gonzales nun wirklich keine Rechenschaft mehr schuldig. Das alles möchte ich meiner Begleiterin gerade zuflüstern, doch sie kommt mir zuvor und teilt dem Mennonitenpärchen freundlich mit, dass wir beide, also sie und ich, jetzt lieber allein wären. Das ist ihre ganze Antwort. Mehr kommt nicht. Ich bin begeistert, die Amerikaner wirken paralysiert. Es dauert einen Augenblick, bevor die Information zu ihnen durchdringt. Dann aber wünschen sie uns routiniert einen schönen Abend und gehen weiter. Wir schauen ihnen nach, Mari hält immer noch meinen Arm umklammert, die Balkanmusik ist auf einmal wieder da, und ich gleite irgendwie ab, wandere über die Allee der Scharfschützen, das Amselfeld, durch den Kessel von Przkgorje. Glücklicherweise meldet sich mein Handy erneut. Ich bin schlagartig wieder im Hier und Jetzt, reagiere aber trotzdem nicht schnell genug, denn Maris Hand ist bereits in meine Hosentasche geschlüpft und kommt mit Marions Bild auf dem Display wieder zum Vorschein.

»She's beautiful«, sagt Mari, »I like this type.«

Das Klingeln wird lauter. Es ist durchaus möglich, dass ich vergessen habe, wie man es unterbindet. Marion steht vor einer weißen Fläche, die ein Schrank sein könnte, vielleicht der in unserem Schlafzimmer. Sie lächelt. Ich habe keinen Schimmer, wann die Aufnahme gemacht wurde, aber sie muss jüngeren Datums sein, denn Marion hat diesen Zug um den Mund. Den hatte sie vor einem Jahr noch nicht. Vor einem Jahr war sie einfach nur unglücklich. Jetzt ist das anders. Jetzt ist etwas Neues hinzugekommen, was ich in Ermangelung genauerer Beschreibungen als Ekel bezeichnen würde.

Das Telefon ist endlich still; ich komme auf die Idee, es auszuschalten, und stecke es ein. Ich würde auch gern auf Maris Bemerkung antworten, doch das geht vorerst nicht, weil in diesem Augenblick eine brandneue Beobachtung meine Kapazitäten zu beanspruchen beginnt: Diese scheiß Musik wird überhaupt nicht leiser. Sie wird nicht leiser, obwohl wir uns eben wieder in Bewegung gesetzt haben. Vielleicht erhöht jemand in einem der Häuser an der Uferstraße behutsam die Lautstärke, um uns in gleichbleibender Intensität das musikalische Schaffen seiner Heimatregion zu demonstrieren. »Schau, Kind, dort liegt ganz still ein Serb«, seit sechzehn Monaten Nummer eins der bosnischen Charts, aber was wollte ich Mari jetzt eigentlich sagen? Ich kann mich einfach nicht konzentrieren. Ich kann mich nicht konzentrieren, weil ich nicht weiß, worauf. Oder weil mich nichts wirklich interessiert. Stimmt nicht. Mari interessiert mich. Kamikazemöwen, die Klimatabellen von Salt Lake City, die Fließgeschwindigkeit und der Sauerstoffgehalt der Arve, selbst der Grund für Marions Anruf – genau genommen gibt es wenig, was mich *nicht* interessiert. In meinem Hirn rauscht es stärker als das Kaffeewasser des Flusses da unten. Ich wollte Mari etwas sagen. Also sage ich Mari etwas:

»When I was younger I was really mad about blonde women.«

»And now? Are you mad about Japanese women?«

»That's *utterly* true«, entgegne ich in albernem Oxford-Akzent, was Mari – warum auch immer – ein strahlendes Lächeln abringt. Ich starre also auf zwei makellos weiße Zahnreihen, und in den nächsten Sekunden habe ich das Gefühl, mehr als alles andere diese Zahnreihen zu küssen. Auf einmal umarmen wir uns heftig. Ich fahre mit einer Hand unter ihren Rock, dann unter ihren Slip. Ihre Haut ist erstaunlich kühl. Meine Finger erreichen ihren Anus, den Ansatz ihrer Schamlippen, ertasten die Feuchtigkeit, die dort spürbar ist. Mari stöhnt (zum Glück in ihrer normalen, sogar fast tiefen Stimme. Das Hauptproblem während meiner an Geisteskrankheit grenzenden Japan-Internetporno-Phase: dieses infantile Gequieke der Frauen. Dass Japaner darauf stehen, sagt alles) und streckt sich mir entgegen, aber ich ziehe die Hand hervor und stecke ihr den Finger in den Mund. Diese Geste habe ich auch schon tausendmal gesehen. Es ist absolut fantastisch, wie klischeehaft alles ist, was ich mache. Außerdem wird das Rauschen in meinem Kopf immer stärker. Ich höre die Musik nicht mehr. Maris Hände sind irgendwo zwischen meinen Beinen. Ich öffne die Augen: Ganz hinten, kurz vor der Pont de Carouge, stehen zwei Männer in weiß leuchtenden Hemden. Das sind Shwartzer & Gonzales. Mari stöhnt wieder. In meinem Kopf das Bild eines serbischen Milizionärs, der sich anschickt, in vor-

bildlicher Spannstoßtechnik einen Totenkopf wegzuki-
cken. Das Bild erinnert mich an ein anderes: eine Aufnahme von Johann Cruyff, im leuchtenden Orange der
Käsefresser. Es ist beklemmend, wie viel Talent auf dem
Balkan verschenkt wurde, und Shwartzer & Gonzales ru-
dern jetzt mit den Armen, und ich beginne jetzt ebenfalls
zu stöhnen. Wow!

DIENSTAG

Osaka International

Der Wecker klingelt um halb zehn. Welcher Idiot hat das Ding mitten in der Woche auf halb zehn gestellt? Ich ertaste das Telefon auf dem Nachttischchen und rufe Paul an. Er meldet sich mit: »Ja.«

Ich sage: »Hi, it's me. I will be late today.«

»*Oh really*? You *are* already late. What the fock did you do yesterday? You sound like a ...« Er bricht ab. Ich höre jemand anderes sprechen, der vermutlich gerade Pauls Büro betreten hat. Paul bellt ein ironisches »This afternoon, sir!«, dann ist er wieder bei mir: »So, Monsieur ne peut pas aller au travail aujourd'hui. Est-ce que je peux demander pourquoi?«

»I *will* be there, you idiot. But later, okay?«

»Okay«, antwortet Paul auf einmal fröhlich. »And by the way: Did you check the vacancy notes recently?«

»What? ... Where?«

»On our webpage.«

»No.«

»Do it«, sagt Paul und legt auf. Ich lasse das Telefon sinken. Es rutscht von der Bettdecke und knallt aufs Parkett. Ich schaue nach links: weiterhin keine Regung. Ein Bündel pechschwarzer Haare auf weißem Kissenbezug. Für einen Moment überkommt mich die Befürchtung, Mari umgebracht zu haben, aber dann bemerke ich, wie sich die Decke über ihr ganz leicht hebt und senkt. Ich lege mich wieder flach hin und schmiege mich an sie. Diese kühle, straffe Haut ihres Hinterns macht mich wirklich an. Ich habe keine Kopfschmerzen; ich bin nicht mal müde. Maris Pillen, später dann dieser Whisky: eins a Drogen, die den Erfordernissen unserer hochdifferenzierten Leistungsgesellschaft keinesfalls im Wege stehen. Im Gegenteil!

Mari liegt halb auf dem Bauch, halb auf der Seite, ein Bein ist angewinkelt. Ich beiße ihr in den Nacken, streichle ihre Hüfte, dann ihren Bauch. Wieder der beinah bittere Duft ihrer Haut. Sie bewegt sich endlich, dreht sich ein wenig mehr auf die Seite, so dass ich ihre Brüste anfassen kann. Ich kann mich nicht an viele der Szenen von gestern Nacht erinnern. Mein Gehirn, mein gesamtes Nervensystem befand sich eindeutig im Modus »außer Kontrolle«. Gut gefallen aber hat mir die Ruchlosigkeit, mit der sie mich in mein, in *unser* Schlafzimmer gezogen hat.

»Do you sleep here? I mean, do you and your girlfriend sleep here?«

»Is this a problem?«

»No, no. It's good, it's very good. It makes me feel like sleeping with her, too.«

Mari öffnet die Augen. Aus irgendeinem Grund erwarte ich, dass sie zu schreien beginnt, aber sie lächelt und tastet unter der Decke nach meinem Schwanz. Warum wirkt alles, was Mari tut, auf mich wie Szenen aus einem schmierigen Frühachtziger-Pornomagazin, das in einer Bambushütte über dem Flughafen von Osaka produziert wurde? Oder reicht es tatsächlich schon aus, *nicht* Marion

zu heißen? Ich schätze, wenn ich es mir aussuchen könnte, würde ich mein ganzes Leben nach dem Vorbild solcher Heftchen gestalten. Und damit meine ich vor allem
die Handlungspassagen, in denen es nicht direkt um Sex
geht.

Mari massiert meinen Schwanz mit druckvollen Zeit-
lupenbewegungen. Ich beuge mich über sie und beginne,
ihre Brust und danach ihren Hals zu küssen. Mari spreizt
die Beine und beginnt, irgendwie mit meinem Schwanz
zu masturbieren und ihn in Abständen halb einzuführen.
Zusammen mit den Nachwirkungen dieser Weltraum-
Pille von gestern Abend sowie der Gewissheit, dass Paul
eben den Mund gehalten hätte, wenn diese »Vacancy«
eine irgendwie erfreuliche Nachricht bedeutet hätte, er-
gibt sich ein Gefühl wohliger, an Übelkeit grenzender
Spannung. Auf dem Kissen neben Maris Kopf entdecke
ich ein langes blondes, fast durchsichtiges Haar. Ich nehme es und halte es ihr vor die Augen. Sie begreift sofort.
Ich lasse das Haar in ihren geöffneten Mund sinken, dann
schließt sie die Lippen, und ich ziehe das Haar langsam
wieder heraus. Plötzlich die seltsame Erinnerung, dass
mich Marions blonde Mähne irgendwann mal sehr erregt
hat. Jetzt, nach so vielen Jahren, geschieht es wieder –
kann man mehr von einer Langzeitbeziehung verlangen?

Mari bewegt sich energischer; praktisch ohne mein Zu-
tun dringe ich tiefer in sie ein. Wie gestern Nacht schon
beginnt sie, mir irgendein japanisches Zeug ins Ohr zu
flüstern, und wie gestern Nacht wundere ich mich darüber, wie diese Sprache *auch* klingen kann. Im letzten Jahr
hatten einige Leute bei *Suisse Forex* allen Ernstes (und ob-

wohl mehrere Schlitzaugen bei uns unter Vertrag stehen) vor, Japanisch-Kurse zu belegen. Gottverdammte Streber! Und vor allem: gottverdammte Idioten. Unglaublich, dass es immer noch Menschen gibt, die glauben, sich mit Sprachkompetenz den Weg ganz nach oben bahnen zu können. Dabei sollte mittlerweile allgemein bekannt sein: Vielsprachigkeit ist das Kainsmal des Fußvolks. Damit lassen sich höchstens ein paar Provinzler beeindrucken. In Wirklichkeit jedoch ist die Fähigkeit, französische Menükarten oder abartige, auf Hochsaudisch abgefasste Foltermethodenglossare simultan ins Business-Kirgisische zu übersetzen, ein sicherer Indikator dafür, dass man es niemals in eine verantwortliche Position schaffen wird. Denn bei den Entscheidern herrscht, dafür lege ich meine Hand ins Feuer, distinguierte Ein- bis höchstens Zweisprachigkeit vor; für alles andere, für Probleme fremdsprachlicher Natur, stehen schließlich jederzeit Tausende von hoffnungslosen Lakaien bereit, die in Genf an jeder Straßenecke herumlungern, die die ganze Stadt überflutet haben mit ihrer gierigen, panischen, ekelerregenden Sprachkompetenz. Mari flüstert immer weiter. Ist das schon eine Melodie? Ich habe das Gefühl, irgendetwas tief in ihrer Scheide (ein sehr gutes Wort, ich mag das Wort, obwohl es eindeutig zu einer Sprache gehört) saugt sich an mir fest, so dass ich mich kaum noch bewegen muss. Jetzt, bei Tageslicht, fällt mir wieder auf, wie dunkel ihre Haut ist, selbst auf der Innenseite ihrer Arme. Ich entdecke aufs Neue ihre kurzen, eigentlich spärlichen – nichtsdestotrotz *vorhandenen* – Achselhaare, in denen sich jetzt sogar eine Andeutung von Feuchtigkeit bemerkbar macht. Ich küsse

Mari dort, und es ist unglaublich, wie mich das anmacht, und ich nehme mir vor, sie demnächst zu fragen, was das eigentlich soll, ob das eine Art Protest ist, eine familiäre Marotte, was weiß ich. Im Moment allerdings will ich nichts sagen, sondern lieber weiter Maris geilem Singsang lauschen. Sie atmet ganz gleichmäßig, man könnte meinen, sie summe beim Stricken oder Autofahren vor sich hin. Dennoch bilde ich mir ein, dass auch sie erregt ist. Ich halte mein Ohr noch näher an ihren Mund.

»Do you want me to stop?«, fragt sie plötzlich.

»No, don't stop.«

Aber sie beginnt nicht sofort wieder, sondern dreht sich zur Seite und bedeutet mir mit einer Geste, mich auf den Rücken zu legen. Dann ist sie über mir und führt sich meinen Schwanz erneut ein, aber nur die Spitze, sie balanciert praktisch darauf und lässt mich – wie ich finde – beinahe professionelle Kontraktionen spüren. Das geht eine ganze Weile so weiter, ich bemerke, wie hinter dem Schleier schwarzer Haare Maris Blick auf mir ruht. Ich bemerke auch, dass ihre Brüste die gleiche Form, aber nicht exakt die gleiche Größe haben, dass von ihrem Bauchnabel ein Hauch, ein Flaum schwarzer Haare zu ihren Schamhaaren führt, ich bemerke, dass sich an der Zimmerdecke links neben ihrem Kopf ein heller Fleck, eventuell eine Lichtreflektion von draußen, hin und her bewegt. Das Fenster steht weit offen. Hinter dem Haus auf der anderen Straßenseite sehe ich einen kleinen Ausschnitt des Himmels. Das Blau ist hier intensiver als überall sonst. Niemand weiß, warum, aber es ist so. Alle sagen das. Draußen muss es bereits warm sein, sehr warm, denn ich bewege mich praktisch nicht, und dennoch rinnt mir der Schweiß aus den Haaren. Das Kopfkissen ist feucht. Maris ganzer Körper glänzt. Mit dieser Haut, in diesem Licht sieht sie eher wie eine hochgewachsene Thai aus, wie eine malaiische Hochspringerin, wie eine Prinzessin aus der Südsee vor Einsetzen des Degenerationsprozesses. Das Telefon klingelt. Mari beugt sich über die Bettkante und bringt es fertig, das Ding vom Fußboden zu holen, ohne dass ich aus ihr herausrutsche. Dann richtet sie sich wieder auf und setzt ihre minimalen, ruhigen Bewegungen fort.

»Hello?«

»……«

Sie lächelt. Sie schaut mich an.

»Yes, he is here. But he cannot talk to you now. You have to try again.«

»……«

»I don't know, perhaps in one or two hours. Or later. It depends.«

»……«

»Yes, one moment, please. I have to write it down.« Sie legt mir das Telefon auf den Bauch, wartet einen Augenblick, hält sich dann den Apparat wieder ans Ohr.

»Okay.«

»……«

»Meeting at 2:30 p. m., list of all external translators …«, sie klingt wie eine routinierte Sekretärin, die zufällig gerade Sex hat, »… plus a written evaluation of their performances respectively, Jean-Pierre, extension 96–34.«

Jean-Pierre Hofstadt ist meines Wissens *Schweizer*. Vor

allem aber ist er der schwuchtelig scharfe Assistent der Geschäftsleitung und seit einiger Zeit mein absoluter Favorit in der Firma. Bei *Suisse Forex* gibt es eine Tradition – vielleicht wegen des nervenzerfetzenden Alltags im Währungshandel oder des angstbefeuerten Drogen-, Alkohol- und Medikamentenmissbrauchs in weiten Teilen der Belegschaft, eventuell aber auch aufgrund des allgemeinen und physisch wie psychisch zerstörerisch wirkenden Unbehagens, das dieses in höchstem Maße lächerliche Wirtschaftssystem bei denjenigen schafft, die meinen, davon zu profitieren –, wie auch immer, *Suisse Forex* hat die Tradition, zweimal im Jahr einen sogenannten »Work Out Day« zu veranstalten. Während eines dieser Fitness-Betriebsausflüge, es war im letzten Winter, habe ich Jean-Pierre endlich einmal kennenlernen dürfen. Der Laden hieß *Le Green*, eine schwachsinnige Indoor-Driving-Range, in der man auch an einem klirrend kalten Mittjanuartag bei Zimmertemperatur an seinem Handicap feilen kann, und es ist überflüssig zu erwähnen, dass der Vorschlag für diese Location von unseren Tradern kam. Paul, Céline und ich waren dennoch zugegen, wobei Paul und ich schon nach zwei Stunden genug intus hatten, um diese kleinen weißen, überall herumliegenden Scheißbälle vierfach zu sehen. Bei einem meiner zahlreichen Toilettenbesuche an diesem Nachmittag machte ich dann eine Entdeckung, die Jean-Pierre Hofstadt, wenn er zu diesem Zeitpunkt noch halbwegs bei Sinnen gewesen wäre, garantiert davon abgehalten hätte, mich an einem frühen Dienstagmorgen mit Anrufen zu behelligen. Doch als ich ihn hinter der nur angelehnten Tür mit offener

Hose auf dem Boden der Toilettenkabine entdeckte, war Hofstadt bereits zu weggetreten, um mich noch zu erkennen. Er hielt sein Kinn mit Zeige- und Mittelfinger in einer Art Willy-Brandt-Denkerpose, wobei der angewinkelte Ellenbogen auf dem Rand der Toilettenschüssel aufgestützt war. Aus seinem Mund hing ein bizarr dicker Speichelfaden, der ihn allerdings nicht daran hinderte, immer wieder abwechselnd »Mon dieu« und »Oh my god« vor sich hin zu flüstern. Das Beste aber, das, was mir den Anblick unvergesslich gemacht hat, war: Neben ihm, auf den harten, unmenschlich kalten Fliesen lag sein Black-Berry – fürsorglich gebettet auf drei, vier Lagen Toilettenpapier! Ich habe später noch oft über diesen Anblick nachdenken müssen. Ich bedaure außerordentlich, kein Foto davon gemacht zu haben. Denn für mich steht fest: Das Bild wäre mir nicht nur beruflich nützlich, sondern irgendwie sogar Kunst gewesen. Oder zumindest Journalismus. Ein Art Statement eventuell. Dieses Bild hätte man nicht nur vermarkten, man hätte es *interpretieren* können.

Mari wirft lachend das Telefon aufs Kissen. Sie will wissen, wie ich sie fand, doch ich verpasse irgendwie den Zeitpunkt zur Antwort, denn jetzt senkt sich ihr Becken endlich ganz auf mich herab und beginnt, mit langsamen Auf- und Abbewegungen meinen Schwanz der Länge nach »lustvoll in das Liebesspiel einzubeziehen«. Jean-Pierre Hofstadt und ich, wir dürften uns einig sein: Sex wird im Allgemeinen über- und unterschätzt. Am Himmel draußen ein winziger orangefarbener Punkt: das Heck einer easyJet-Maschine. Immer sehe ich nur easyJet-Maschinen. Was, zum Teufel, hat das zu bedeuten? Egal, das Flugzeug ist verschwunden, und Mari beginnt plötzlich, lauter zu stöhnen, und zumindest ein Teil von mir, vielleicht ein Restbestand kindlicher Hoffnungen und Sehnsüchte, würde ihr das ausgesprochen gerne glauben.

Aus den Kriegstagebüchern: Mai 2008

Das Schwarz-Weiß-Bild im Deckenmonitor zeigt einen mit Poloshirt, Bermudashorts und irgendwelchen Schlappen bekleideten, von schräg oben gefilmten Mann. Auf seinem Hinterkopf, inmitten kurzgeschnittener Haare, eine hellere, beinahe kahle Stelle.

Ich gehe weiter durch die kleine Ladenpassage unweit unserer Wohnung. Was für interessante Menschen hier tagsüber herumlaufen! Ich habe das undeutliche Gefühl, bald einer von ihnen zu sein.

In der Boulangerie will der Idiot neben mir (eins neunzig, vierschrötig, Englisch mit skandinavischem oder niederländischem Akzent) tatsächlich Muffins haben. Die Verkäuferin versteht ihn natürlich nicht. Er wiederholt, sie versteht immer noch nicht.

»Est-ce que vous avez des *möffiins*?«, mische ich mich praktisch gegen meinen Willen ein. »Le Monsieur«, ich deute auf ihn, »veut des *möffiins*«, und es sind wahrscheinlich genau diese kleinen Begegnungen, die mich schon vor einiger Zeit mit dem in Riesenschritten herannahenden Tod versöhnt haben, und aus wahrscheinlich genau diesem Grund gehe ich auf dem Rückweg noch einmal extra langsam unter dem Monitor hindurch.

Fünf Minuten später komme ich mit Milch, Croissants, Früchten etc. bepackt wieder in der Wohnung an. Mari sitzt mit angezogenen Beinen (geil schlichter weißer Baumwollslip, dazu mein Hemd von gestern, alles ist weiterhin wie im Film) am Küchentisch. Sie blättert in Marions Tagebuch.

»Do you know, I mean, do you understand, what you've got there?«

»Of course I do. This is the diary of your wife.«

»Girlfriend.«

»Okay, this is the diary of your girlfriend and she is not very happy.«

»So, you understand German?«

»No, but I can feel it. She is not a happy woman.«

»How can you feel this?«

Mari denkt eine Sekunde nach, dann kommt in selbstverständlichstem Ton: »With my hands.«

Ich decke den Tisch, koche Kaffee, bereite den ganzen Frühstückskram vor. Mari beobachtet mich dabei. Ihre Auffassungsgabe in Sachen Marion hat mich nicht beeindruckt. Wer, um Gottes willen, führt freiwillig Tagebuch? Wer starrt unter Umständen über Jahrzehnte auf einen Deckenmonitor? Für mich jedenfalls wäre ein Tagebuch genau der Tropfen, der das Fass zum Überlaufen bringen würde. Andererseits: Ich *liebe* es, Marions Tagebuch zu lesen. Das verstehe, wer will.

Ich schenke Kaffee ein; wir essen schweigend. Da ich

keine Lust habe, mit so einer Frau schweigend zu frühstücken, frage ich Mari ein wenig über ihre berufliche Situation aus. Sie sei vor einigen Jahren nach Genf gekommen, antwortet sie bereitwillig, und zwar für ein Studium der europäischen Geschichte des 20. Jahrhunderts (»You didn't believe that I knew that woman on the poster yesterday. But that was *Frau Ensslin*, wasn't she? I learned a lot about the European social movements of the sixties and seventies, especially in Germany and Italy«). Genf, weil eine Tante hier das *Sumo Kushiyaki* betreibe und ihr angeboten hätte, dort zu arbeiten. Ihre Familie zu Hause in Tokio sei zwar einigermaßen reich, einen Teil ihres Lebensunterhalts müsse sie aber selber verdienen. Aus diesem Grund fliege sie auch mehrmals im Jahr nach Hause und bringe jedes Mal Pillen mit.

»What does that mean? Do you *sell* them here?«

»Yes.«

»Why? Are they somehow special?«

»Yes, you cannot get them outside Japan. And even there only few people know them.«

»I thought it's some kind of ecstasy.«

»No.«

»No?«

»No.«

»How much does a pill cost?«

»Five hundred.«

»So, I owe you already one thousand francs.«

»No, you don't.«

»I want another one.«

»Really?«

»Yes, and this time I'll gonna pay for it.«

Mari schaut mich forschend an. »Don't you have to work today?«

»It's *because* I have to work.«

Sie bricht ein Stück von ihrem Croissant ab, bestreicht es mit Aprikosenmarmelade und steckt es sich in den Mund. Diese kleinen Verrichtungen törnen mich schon wieder an. Ich habe Lust, sie irgendwie anzufassen, vor ihr niederzuknien, ihre Beine zu spreizen, sie durch den Stoff ihres Slips zu lecken. Ich habe Lust, ihr sodann den Slip abzustreifen, sie auf den Tisch zu legen usw. – was ist eigentlich mit mir los? Mari kaut gleichmütig vor sich hin. Ihr Blick wandert durch die Küche, landet schließlich wieder bei mir.

»If you read for me a little bit from your girlfriend's diary, I'll maybe give you another pill. But if I were you, I would wait with it till tonight.«

»But you don't speak German«, gebe ich noch mal zu bedenken. »You won't understand anything.«

»That doesn't matter. I *will* understand what is important for me.«

Ich habe keine Ahnung, was das zu bedeuten hat, aber es klingt gut. Ich blättere in dem Tagebuch herum, bis ich die richtige Stelle finde. Auf einmal bin ich selber wieder ganz scharf auf die atemberaubenden Erlebnisse meiner Lebensgefährtin Marion Gräfe.

Montag, 12. Mai.
Seit Freitag ist das Wetter wunderschön. Vor ein paar Wochen war es schon mal so, doch dann war auf einmal wieder

Winter, mit Schneeschauern und nachts sogar Frost – jetzt ist es beinahe schon heiß. Ich fühle mich wie erlöst. Und gleichzeitig denke ich: Wie wetterfühlig bist du schon geworden. Wie alte Leute! Es ist wirklich wahr, ich denke immer mehr über das Wetter nach. Vielleicht sollte ich Mutter anrufen, dann hätten wir endlich mal ein anderes *Thema.*

Aber ich will mir heute die gute Laune nicht schon wieder selber verderben. Ich bin so froh, dass es warm ist, dass ich nach draußen kann, dass ich nicht mehr hier gefangen bin. Gestern haben F. und ich die erste Radtour in diesem Jahr gemacht. Das hat auch ihm gefallen, auch wenn er das natürlich nicht zugibt. Diese kleinen Dörfchen im Hinterland: Lullier, Jussy, Gy, wir sind fast bis nach Frankreich gefahren. Und dann in Cologny diese prächtige Aussicht auf den See. Mir wurde auf einmal wieder klar: Wir leben hier in einer Art Paradies. Warum fühle ich mich bloß nicht so?

Nachtrag, am Abend: Wieder kleine Radtour gemacht, aber alleine, und wochentags ist es nicht dasselbe. Kam mir irgendwie komisch vor.

Ich schaue zu Mari herüber. Sie ist voll konzentriert.

Mittwoch, 14. Mai.
Ein wenig mit Marc vor dem Silhouette unterhalten. Er macht mir Komplimente wegen meiner Figur. Findet, dass sein Programm deswegen bei mir optimal wirkt, weil die Voraussetzungen so gut seien. Tatsächlich, bei all den Stunden, die ich täglich, trotz Glocals-Verbot, vor dem Rechner verbringe (mit was eigentlich?), ist es ein Wunder, dass ich noch nicht völlig aus dem Leim gegangen bin.

Im Gegensatz zu den sonstigen Trainern ist Marc beinahe feingliedrig. Er ist, da haben die anderen schon recht, wirklich attraktiv. Und wenn er englisch spricht ...

Donnerstag, 15. Mai
Wenn die Sonne scheint, wenn es abends lange hell ist, kann man einfach alles besser aushalten. Selbst Franks Launen, die immer schlimmer werden. Ich frage mich allen Ernstes, wie er es überhaupt noch fertigbringt, mit Menschen zusammenzuarbeiten. Gestern, während er Fußball im Fernsehen schaute, ein langer Sermon über die Idioten überall, die sein Leben zur Hölle machen würden. Als ich nach fünf Minuten genug hatte und in die Küche gegangen bin, hat er einfach weitergeredet! Ich glaube immer mehr: Bernd hat recht!
Heute Morgen ein irres Gezwitscher in den Bäumen.

Sonntag, 18. Mai
Wir hatten heute Morgen Sex! Ich fand es gar nicht mal so schlecht, auch wenn ich noch nicht ganz wach war und natürlich wenig davon hatte. Aber nachher sagte F. zu mir, genau in diesem Wortlaut und mit richtig ernstem Gesicht: Du könntest ruhig mal etwas engagierter sein. Bei mir sofort, idiotischerweise, Panik. Ich fühlte mich richtig schlecht und habe auch noch versucht, mich irgendwie zu rechtfertigen. Dann auf einmal dieses Grinsen auf seinem Gesicht. Er hatte das gar nicht ernst gemeint. Das war wieder einer seiner Scherze. Ich konnte mich dann aber erst recht nicht mehr beruhigen. Es ist wirklich so: Er nimmt überhaupt nichts mehr ernst. Das kann doch nicht sein, dass jemandem einfach alles

egal ist. Ich glaube langsam, das ist der einzige Grund, warum er sich nicht von mir trennt.

Okay, ich gehe besser ins Bett. Morgen ist schließlich Montag – hahaha.

Jetzt ist es drei Uhr nachts, ich kann nicht schlafen, ich muss das hier einfach noch aufschreiben: WARUM TRENNE ICH MICH NICHT VON IHM???

Das sollte doch wohl die Frage sein.

Montag, 19. Mai
Vielleicht sollte ich im Glocals-Forum darüber schreiben.

Draußen steht die Natur in voller Blüte. Ich meine, was man hier in der Stadt als Natur bezeichnen kann.

Nie, wirklich nie hätte ich gedacht, dass ich mal solche Sachen denken könnte. Aber es ist wahr: Ich bin achtunddreißig Jahre alt, und ich hätte gerne einen Garten.

Aus den Augenwinkeln bemerke ich eine Bewegung. Mari hat genickt, nickt immer noch. Was ist los, will sie auch einen Garten, womöglich einen, in dem sie ihre Wunderpillen anbauen kann? Langsam glaube ich nicht mehr, dass sie kein Deutsch spricht.

Freitag, 23. Mai
Frank hat mir eine Jobanzeige in Le Temps *gezeigt. Da suchen welche tatsächlich Sprachlehrer für Deutsch. Einzige Voraussetzung: abgeschlossenes Hochschulstudium. Ob mein Abschluss in Grafikdesign auch gilt? Frank meint ja. Bei mir dann sofort wieder Bedenken. Habe ich wirklich dafür*

studiert? Habe ich dafür dem alten Bender, diesem perversen *Schwein, sein widerliches Ding geblasen? Scheiße, ich hatte mal andere Pläne.*

Ich stocke einen Moment. Das glaube ich einfach nicht. Erfindet Marion Dinge extra für ihr Tagebuch? Von Mari keine Reaktion. Diese Karrieretechnik ist allem Anschein nach ganz normal für sie.

Ich sage Frank, dass es wirklich ironisch ist, dass ausgerechnet seine Freundin beruflich mit Sprachen zu tun haben soll. Seine Reaktion: Er lacht, ganz herzlich auf einmal, nimmt mich in den Arm und streichelt dann meinen Busen wie ein kleiner Junge. Ich fand das schön.

Wie kann es bloß sein, dass man so lange mit jemandem zusammenlebt und ihn jeden Tag weniger versteht?

Samstag, 24. Mai
Ich komme mit diesem scheiß Lebenslauf nicht klar. Wie das deprimiert! Frauke am Telefon: »Mut zur Lücke.«

Wir wollen uns nachher zum Laufen treffen. Hoffentlich komme ich dabei auf andere Gedanken. Hoffentlich komme ich überhaupt auf Gedanken.

Montag, 26. Mai
Gestern vor achtunddreißig Jahren wurde ich geboren. Bernd und Frauke riefen schon morgens an, Mutter und Vater, Helga, Petra aus Hamburg (die ganze Zeit von den Kindern erzählt – ja, ja, ich habe verstanden), sogar Helen, die sagt, dass sie jetzt vielleicht doch noch nicht im nächsten Jahr weggehen.

Frank und ich waren abends essen (ein kleines Restaurant

in Carouge, unglaublich teuer). Es war einfach nur schön, wir haben sogar in alten Erinnerungen geschwelgt. Er weiß wirklich noch alles aus unserer Anfangszeit.

Eigentlich ein wirklich schöner Geburtstag. Warum mir jetzt schon wieder die Tränen kommen – das verstehe, wer will.

Mai 2008: abgehakt. Es bleiben Juni und vor allem Juli (wieder kein Urlaub!!). Die hebe ich mir für ganz schlechte Zeiten auf. Mari steht auf, geht zur Toilette, und sie lässt die Tür weit offen stehen, so dass ich durch den großen Spiegel im Flur alles beobachten kann. Das plätschernde Geräusch setzt ein. Es mischt sich mit ihrer Stimme. Sie hat wieder mit diesem Singsang von gestern begonnen.

Die Stadt der Friseure

Es ist zwanzig vor zwei, ich sitze im Bus auf dem Weg zum Büro. Mir gegenüber unterhalten sich zwei Jungfrösche (der Einfachheit halber gehe ich in letzter Zeit dazu über, alles, was nach Französisch-Muttersprachler klingt, auch als Franzosen einzustufen), und es ist klar, dass ihre Eltern oder eher noch Großeltern sich einst aus einer staubigen, im roten Abendlicht vor sich hin köchelnden, von den Schmerzensschreien ausblutender Kamele erfüllten Vorstadt Marrakeschs oder Algiers oder Casablancas, aus irgendeiner maghrebinischen Geröllwüste mit jener Mischung aus unmenschlicher Energie und Verzweiflung, die Migranten ja so gerne unterstellt wird, von der *ich* damals allerdings nicht das Geringste verspürt habe, aufgemacht haben, um im fernen Europa, am besten natürlich beim ehemaligen Kolonialherrn, am Wunder funktionierender Geld- und Warenkreisläufe teilzuhaben. Beide sind recht großgewachsen, genau wie ich, was im Fußraum zu Platznotstand führt, der wiederum die Konsequenz hat, dass sich unsere Füße und Knie über kurze oder längere Zeiträume berühren, ja aneinanderreiben. »Either terrorists or faggots, most of the time both« – Pauls griffige Klassifizierung kommt mir in den Sinn, und augenblicklich beginne ich, den andauernden Körperkontakt mit diesen beiden ansehnlichen Jünglingen unter einem sexuellen Aspekt zu betrachten. Außerdem bemerke ich: den verschämt missbilligenden, klar den beiden Banlieue-Gangstern vor mir geltenden Blick einer durchaus ansehnlichen, aber keineswegs aufsehenerregenden Studentin auf der anderen Seite des Gangs, die effeminierten Bewegungen eines Tänzers in einer Gruppe von anderen Tänzern, die für Sekunden in dem Deckenbildschirm (noch einer, irgendetwas in mir erhofft plötzlich, dass ich als Nächstes darin auftauche) zu sehen und Teil eines Werbespots für ein Musical sind, dessen Titel ich mit »Die Rückkehr der Kormorane« übersetze. Draußen zieht derweil ein sommerliches, erschöpftes, von der Mittagshitze ausgebleichtes Genf vorbei. Ich packe die Wegwerfzeitung, in der ich während der Fahrt keine einzige Zeile gelesen, die ich aber trotzdem die ganze Zeit verkrampft mit beiden Händen festgehalten habe, zurück in meine ansonsten völlig leere Tasche (Geburtstagsgeschenk von Marion: Kostenpunkt mind. 700 CHF – ihre Kreditkarte, aber natürlich nicht ihr Spar-, sondern unser gemeinsames Konto). Der Bus kommt vor einem Friseursalon zum Stehen. Eine Frau, höchstwahrscheinlich keine Kundin, sitzt auf einem der Stühle und trinkt Kaffee. Ansonsten ist der Laden leer. Das wundert mich nicht.

Wenn ich in Genf unterwegs bin und mir absolut nichts mehr einfällt, womit ich meinen Geist von der Tatsache ablenken kann, dass mein Geist mir andauernd solche Dinge wie »Spring vor dieses Auto« oder »Trink diese Flasche leer« oder »Wenn die Bankenflaute sich zu einer Wirtschaftskrise globalen Ausmaßes mausert, besteht eventuell Hoffnung darauf, dass die Welt untergeht« einflüstert, wenn ich also solche Sachen einen Augenblick aus meinem Kopf heraushalten möchte, fange ich an, Friseursalons zu zählen. Oder, als Alternative dazu: die Minuten, letztlich eher Sekunden, die verbleiben, bis ich einen neuen Friseursalon entdecke. Genf quillt über von Coiffeuren. In der Luftlinie von vielleicht zweieinhalb Kilometern zwischen unserer Wohnung und dem Büro sind es mehr als ein Dutzend. Hochgerechnet gehe ich für die Kernstadt, deren Gebiet klein ist, von mehreren tausend aus.

Der Bus fährt ruckartig wieder an. Ich rutsche ein wenig aus meinen Sitz und stoße gegen das Knie eines der beiden Nordafrikaner. Dafür ernte ich einen bösen Blick, der sich allerdings im Ungefähren verliert, als ich *meinen* Blick so lange nicht abwende, bis sich draußen das Karussell wieder zu drehen beginnt und ich weiterzählen kann. Das Verrückteste an dieser Friseurflut ist, dass das Ergebnis für die Distanz Wohnung–Büro keineswegs immer gleich ist. Die Anzahl der in Genf operierenden Haarstudios fluktuiert demnach in Vierundzwanzig-Stunden-Rhythmen, doch nach welchen Kriterien sich diese Schwankungen vollziehen – ich habe nicht den blassesten Schimmer.

Klar ist, Genf hat zu jeder Tages- und Nachtzeit mehr Friseure als Bäckereien, Zeitungsläden und Thai-Massagestudios zusammen. Ich schaue mich im Bus um: Ausnahmslos alle sind gut frisiert, aber die meisten sehen nicht so aus, als hätten sie heute schon einen Besuch bei ihrem Haarberater hinter sich. Statistisch gesehen müssten sie das aber, ansonsten kann ich mir die Existenzbedingungen eines durchschnittlichen Genfer Coiffeurs einfach nicht vorstellen, seinen Alltag, seine abgrundtief irrsinnigen Träume, wenn er nachts dann schweißgebadet aufwacht und sie ihm wieder erschienen ist, diese Frau, deren Haare nach Cognac duften, sich wie platingehärtete Stahlwolle anfühlen und seine edlen Instrumente ruinieren, für die er einst ein, *sein* Vermögen investierte, das er zuvor von den cleveren Tradern von *Suisse Forex* auf abenteuerliche Weise hatte ergaunern lassen. Er träumt immer wieder von der Frau, und er kann sich nicht entscheiden, ob das alles nicht schon wieder sexuell ist, doch letztlich spielt es keine Rolle mehr, denn jetzt muss er den Salon aufsperren, um dann die nächsten fünfzehn Stunden allein zu verbringen.

Genf ist natürlich eine Dienstleistungsmetropole: Banken, Versicherungen, Organisationen. Jeder weiß, dass solche Dienstleistungsstrukturen eine Menge sekundärer Dienstleistungen nach sich ziehen. Trotzdem, hinter der Dominanz der Friseure muss noch etwas anderes stecken, etwas Geheimnisvolles, Bösartiges. Niemand hat mich je auf diesen Umstand hingewiesen; wahrscheinlich bin ich der Einzige, der darüber nachdenkt. Es ist zudem auch relativ wahrscheinlich, dass ich an diesem Tag der einzige Vollzeitangestellte der Stadt bin, der erst gegen dreizehn Uhr fünfundfünfzig an seinem Arbeitsplatz erscheinen wird.

Ich verlasse den Bus. Die Hitze springt mich an. Auf meinem Hemd zeichnen sich bereits dunkle Schwitzflecken ab. Ich *versuche*, mir eine Schneelandschaft auf Hokkaido (Mari will dort in einem abgelegenen Internat ihre Jugend verbracht haben) vorzustellen, ich *stelle* mir (schon wieder) eine staubige Straße in Nordafrika vor, durch die eine Rinne führt. Am oberen Ende der Straße knien die Kamele; man hat ihre Hälse angeritzt, dicke Blutstrahle finden ihren Weg zu der Rinne, ein leuchtend roter Bach fließt die Straße hinab. Unten sind Männer. Sie arbeiten geschäftig. Ich glaube, sie färben Kleider, nein, Teppiche. Diese Verbrecher färben mit Kamelblut Teppiche, die sie dann von willfährigen Migrantensöhnen nach Genf schmuggeln lassen, um sie hier für ein Vermögen an verrückte Friseure zu verschachern. Eine sogenannte Frau kommt mir entgegen. Ihr Haar, ihre wunderschöne blonde Mähne, das sehe ich sofort, wird regelmäßig gewartet. Die Frau trägt eine schwarze Sonnenbrille und einen schwarzen Rock und eine weiße, kurzärmlige Bluse und schwarze, hochhackige Schuhe. Sie arbeitet, darauf

würde ich sogar Marions Tagebuch verwetten, in einer
verfickten Bank. Ich bin nun ebenfalls zu einem Unternehmen der Finanzbranche unterwegs, und ich fühle
mich sogar, den Umständen entsprechend, gut. Die Umstände sind: Es ist heiß. Ich kann nicht genau einschät-
zen, was mich im Büro erwartet. Und in meinem Hirn
zündet diese halbe Pille, die ich Mari eben unter Protest
(»You shouldn't do that before work.« – »But you told me
they are some kind of a natural product. I mean, without
any side effects.« – »Yes.« – »So, what's the problem?« –
»You shouldn't take a pill before work«) doch noch abge-
schwatzt und dann sofort eingeworfen habe, eine Serie
von kleinen, teilweise recht amüsanten Explosionen.

Operatives Geschäft

Für ein in Sachen Währungshandel weltweit führendes
Broker-Haus, das selbst an durchschnittlichen Tagen den
Haushalt eines osteuropäischen Hottentottenstaates über
den Globus peitscht, nimmt sich die Lobby von *Suisse
Forex* beinahe karg aus. Etwas Marmor auf dem Boden
und an den Wänden, ein paar Clubsessel in einer Ecke, locker zu einer Sitzgruppe mit Zimmerpalme angeordnet –
fertig. Auf einem flachen Tischchen liegen dazu rein zufällig diese geilen, völlig hirnverbrannten Magazine für
arabische Polofanatiker oder kaukasische Hochseesegler
herum. Genau genommen ist diese Lobby nicht einmal
allein unsere; wir teilen uns das Gebäude mit einigen se-

riösen und selbstverständlich auch mit einigen weniger seriösen Unternehmen der Branche.

So strömen wir also tagaus, tagein in dieses unauffällige Geschäftshaus, um unser Geld zu verdienen, indem wir anderes Geld verdienen bzw. verbrennen, mehr Geld, als nötig wäre, um zu Ehren der beiden Märtyrer Ross F. Gonzales und John D. Shwartzer eine Unterwasser-Driving-Range von der Größe des Kongo zu errichten. Und wenn man davon absieht, dass *ich* mit diesen Sachen natürlich nicht das Geringste zu tun habe, entsprechen solche Beschreibungen sogar der Realität.

Die Eingangstür öffnet sich, ich betrete dieses gepflegte kleine Universum. Der Sicherheitsmann schaut von seinen Monitoren auf: Kein Zeichen des Erkennens oder meinetwegen Ekels, er beobachtet lediglich, wie ich mich in einem Anfall sportiven Leichtsinns, der sich in Anbetracht meines bereits jetzt schweißnassen Oberkörpers als Wahnsinn herausstellen wird, nicht auf den Weg zu den Aufzügen mache, sondern zu dieser versteckten Tür, die zum Treppenhaus führt.

Dort ist es allerdings angenehm kühl. Ich steige, jetzt sogar vergnügt, die Stufen zum vierten Stock hinauf. Ich mag unser Treppenhaus. Ich mag es, jetzt arbeiten zu gehen. Ein Schreiner kommt mir in den Sinn, der bei Sonnenaufgang seine Werkstatt aufschließt und mit einem Seitenblick ein majestätisches, im Morgenlicht schimmerndes Bergpanorama erhascht, der dann innehält, um für einen Moment die Schönheit der Natur zu genießen. Ich sehe den Fischer auf hoher See, der inmitten tosender Gischt tief in das ersterbende Auge einer Makrele schaut. Meine Gedanken wandern zu Männern mit silbernen Schürzen, die neben weiß glühenden Stahlströmen stehen, zu Frauen (sie alle ähneln Mari), die in einem riesigen Saal summend vor Sechziger-Jahre-Nähmaschinen sitzen. Die Würde des arbeitenden Menschen. Ich betrachte aus der Vogelperspektive eine machtvolle Demonstration, ich habe Lust, Fahnen zu schwenken, Lieder zu singen von Freiheit, Gerechtigkeit und Stolz, ich beginne endlich, etwas vom Wesen und der Mission der Sozialdemokratie zu begreifen. Doch dann öffnet sich, gerade als ich die Klinke in die Hand nehmen will, die Tür zum vierten Stock, und ich blicke in das kantige, von roten Backen jedoch ins Infantile abgemilderte Ariergesicht meines Kollegen (auf diesen Namen habe ich mich nun endgültig festgelegt): Lars.

»Hey, Frank!« Er schüttelt mir die Hand, er lächelt, er scheint sich tatsächlich zu freuen, mich zu sehen. »You should have stayed longer with us on Friday.«

»Why?«, frage ich, obwohl mir Paul alle relevanten Einzelheiten bereits gestern brühwarm serviert hat. Die Einzelheiten sind: Paul, Kevin und Lars sind irgendwann mit den beiden Brasilianerinnen in einer schmierigen Bude in Servette gelandet, wo es angeblich zu mehreren alkoholinduzierten Koitusversuchen gekommen ist, und die Taxis, die die drei Finanzdienstleister wieder zu ihren Gattinnen oder Freundinnen zurückgebracht haben, sollen erst am späten Vormittag vorgefahren sein.

»Well«, gibt sich Lars geheimnisvoll, »we had a lot of fun later on. You know, with Paul it's always like this.«

»What does it mean: ›with Paul‹?«, frage ich in forciert offiziellem Ton. »Are you suggesting that our colleague Paul Carragher tends to misbehave on Friday nights and therefore to bring our honorable company into disrepute?«

Lars' Lächeln bricht in sich zusammen. Seine Augen signalisieren jetzt – ich fasse es einfach nicht – Angst. Was soll das? Sind das jetzt schon wieder diese gottverdammten kulturellen Unterschiede? Und welchen Posten bekleidet Lars eigentlich in dieser Firma? Um den Nordmann zu erlösen, gebe ich ihm einen Klaps auf die Schultern und sage: »But yeah, you are absolutely right: He's a maniac. He should be kept in mental hospital.«

Lars grinst wieder. Gleichzeitig schüttelt er den Kopf, dreht sich dann um und nimmt die ersten beiden Stufen hinauf zum Fünften. Ich schaue ihm nach. Das war schon mal kein schlechter Auftritt. Offenkundig bin ich in Form. Andererseits: Diese solidarische, eventuell von japanischen Heilkräutern inspirierte Nähe zur *wirklich* arbeitenden Bevölkerung, die ich eben deutlich spürte – sie hat sich aufgelöst. Und ich bezweifle, ob ich Derartiges jemals wieder empfinden werde.

Punkt 14:00 Uhr. Ich befinde mich im Flur des vierten Stocks. Obwohl mir die Wände ganz leicht gebogen vorkommen, erscheint alles so weit normal. Auf diesem Stockwerk sind alle Teams von *Suisse Forex* untergebracht, die kein Geld verdienen, sondern kosten, zum Beispiel IT-Support, Finanzen, HR oder Customer Support. Die entscheidenden Leute, sprich die Trader, sowie die Leute, die entscheiden, wer die entscheidenden Leute sein sollen, sitzen im Fünften. In den Augen eines durchschnittlichen Traders, für den das Leben eine endlose

Fortsetzung der achtziger Jahre tatsächlich *ist*, besteht unsere Etage vorwiegend aus Versagern und Sklaven. Speziell die Computerspezialisten haben daher bei ihren zahlreichen Notfalleinsätzen wenig zu lachen. Wenn es oben wieder einmal brennt, sprich ein Rechner oder eines der hochkomplizierten Programme streikt, werden sie nicht, so wie sie es eigentlich erwarten, wie Retter oder Genies empfangen, sondern wie fettige Nerds, wie zurückgebliebene Physikstudenten, wie Pizzaboten. Nur wir, die smarten PR-Menschen, genießen einen Sonderstatus. Das ist zum Teil auf die Präsenz der unerreichten, gottgleichen Céline zurückzuführen, erklärt sich aber zum anderen durch unser Image als antimaterialistische Intellektuelle, denen die individuellen Trader-Bilanzen, die oben wie heilige Schriften wöchentlich angeschlagen werden, höchstens abfällige Witzchen abringen. Paul, zum Beispiel, lässt es sich nicht nehmen, ab und an einen der Stars von oben zu uns nach unten zu zitieren, um aus erster Hand neue Infos darüber zu erhalten, wie sich das operative Geschäft entwickelt, was, mit anderen Worten, bei *Suisse Forex* eigentlich vorgeht. Es steht außer Zweifel, jedenfalls kommt es mir in diesem Moment so vor: Wir sind die eigentlichen Könige dieses Ladens. Wir sind die Könige, obwohl wir zum Erfolg der Firma nicht einmal ein Promille, ein Nanogramm beitragen. Was, zum Teufel, wollte heute Morgen eigentlich dieser alberne Idiot Hoftstadt?

Ich bin also auf dem Flur, ich schreite eine Galerie deutscher und russischer Expressionisten des frühen zwanzigsten Jahrhunderts ab, und mir fällt absolut nichts ein, was für oder gegen diese Auswahl spräche. Ganz entgegen meinen Erwartungen hat das Farbfeuerwerk, das von den Wänden direkt auf meine Synapsen abgeschossen wird, keinerlei spürbaren Effekt. Mich beschäftigt stattdessen die Frage, warum die Tür zu diesem kleinen, versteckt gelegenen Büro ganz am Ende des Ganges, das zufälligerweise *mein* Büro ist, offen steht. Die Antwort ist denkbar einfach: Weil Paul Carragher, ein kaninchenäugiger Vertreter britannischen Weltmachtanspruchs und oberflächlich betrachtet mein Vorgesetzter, es sich hinter meinem Schreibtisch bequem gemacht hat und in den wohlgeordneten Papierstapeln meiner Ablage herumwühlt.

Ich trete ein, Paul schaut auf, sagt aber nichts. Er sieht nicht grade glücklich aus.

»Can I help you, sir?«

»We need«, er stockt, »we need performance reports about all external translators. And we need them *now*.«

Er macht wieder eine Pause. Vielleicht will er mir Gelegenheit geben, etwas zu fragen. Aber ich habe keine Frage. Und solche Reports habe ich selbstverständlich erst recht nicht. Wie um Himmels willen soll jemand wie ich die Qualität beispielsweise einer russischen Übersetzung beurteilen? Immerhin, von diesen millionenschweren Wodkafässern, denen wir habituell ihr Geld abknöpfen, um es auf wundersame Weise und unter Ausnutzung volkswirtschaftlich bedenklicher Währungsschwankungen sogar eventuell zu vermehren, hat sich bisher noch niemand beschwert.

»You didn't put them online, did you?«, fängt Paul wieder an. Wovon spricht er? Ich habe geringfügige Probleme, mich zu konzentrieren. Vermutlich geht es weiter um Performance-Reports. Nun, es gibt Leichteres, als sich an eine Sache zu erinnern, die einfach nicht existiert.

Ich kläre Paul darüber auf, dass in meinem Rechner lediglich irgendwo eine verstaubte Excel-Tabelle herumliegen dürfte, die die Preise und Preisentwicklung der verschiedenen Übersetzer für die verschiedenen Sprachen und Textsorten aufweist. Irgendwann einmal habe ich mit dieser Liste begonnen, und irgendwann einmal, vor etlichen Monaten, habe ich sie wieder vergessen.

»Excellent!«, brüllt Paul und springt auf. »Print this shit out!«

Er ist schon halb aus dem Büro, als ich endlich dazu komme, ihn zu fragen, was eigentlich los ist. Er dreht sich um und betrachtet mich einen Augenblick wie abwesend, und ich begreife, dass Paul heute zum ersten Mal von diesen Reports gehört hat, dass er zweitens – und nicht nur deswegen – etwa so viel Kompetenz zum Führen einer leistungsfähigen PR-Abteilung besitzt wie, zum Beispiel, *ich*, und dass drittens sein über alles geliebter Leib- und Magenclub Leeds United kurz vor dem totalen Kollaps stehen muss.

»They want us to go upstairs at 2:30. This cunt Hofstadt was here. Apparently senior management is ...«, er ändert seinen Tonfall, spricht plötzlich affektiert, »... not too happy with the overall achievement of the communications department.« Er macht eine Pause, fügt dann ein resigniertes »Fockin' idiots« hinzu und verschwindet, steckt aber dann noch einmal seinen rot angelaufenen Trinkerschädel durch den Türrahmen und sagt: »Check the vacancy notes. I tell you, this time they mean business.«

Ich lasse den Rechner hochfahren. Draußen scheint die Luft zu flimmern. Es müssen barbarische Temperaturen herrschen. Eventuell manipulieren technisch begabte Migrantenstämme das Weltklima, um die Nordhalbkugel systematisch mürbe zu machen. Ich bin mir sicher, die Parasiten in den Organisationen wissen davon. Die haben sich bereits arrangiert. Nur Leuten wie mir, dem arbeitenden Mann, wurde wieder einmal nichts gesagt. Ich werfe einen Blick auf die Schlipsträger, die auf der anderen Straßenseite dem Nirwana entgegenschuften. Viele starren einfach nur entsetzt auf ihre Bildschirme, manche telefonieren. Einer geht, die Hände in den Hosentaschen, in seinem Büro auf und ab. Er sieht aus, als diktierte er etwas: *Neuer Absatz: Bezugnehmend auf Ihr Schreiben vom sechsundvierzigsten April diesen Jahres, in dem Sie einen Zahlungsrückstand unsererseits anmahnen, möchte ich mich wie folgt äußern. Nach nochmaliger Überprüfung des Sachverhalts seitens unserer Rechnungsabteilung kann kein Zweifel daran bestehen, dass der von Ihnen inkriminierte Rechnungsbetrag mit der Nummer 123XYZ fristgerecht und in voller Höhe beglichen wurde. Ihre Mahnung kann ich daher nur als gegenstandslos betrachten. Sollten Sie sich jedoch in Zukunft noch einmal dazu entschließen, mit einem Mahnschreiben an uns, an mich heranzutreten, werden wir uns gezwungen sehen, rechtliche Schritte gegen Sie einzuleiten. Darüber hinaus ziehe ich die Möglichkeit in Betracht, Ihnen im Rahmen einer persönlichen Unterredung beide Augäpfel herauszubeißen sowie Ihre Kniescheiben zu*

kochen. Mit freundlichen Grüßen und so weiter und so weiter.
Und in der Ecke, auf dem Sofa seines Büros, das Gerippe
seiner Sekretärin. Womit beschäftigen sich diese Irren da
drüben eigentlich? Womit beschäftige ich mich eigentlich
hier? Der Rechner ist jetzt so weit; ich werfe zunächst einen Blick auf den E-Mail-Eingang: Marion. Noch mal Marion. Das hat Zeit. Da ist Hofstadts Nachricht. Sie wurde
bereits gestern abgeschickt, um zwanzig Uhr (!), und, ich
muss laut loslachen, sie nimmt Bezug auf eine frühere An-
kündigung. Kann es wirklich sein, dass sowohl Paul und
Céline als auch Christine, unsere Sekretärin, und ich, dass
wir alle Hofstadts erste Mail ignoriert bzw. erst gar nicht
bemerkt haben? Ja, das kann sehr gut sein!

Ich schaue mir die Stellenangebote von *Suisse Forex* an.
Wir suchen einen »Head of the Communications Unit«,
der nicht nur über profunde Erfahrungen hinsichtlich
zeitgemäßer, in leitender Funktion umgesetzter Unter-
nehmenskommunikations- und Marketingstrategien,
sondern auch, neben Englisch und Französisch, über ein
verhandlungssicheres Deutsch (»any additional language
a definite plus«) verfügen sollte. Demnächst wird also
jemand meine Arbeit überprüfen können. Oder er wird
sie gleich selber machen. Sätze eines imaginären Be-
werbungsschreibens schwirren wie hysterische Mücken
durch mein Gehirn. Außerdem klingelt das Telefon. Ein
lebendiger Leichnam namens Paul will wissen, was mit
der Liste ist. Ich durchsuche in Windeseile meine Da-
teien, stoße dabei auf Dinge, die ich noch nie gesehen
habe. Am anderen Ende der Leitung wird währenddessen
schwer geatmet. Was ist mit diesem Idioten eigentlich

los? Masturbiert er? Fünf Minuten vor *diesem* Meeting? Schließlich finde ich die Tabelle. Sie sieht aus, als hätte sich ein Kleinkind in Papis dilettantische Heizkostenaufstellung verirrt. Aus mehreren Kilometern Entfernung könnte man sie allerdings mit dem verwechseln, was *ich* unter einem Performance-Report verstehe.

Paul sagt: »Three minutes. At the elevators« und legt auf.

Golgatha

Dienstag. Immer noch ist es Dienstag, der soundsovielte August. Céline (heute Pferdeschwanz, perlmuttfarbener enger Rock, dunkelblaue Tittenbluse, hochhackige Sandälchen, niemand, ich betone, niemand kann ihr das Wasser reichen), Paul und ich sitzen vor einer Strandbar in Büronähe, und wir alle trinken Bier, und in meiner Hosentasche tippt mein Mittelfinger einen schläfrigen Rhythmus auf dieses winzige Döschen mit der anderen Hälfte der Pille, die ich Mari heute Morgen nach langen Diskussionen doch noch ab*kaufen* konnte. Nicht nur wegen der Aussicht, mich schon bald wieder in irgendwelche Vogelstimmenwelten verabschieden zu können, bin ich beinahe gut gelaunt. Es ist schließlich Sommer, Herrgott noch mal, wir haben Feierabend und dazu immer noch genügend Geld, um hier notfalls bis zur nächsten Steinzeit weiterzutrinken. Céline und Paul sind hingegen schweigsam. Besonders meinem demnächst ehemaligen, so der offizielle Titel, *team-coordinator* scheint die bizarre

Veranstaltung von heute Nachmittag zugesetzt zu haben. Mir in gewisser Hinsicht zwar auch, aber andererseits kann ich mich bereits jetzt nur noch bruchstückhaft erinnern, wovon eigentlich die Rede war. Ich sehe nur immer wieder Hofstadt vor mir, und ich fühle dieses glucksende Gelächter in meiner Kehle, das ich am Ende kaum noch unterdrücken konnte und das genau in dem Moment aufkam, als ich begriff, dass der gute Jean-Pierre – sein Gesicht, *seine Frisur* – eigentlich Frauke Wesenberg-Gräfe heißt, dass er eine zweifellos grazilere Version meiner Pro-forma-Schwägerin darstellt. Am liebsten hätte ich ihn nach dem Befinden seines BlackBerrys befragt.

Allerdings war Hofstadt bei diesem Meeting nichts als ein schweigender Protokollant. Geredet hat natürlich vor allem Paul. Die knappen, als besondere Schikane auf Französisch gestellten Fragen dieser beiden eiskalten Geschäftsleitungsfroschfresser beantwortete er mit langen, wirren Tiraden über die weitverzweigten, wohldurchdachten Aktivitäten seines Teams. Glaubte man Paul, so stand *Suisse Forex* aufgrund der hervorragenden Arbeit der Kommunikationsabteilung kurz vor der Entgegennahme mehrerer Nobelpreise. Céline und ich sahen uns immer wieder verstohlen an. Konnte es wirklich sein, dass unser direkter Vorgesetzter uns alle hier durch seine wahnwitzigen Wortkaskaden ins gesellschaftliche Abseits manövrierte? Doch wir konnten Paul im Beisein der Chefs unmöglich ins Wort fallen. Das erledigte dann ohnehin Monsieur Jacques Berger persönlich, seines Zeichens CEO von *Suisse Forex*, und zwar mit der naheliegenden Frage, aus welchem Grund die Firma, im Vergleich zur

Konkurrenz, so gut wie nie in den einschlägigen Fachmagazinen Erwähnung fände. Warum trotz unserer hervorragenden Bilanzen und innovativen Geschäftsideen – er blätterte etwas in seinen Unterlagen, obwohl er alle notwendigen Daten garantiert im Kopf hatte –, warum also der letzte Artikel über uns bereits vor über zwei Jahren erschienen sei. Paul lehnte sich zurück. Auf seiner fettig bleichen, allabendlich mit Lagerbier abgelöschten Stirn glänzten Schweißperlen. Mit so einer grundsätzlichen Frage hatte er bei all der Aufregung über schwachsinnige Performance-Reports gar nicht gerechnet. Apropos, meine seit Monaten nicht mehr aktualisierte Excel-Tabelle stellte das Deckblatt des kleinen Papierstapels dar, den er verkrampft in Händen hielt. Wie, um Himmels willen, musste dann der Rest aussehen? Paul schwieg, er schwieg mindestens zehn Sekunden. Mir war klar, dass sich in seinem Hirn in Windeseile der Wunsch breitmachte, es zu machen wie seine (angeblich tatsächlich existierenden) Hooligan-Kumpels in Leeds. Warum sprang er jetzt nicht einfach auf und trat diesen ach so zivilisierten Camemberts (und Hofstadt dazu) den Kiefer durch? Während Paul stumm auf seinem Stuhl saß, malte ich mir dieses Szenario in allen Einzelheiten aus. Mir war, als würde ich fernsehen. Dieser Eindruck verstärkte sich noch, als Paul schließlich doch wieder anfing und von kurz bevorstehenden Beiträgen, ja sogar Interviews in namhaften Publikationsorganen fantasierte. Selbstverständlich glaubte ihm niemand im Raum auch nur ein Wort, aber alle schauten plötzlich mich an, als Paul zu unser aller Erstaunen die *Neue Zürcher Zeitung* erwähnte.

Später, ganz beiläufig, erläuterten die Bosse dann ihre Pläne. Unsere Abteilung soll ausgebaut werden. Angeblich benötigten wir Unterstützung und neue Ideen. Im Klartext: Wir bekommen mindestens einen neuen Vorgesetzten. Der besondere Clou: Paul wird nicht gefeuert, jedenfalls nicht sofort, er wird degradiert. Auch Céline und ich können vorerst bleiben, obwohl speziell mir klar ist: Sollte mein neuer Chef wirklich Deutsch lesen und somit überblicken können, was ich während meiner Arbeitszeit fabriziere, wird es mehr als nur Probleme geben.

Wir haben Cocktails bestellt. Paul beobachtet seit einer Viertelstunde etwas, das sich – für alle anderen unsichtbar – auf der Tischplatte befinden muss. Céline schaut hinaus auf den See. Das Wasser hat sich vor unseren Augen in einen glitzernden Teppich verwandelt. Am anderen Ufer, im Abendlicht: Eaux-Vives, die Uferparks und daran anschließend bereits die Bonzenhügel von Cologny. Plötzlich sehe ich Horden zerlumpter Drittweltfiguren, die wie Ameisenheere über diese wohlgeordnete Welt dort drüben herfallen. Ich möchte Céline fragen, ob sie Gudrun Ensslin kennt. Noch lieber möchte ich sie fragen, ob sie Gudrun Ensslin ist.

Schläfer

»Morgen treffe ich Jan. Er sagt, dass er eventuell etwas für mich hätte.«

»Wie, ›du triffst dich mit Jan‹? *Der* Jan?«

Bleischwere Müdigkeit verstopft mittlerweile meine neuronalen Bahnen, aber dieser Tag will anscheinend kein Ende nehmen. Es ist 22:30 Uhr, ich betrete den (zwischen zwei Friseursalons eingeklemmten) Kebabladen unserer Straße.

»Ja, *der* Jan.«

»Na klasse!«

»Ach, komm ... So prickelnd finde ich das auch nicht. Aber kannst du mir mal verraten, was ich machen soll? Manuela und ich waren gestern in der Stadt, im *Kollektiv*, und da haben wir ihn getroffen. Er war mit seiner Freundin da.«

Der Kebabmann begrüßt mich mit einem Kopfnicken. Seine Augen sind so freundlich und sanft, und dieser lange graue Bart verleiht ihm wirklich etwas Würdiges. Vielleicht war er früher eine Art Dorfältester. Manchmal möchte man gar nicht glauben, dass er und seine Freunde uns vernichten wollen. Andererseits: Wie unendlich *leicht* bekleidet Manuela, Marions kleine Schwester, wie leicht beschürzt dieses Luder bei ihrem letzten Besuch durch unsere Wohnung gelaufen ist. Ich mag Manuela. Eigentlich mag ich auch Marion.

»Ihr wart im *Kollektiv*? Diesen Scheißladen gibt es immer noch?«

»Och, ich fand's ganz nett.«

»Und was sagt Designer-Jan? Hast du jetzt einen Job?«

»Vielleicht. Ich treffe ihn morgen in der Agentur. Vielleicht klappt das wirklich, und ich kann für ihn als Freie arbeiten. O Gott, ich darf gar nicht daran denken.«

»Und ich darf nicht daran denken, was du damals so mit diesem Schwachkopf getrieben hast. Findest du es nicht ein bisschen geschmacklos ...?«, ich zögere einen Augenblick. Ja, dieses Adjektiv habe ich soeben benutzt. »Findest du es nicht ein wenig geschmacklos, diesen Jan um einen Job anzuhauen? Immerhin hattest du vor einiger Zeit eine Affäre mit ihm, falls du das vergessen haben solltest? Ich meine, wie soll ich ...?«

»Wir hatten keine Affäre«, unterbricht sie mich. »Wie oft soll ich das eigentlich noch sagen?«

Aus meiner Sicht muss Marion das kein einziges Mal mehr sagen, denn, schlicht gesagt, ich glaube ihr. Ich habe ihr immer geglaubt. Vielleicht habe ich ja deswegen keine Lust mehr auf sie.

»Und außerdem«, macht sie weiter, »was ist eigentlich *bei dir* los? Gestern Abend habe ich es mehrfach versucht. Hast du mich weggedrückt? Und auf Mails von mir antwortest du ja ohnehin nicht mehr.«

»Keine Ahnung, was gestern los war. Mein Handy ging irgendwie nicht.«

»Jetzt scheint es aber wieder zu funktionieren.«

»Glaube ich nicht.«

»Wieso? Wir telefonieren doch gerade.«

»Ja, aber nicht mit demselben Gerät. Ich habe mir heute ein neues gekauft.«

»So, so ...«, sagt Marion. Der Zweifel in ihrer Stimme

beruhigt mich, denn ich habe weder Zeit noch Lust, mir
ein neues Telefon zu kaufen.

»Und wo bist du jetzt? Was ist das für Musik?«

Ich schaue den Bärtigen an. Er schaut zurück. Ein ruhiger, entspannter Blickkontakt. Erst jetzt fällt mir dieses
riesige elektrische Messer in seiner Hand auf.

»Das ist die achte Scharia-Symphonie von Yussuf Ensslin.«

»Du bist wieder im *Maison Kebab*, stimmt's?«

»Nein.«

MITTWOCH

Rue du Rhône

Am nächsten Morgen – ein weiterer herrlicher Sommertag hat bereits begonnen – stehe ich um acht Uhr auf, mache Kaffee, presse Orangensaft aus und esse dazu ein ballaststoffreiches Müsli mit frischen Früchten und gesundem Nullkommaeinsprozentfett-Joghurt aus Marions Beständen. Sodann gehe ich für dreißig Minuten im Park laufen, nehme eine kalte Dusche und fahre schließlich gegen zehn Uhr in die Stadt, wo ich in einem leeren Café in der Nähe der Place Neuve bei einem winzigen Cognac und einer Zigarre zunächst die internationale und dann die einheimische Tagespresse studiere. Einhelliger Tenor: Die Welt geht unter.

Um zehn Uhr dreiundfünfzig meldet mein treues, unverwüstliches Mobiltelefon, dass ein aus der ehemaligen nordenglischen Industriemetropole Leeds stammender, mittlerweile so gut wie arbeitsloser Alkoholiker namens Paul Carragher mich unverzüglich zu sprechen begehrt. Natürlich nehme ich diesen Anruf mit der allergrößten Freude entgegen:

»Oui, allô.«

»WHERE THE FUCK *ARE* YOU? YOU WANNA GET FIRED IMMEDIATELY?«

»Allô? Monsieur? Je suis désolé, mais je ne vous comprends pas. Vous parlez français?«

»Come on, Frank! There's no time for your jokes now. I've got an idea and I need you here – NOW.«

»Monsieur, désolé. Vous ne parlez pas français?«

»You will never sound like a frog, *Monsieur Fritz*. It just ... it just doesn't fit.« Er klingt plötzlich müde. Alle Last unserer untergehenden Zivilisation scheint in diesem Moment auf seinen Schultern zu liegen. Aus diesem wie aus Hunderten anderer Gründe sage ich: »Allô, allô?«, und gleich noch mal: »Allô, állô? Allô, allô?«

Genf an einem späten Mittwochvormittag. Ich schlendere die überraschend ruhige Rue du Rhône entlang. In den Boutiquen sitzen superscharfe Verkäuferinnenmodels und superscharfe, kryptohomosexuelle Überzeugungsdienstleister (es ist grotesk, aber höchstwahrscheinlich bin ich der weltweit einzige Schwule, der diesem speziellen Typus des servilen Ladenschwengel-Kapitalismus *nicht* affirmativ gegenübersteht) und warten darauf, dass in Krokolederhandtaschen und Kobe-Rinderhaut-Portemonnaies das Geld zu vibrieren, dass unter pechschwarzen Saudi-Talaren die Gier endlich zu kochen beginnt. Darauf, dass die behaarten Handgelenke, auf denen immer noch, wie Kainsmale, die Abdrücke von Sowjet-Chronometern prangen, nach neuem Schmuck, nach den neuesten Produkten aus den Manufakturen Schweizer Feinmechanikerdynastien verlangen. In den Läden wartet man darauf, dass es endlich losgeht, und die Sonne brennt vom Himmel herab, und obwohl ich beispielsweise Uhren und Kleidung hasse, gehe ich beschwingt über diese edelste aller Genfer Einkaufsstraßen, denn

hier – mit einem Mal fällt es mir auf – gibt es so gut wie
keine Friseure. Im Umkreis von mindestens zweihundert
Metern schneidet tatsächlich niemand jemand anderem
das Haar. Reicht dieser Umstand schon aus, um mich
frei zu fühlen? Was genau ist eigentlich mein Problem?
Place Bel-Air, Pont de l'Ile usw. Schau an, dieses dümm-
lich flaschengrüne Gewässer dort nennt sich also Rhône.
Und die Mitte des Flusses, diese entzückende kleine Insel, haben die Genfer Stadtväter also komplett mit Banken vollgepfropft. Das bricht mir als Nationalsozialisten
natürlich das Herz, aber andererseits, so ist nun mal die
Ordnung der Dinge. Hier in der Innenstadt wird noch
richtig altmodisch Geld verdient, zum Beispiel, indem
man aus nichtvorhandenem Geld mit wirklich irren Methoden noch mehr nichtvorhandenes Geld macht. Nur
zwei Kilometer Richtung Norden, in den vergammelnden
Siebziger-Jahre-Burgen der Organisationen oder gleich
im majestätischen Faulenzerpalast der UN, wird dieses
Geld dann plötzlich beinahe real – indem man es in bizarre Projekte irgendwo auf der Welt pumpt, indem man es
gleich vor Ort verpulvert, in der Rue du Rhône, der Rue
de la Confédération, in den pittoresken Gässchen der Altstadt, überall dort, wo die Verkäufer lauern. Indem man
es auf die Karten entschlossener Drittweltdiplomatengat-
tinnen lädt, die drüben in den Hügeln von Cologny zum
Cocktail ihre Dienstmägde auspeitschen. Vielleicht zum
letzten Mal fühle ich mich als Teil dieses natürlichen
Kreislaufs. Vielleicht habe ich aber auch nie dazugehört –
wer weiß das schon? Paul – ich sitze mittlerweile in seinem Büro, wir rauchen – ist jedenfalls definitiv draußen.

Dieser krebsfarbene Yorkshire-Kobold steht ganz kurz vor der Einweisung in die Psychiatrie. Das allein wäre nicht weiter tragisch, doch offenkundig ist er wild entschlossen, mich mit in den Abgrund zu reißen.

»You have to go to Sürik tomorrow«, sagt er zum x-ten Mal. »Take a train, you can even book a flight, it's all in the budget, but tomorrow at twelve you have to be in Sürik and talk to this guy.«

»Why? I mean, can't we talk on the telephone?«

»No, this guy wants us to hand over some material about us. You know, statistics, business reports, something about our customers – that kind of stuff.«

»And we cannot send it to him?«

»No, I think it's better someone talks to him face to face. Someone has to convince him that he really has to write this article.«

»So, he's not convinced yet?« Ich stelle mir vor, wie ich einen Journalisten davon zu überzeugen versuche, einen Artikel über unsere Firma zu schreiben. Komischerweise fallen mir gleich ein paar sehr gute Argumente ein. Ich finde, unser Laden ist für die Öffentlichkeit absolut von Interesse – gerade in diesen Zeiten. Dennoch frage ich noch mal: »What shall I do if he's not convinced?«

Paul scheint das Problem ebenfalls beschäftigt zu haben, denn nun überreicht er mir tatsächlich einen prall gefüllten und bereits verklebten Umschlag, auf dem weder eine Anschrift noch unser Firmenwappen zu finden sind. Das Geld, darauf verwette ich alles, stammt von ihm. Das ist seine ganz persönliche verzweifelte Investition in seine spätestens seit gestern klinisch tote Karriere. Glaubt er wirklich, die Bosse mit *einem* Artikel umstimmen zu können?

»Give this to him.«

»Are you totally crazy? What if he calls the police? I mean, do you actually know what kind of a newspaper the *NZZ* is?«

»Don't worry about that«, antwortet Paul, jetzt auf einmal ganz ruhig. Er sieht aus wie einer dieser Typen, die sich morgens in aller Entspanntheit rasieren und sorgfältig eincremen, um dann nach dem Frühstück bei McDonald's alles niederzumähen, was ihnen in die Quere kommt. »Don't worry about this guy. I know him. Everything is arranged.«

»You know him?«

»Not personally. Let's say, I heard about him.«

»So, where did you hear about him?«, will ich wissen, obwohl mir klar ist, dass er diese Information nur von dem schicken Lucien haben kann: Lucien Druliolle, ein öliger Frosch wie aus dem Lehrbuch, dennoch ein ganz dicker Kumpel von Paul und überdies PR-Mann des allseits bekannten und in der Fachpresse stets freundlich besprochenen Brokerhauses *Petersberg & Strauss.*

»Who cares?«, entgegnet Paul fröhlich. »This is classified information. Your job is just to talk to him a little bit. Tell him as much as possible about us. Treat him like a ... like a journalist.«

»So, if it's so easy, why don't *you* go? I mean, it's *your* fucking money, isn't it?« Pauls schon unter normalen Umständen schlaganfallrote Gesichtsfarbe verdunkelt sich noch etwas. Ich befürchte ernsthaft, dass dieser von unzähligen Gallonen warmem Inselbier entstellte Schädel jetzt sofort, vor meinen Augen, explodiert. Aber weit gefehlt. Er bleibt weiterhin gefasst, und er klingt – innerhalb seines Wahnsystems – sogar vernünftig: »Look, Frank, it's actually quite easy. Think about it for a moment: Do you really believe that you will keep your job with a new co-ordinator at PR? I mean, we both know what you are doing in your office, don't we?« Pause, eine, zwei Sekunden lang. Vielleicht fragt er sich, inwieweit seine hochkomplexe Argumentation zu mir durchgedrungen ist. Ich frage mich hingegen, wie ich ihm *zwei* Flugtickets aus dem Kreuz leiern kann und, vor allem, wen ich mit nach Zürich nehmen soll.

»In the end it's quite easy«, fängt er wieder an. »You are responsible for the German speaking markets – and Sürik is German speaking, isn't it?«

»I don't know. But anyway, don't you think I would be much more convincing with Madame Céline Reymond at my side?«

Paul atmet tief aus, lehnt sich zurück und grinst. Ich werde Zeuge eines enormen, eventuell sehr gefährlichen Spannungsabfalls, und die Bewegungen, mit denen er endlich die Büroflasche aus dem Schreibtisch holt und zwei Gläser halb vollgießt, wirken bereits wie in Trance.

»Stremmer«, bringt er schließlich hervor, »I knew you wouldn't let me down. I just knew it.« Es besteht kein Zweifel: Sein Tag ist gelaufen. Sein Tagwerk ist vollbracht. Heute Nacht wird er neben seinem schwammigen, mit riesigen basedowschen Inzuchtaugen versehenen Eheweib einschlafen und ganz, ganz fest daran glauben, dass doch noch alles wieder gut wird.

Wir heben unsere Gläser. Ich sage: »Prost.«

Paul sagt: »Allô, allô?«

Körper

Keine Ahnung, wieso, aber seit ich mich für Céline (einzige Reaktion: Schulterzucken. Wir treffen uns um sieben Uhr dreißig am Flughafen) als Begleiterin für den Zürich-Trip entschieden habe, plagt mich ein schlechtes Gewissen Mari gegenüber. Ich rufe sie daher an und schlage einen kleinen Badeausflug für den späten Nachmittag vor. Zum Glück ist sie sofort einverstanden.

Anschließend arbeite ich ein wenig. Das heißt, ich versuche zu arbeiten, doch realistisch betrachtet *gibt* es nichts zu arbeiten. Ich checke unsere Homepage. Das neueste Update der englischen Version stammt vom letzten Freitag, demnach haben Paul und Céline in der bisherigen Woche keinerlei Firmennachrichten oder sonstigen Kram neu eingearbeitet. Was machen die eigentlich den ganzen Tag? Nun, was mache ich eigentlich den ganzen Tag? Ich klicke auf die russische, die japanische, die spanische Version. Soweit ich es beurteilen kann, ist selbst für diese abseitigen Sprachen alles auf den neuesten Stand gebracht. Ich gehe in meine persönliche Datei mit den Aufträgen für die Übersetzerbüros. Alles ist in Ordnung, das heißt, nichts ist passiert, obwohl doch eigentlich ständig etwas passiert. Denn gerade in diesem Moment sind unsere tapferen Trader von der Tagschicht wieder im Großeinsatz. Sie kaufen Dollars für Euros oder sie kaufen Euros für Pfund, oder sie kaufen den porösen botswanischen Pfupfi für irgendeine andere Chaoswährung. Dann warten sie und starren – wie die Schlange auf das Kaninchen – auf obskure Verlaufstabellen. Keine Ahnung, ob das aufregend ist. Im Fünften schwärmen sie davon.

Ich schaue mir Marions E-Mails an. Warum, um Gottes willen, war sie so sauer, dass ich die noch nicht gelesen hatte? Ich meine, wenn ich anderen eine Nachricht schreibe, muss ich doch wenigstens *etwas* mitzuteilen haben. Aber gut, gestern Morgen war Designer-Jan noch nicht erneut in ihr Leben getreten. Um guten Willen zu demonstrieren, antworte ich meiner Freundin, erkundige mich sogar, wie ihr Gespräch heute gelaufen ist. Anschließend schreibe ich – irgendwie bin ich auf den Geschmack gekommen – gleich weiter, und zwar einen beschwingten Artikel über meinen Arbeitgeber, das allseits hochgeschätzte, selbst in Krisenzeiten Gewinne verzeichnende Brokerhaus *Suisse Forex*.

Einen Arbeitstag wie diesen Mittwoch kann selbst ich unmöglich als unangenehm bezeichnen – erst recht nicht, wenn er bereits gegen siebzehn Uhr Vergangenheit, eine schnell verblassende Erinnerung ist (Paul: »You are leaving?« Ich: »Yes.« Paul: »…‹).

Wir liegen im Park de la Nymphe, einem charmanten, sogar öffentlich zugänglichen Stück heile Welt, weit draußen vor den Toren der Stadt, in der ohnehin schon fantastisch heilen Welt von Collonge-Bellerive. Allem Anschein nach treffen sich hier nur Kenner. Trotz wunderbaren Wetters sind die winzigen Grünflächen zwischen den Bäumen beinahe leer, und es weht ein leichter Wind, der die Hitze erträglicher macht, und eben waren Mari – sie sieht nicht nur aus wie eine malaiische Perlentaucherin, sie schwimmt auch so – und ich im See baden.

Im Westen nähert sich die Sonne langsam dem Jura. Ich ziehe den Korken dieses angeblich leichten Côte du Rhône. Mari hat uns beiden eine Zigarette angesteckt. Wasserperlen glitzern auf ihrer – ich wiederhole mich da gern – geradezu antijapanisch dunklen Haut. Apropos, auch Maris Hinterteil (schneeweißes Bikinihöschen, 0,0 % Cellulite-Anteil) unterscheidet sich erheblich von der im Reich des Gottkaisers üblichen Einheitsversion. Der typische japanische Flacharsch: Neben dem albernen Gequieke war er stets der zweite Stimmungskiller meiner ausgiebigen Japorno-Phase. Welcher Hosomaki-Gott auch immer dieses zähe Robotervolk erschuf – was hat er sich dabei bloß gedacht?

Nun, Mari ist von den Kainsmalen ihrer Ethnie nicht betroffen. Sie ist ein Zauberwesen, sie entstammt einer überlegenen Spezies, und sie erkundigt sich jetzt beiläufig, wie meine Pläne für die Zeit nach Marions Rückkehr seien. Ob ich eventuell vorhätte, zukünftig mit zwei Frauen zu verkehren. Vollkommen wahrheitsgemäß gebe ich diesbezüglich zu Protokoll, dass ich diese Frage zum gegenwärtigen Zeitpunkt nicht vollumfänglich beantworten könne.

»Well«, sagt Mari, »don't worry. You don't need to find an answer.«

»I don't?«

»No, you don't. For me that's not important.«

»Really? I mean, *really*?«

»No. I don't care – as long as you don't care what I am doing with my boyfriend.«

»*What?*«

Mari lacht, springt auf und läuft zum Ufer. Vielleicht will sie, dass ich ihr folge, aber ich – dieser Rotwein ist definitiv *nicht* leicht – bleibe einfach liegen und verfolge ein Flugzeug, das sich drüben, über dem anderen Seeufer, erstaunlich langsam dem Airport nähert. Ist das eine easyJet-Maschine? Bitte, lass es keine easyJet-Maschine sein! Mari verschwindet mit einem eleganten Kopfsprung in den Fluten. Ich nehme, ohne dass mir dafür ein Grund einfällt, mein Telefon in die Hand. Marion hat mir schon vor zwei Stunden eine SMS hinterlassen. Ihre Nachricht besteht aus genau einem Wort: »ENDLICH!!!«

Nachts

Mitten in der Nacht schrecke ich hoch. Der Wind hat aufgefrischt und fährt durch die Ritzen der halb heruntergelassenen Jalousien. Mein Herz klopft wie verrückt. Ich richte mich auf, versuche zu begreifen, was los ist. Ohne Erfolg. Mein Herz schlägt, *das* ist los. Es schlägt so heftig wie nach einem Hundertmetersprint, wie auf der Flucht vor einem blutrünstigen Friseur, und während es sich ganz allmählich wieder beruhigt, höre ich also diesem

Wind zu, dem Knistern und Knacken der Lamellen, in das sich für kurze Zeit von ferne die Sirene eines Krankenwagens mischt, der vielleicht auf dem Weg zu mir ist. Als ich schon fast wieder eingeschlafen bin, realisiere ich, dass der Platz neben mir leer ist.

DONNERSTAG

Genève-Cointrin

Ich bin selbstverständlich für die Revolution. Ich bin für die Revolution, und es ist mir völlig gleichgültig, was für eine. Ich will einen radikalen, gewalttätigen Umsturz, dem zunächst all diejenigen zum Opfer fallen werden, die sich an einem Donnerstagmorgen um 7:35 Uhr in der Wartelounge für den Swiss-Flug LX 1435 von Genf nach Zürich *nicht* aus tiefstem Herzen die Revolution wünschen.

Ich ziehe mein Jackett aus, lockere die Krawatte und schaue mich um: Von Céline erwartungsgemäß keine Spur, stattdessen erstrecken sich einige Führungskräfte-Cluster über die Sitzreihen, in deren Kern sich jeweils ein oder zwei wirkliche Entscheider befinden, während die Ränder von verzweifelten Mittelmanagement-Arbeitsgäulen gebildet werden. Ich registriere jede Menge Zweitausendfranken-Anzüge, Zehntausendfranken-Uhren, graumelierte Zweihundertfranken-Haarschnitte, unter denen Gehirne pochen, die noch vom letzten Tausendfranken-Rendezvous mit dieser charmant strengen Erzieherin säuseln, die selber ein Eins-Komma-Fünf-Millionen-Franken-Appartement in Champel beinahe abbezahlt und die dennoch noch genügend Spielraum hat, um ihren unterbelichteten jüngeren Bruder mit durchzubringen, der hoffnungslos am unteren Ende der Dienstleisternahrungskette festgezurrt und deswegen dazu verurteilt ist, mir jetzt einen Kaffee und ein Croissant für zusammen vierzehn Franken fünfzig beinahe zu spendieren.

Der Kaffee tut gut. Das Croissant tut gut. Ich schlage das Organ der revolutionären Arbeiterbewegung, die *Neue Zürcher Zeitung*, auf und suche nach Beiträgen eines gewissen Ulrich Stauffer, eines eventuell hochverschuldeten oder anderweitig am Abgrund balancierenden Redakteurs des Ressorts Wirtschaft, mit dem ich gegen elf am Ufer des Zürichsees ein lockeres Informationsgespräch zu führen die Ehre habe. Doch es ist gespenstisch; ich schaffe es nicht einmal zwei Minuten, mich auf die Überschriften, geschweige denn die zugehörigen Artikel zu konzentrieren. Immerhin, ich bekomme mit, dass der bevorstehende Weltuntergang sich mit einer deutlich über der *bei uns im Anlagemarkt* symbolhaften Zehn-Prozent-Schallmauer angesiedelten Wahrscheinlichkeit ungünstig auf die Zinsertragssituation kleinerer bis mittlerer Sparguthaben auswirken wird. Für mein an diesem Morgen dominierendes Lebensziel, die permanente, totale und ziellose Revolution, sind das gute Nachrichten. So wird das gemacht, möchte ich den Technokraten von der zweiten und vor allem dritten Generation zurufen, doch der Respekt vor deren visionären lasergesteuerten Hightech-Attacken verbietet mir jedweden Spott. Außerdem sitzt seit gut zwei Sekunden nicht etwa Frau Brigitte Mohnhaupt neben mir, sondern der strahlende Stern der Genfer Geldwirtschaft, die letzte Hoffnung aller vom Leben, vom Wetter und von ihren Bonuszahlungen enttäuschten Anlageberater dieser Stadt, Madame Céline Reymond.

»Madame Reymond«, frage ich folgerichtig, »est-ce que vous allez bien?«

»Aber ja, Herr Stremmer. Ich nehme an, Ihnen geht es auch gut? Heute reden wir nur auf Deutsch, gut? Ich muss üben.«

Ich würde gerne mit ein oder zwei aus akzentfreiem Hochdeutsch gedrechselten Sätzen glänzen, doch meine kognitiven Kapazitäten sind vorläufig mit der Bestandsaufnahme ausgelastet. Deren Ergebnis: Céline hat heute schon wieder ein dunkelblaues (diese, wie jede andere Farbe steht ihr einfach perfekt), eng anliegendes Oberteil und dazu einen einfachen dunkelblauen, knielangen Rock ausgewählt. Offenkundig geht sie von einem stark informellen Charakter des bevorstehenden Termins aus, denn sie trägt keine Strumpfhose und sogar Espadrilles. Sie erinnert mich an eine Urlauberin, die sich nach einem Tag am Strand in einer nur halb eleganten Bar mit Seeblick langsam für den bevorstehenden Abend in Stimmung pegelt. Mit anderen Worten, sie sieht geradezu entsetzlich geil aus, und die Tatsache, dass, während sie mit beiden Händen ihren Pferdeschwanz zurechtrückt, unter ihren Achseln ein winzig kleiner Schweißfleck sichtbar wird, gibt mir – was hat das bloß zu bedeuten? – den Rest.

»Möchtest du noch einen Kaffee?«

»Nein, danke, ich hab noch.«

»Möchtest du noch ein Croissant?«

»Nein, danke.«

»Ja, bitte«, antworte ich hingegen gut drei Stunden später auf die Frage dieser unüberhörbar ostdeutschen Bedienung, die daraufhin mit raschen, abgehackten und in ihrem Wesenskern zweifellos nationalsozialistischen Bewegungen einen Sonnenschirm über uns aufspannt. Wir sitzen auf der Terrasse eines Cafés in der Nähe des Limmatquais. Der Himmel ist milchig weiß, die Sonne tobt förmlich und ist dennoch kaum zu erkennen; es herrscht eine infernalische, drückend schwüle Hitze. Seit Céline und ich vor fünf Minuten unsere Hundertfrankenwette per Handschlag besiegelt haben, ist zwischen uns kein Wort mehr gefallen. Meine Kollegin ist felsenfest davon überzeugt, dass Stauffer nicht erscheinen wird. Sie hält den ganzen Plan für eine von Pauls (im wahrsten Sinne des Wortes) Schnapsideen, und selbst meinen Verweis auf den smarten Lucien tat sie mit einer ärgerlichen Handbewegung ab. Warum sie dann trotzdem hier sei?

»Warum nicht? Ich mag Zürich.«

Seither schweigen wir also. Und wir warten. Céline mag Zürich? Sie ist Westschweizerin, das kann *unmöglich* die Wahrheit gewesen sein. Ich werfe schon wieder einen verstohlenen Blick auf ihre Titten. Ich werfe immer weniger verstohlene Blicke auf alle möglichen Körperteile. Die Bedienung kommt mit einer neuen Runde Wodka-Orangensaft – mein dritter, Célines zweiter. Es ist 11:25 Uhr; es wird Zeit, dass Monsieur Stauffer erscheint, ansonsten kann ich für nichts mehr garantieren. Aber Stauffer kommt nicht, stattdessen setzen sich zwei hässliche junge Frauen an den Nebentisch.

»Also mit diesen Schnallen bei mir auf der Arbeit«, setzt die eine augenscheinlich eine Unterhaltung fort, »mit denen komme ich überhaupt nicht klar. Immer dieses ganze Getue, und dann bekommt man doch irgendwie mit, was die so von einem denken.«

»So sind sie eben, die Schweizerli«, ergänzt die andere, »kackfreundlich, merci vielmals und so, aber in Wirklichkeit hassen sie dich.«

»Manchmal denke ich, wir sollten wieder abhauen. Sollen die ihren Kram hier doch alleine machen.«

»Manchmal? Das denke ich ständig. Ich habe auch schon mit Ralph drüber gesprochen.«

Was ist hier eigentlich los? Muss ich mir das bieten lassen? Frontstadt Zürich – nie im Leben könnte ich hier leben. Ich schäme mich vor Céline, ich schäme mich vor mir selber, und mein revolutionärer Furor vom frühen Morgen verwandelt sich in eine Welle der Zuneigung für die tiefverwurzelten bürgerlich-demokratischen Strukturen meines Gastlandes.

»Hey, Céline?«, frage ich leise meine Schweizer Kollegin, »what do you actually think about Germans?«

Es folgt ein langer, eleganter, ich möchte fast sagen: zivilisierter Blick, den man auf vierhundert verschiedene Weisen interpretieren könnte. Dann sagt sie: »I like them.«

»Really? And what do you think of me?«

»I like you as well. Maybe I like Germans because I like you.«

Am Nachbartisch geht es währenddessen weiter:

»Ralph sagt, wenn er in einem Krankenhaus in Deutschland etwas findet, nimmt er an. Egal, ob er dann dreitausend weniger macht.«

»Genau, ist doch egal. Dafür kostet ja auch alles weniger. Gestern sagt mir ein Kollege, ich könnte sein Apartment untermieten, weil er für ein Jahr nach Tansania geht.«

»Wie viel?«

»Ja, warte, das wollte ich ja gerade erzählen. Ich frage also, was er zahlt. Er sagt zweivier, aber, und jetzt kommt's, ich müsste ihm zweiacht bezahlen, wegen der Möbelabnutzung und so.«

»Hammer.«

»So sind die hier, besser, du gewöhnst dich dran.«

»Why do you like me?«, frage ich und zerbeiße einen Eiswürfel. Das tut gut. Der Wodka tut mir auch gut – hoffe ich.

»Because ...«, sie lässt den angefangenen Satz in der feuchtheißen Luft hängen. Eventuell ist es einfach nicht möglich, ihn sinnvoll zu beenden.

»Keine Ahnung, ich glaube, ich werde mich nie dran gewöhnen. Glaub ich einfach nicht.«

»Wie lange seid ihr jetzt hier?«

»Vier Jahre im Oktober.«

»Hmm, sag mal, kommt Mandy heut noch und nimmt hier mal 'ne Bestellung auf?«

»Tja, in der Zone hatten die Leute eben noch Zeit.«

»Genau wie hier. Passt ja.«

Beide lachen. Ich beuge mich vor und sauge schamlos Célines Parfümduft ein. Zur Tarnung erkundige ich mich leise, ob sie die beiden BDM-Monster verstanden habe. Sie lacht, setzt zu einer Antwort an, kommt aber nicht mehr dazu. Etwas hinter mir hat ihre Aufmerksamkeit erregt, etwas, das sich in unsere Richtung zu bewegen scheint. Céline setzt ein offizielles Lächeln auf, und ich begreife, dass ich schon wieder um einhundert Schweizer Franken reicher geworden bin.

Ulrich Stauffer

Es gibt viele Gründe, die erklären könnten, warum ich so wurde, wie ich jetzt bin. Wenn ich es mir einfach machen will, schiebe ich alles aufs Alter. Wenn man vierzig wird, beginnt man, alles und jeden zu hassen. Speziell natürlich Jüngere. Aber auch Ältere, Gleichaltrige, selbst Pflanzen, Häuser, Landschaften, Geräusche, Gerüche, Gedanken. Ich halte mir zugute, Tiere bislang irgendwie auszusparen. Keine Ahnung, woran das liegt, aber Tiere sind – noch – tabu. Alles andere, alle anderen, und natürlich ganz besonders Journalisten, sind *kein* Tabu.

Die Spezies des investigativen Journalisten eines angesehenen Magazins, eines Chefermittlers bei einer renommierten Überregionalen – wie schaffen es diese schmierigen Idioten eigentlich, andauernd in Fernsehdiskussionen eingeladen, anstatt augenblicklich erschossen zu werden? Und ja, mir *ist* klar, dass mein, sagen wir: schwieriges Verhältnis zur schreibenden Zunft, das in etwa dem von Pol Pot zu Brillenträgern entspricht, zu einem nicht geringen Anteil durch den Umstand beeinflusst sein könnte, dass ich selber *kein* Journalist geworden bin. Als Lohnschreiber in Diensten des Teufels habe ich zwar eine klar revolutionäre Funktion, aber das wird von den wenigsten erkannt. Bei Journalisten hingegen wird alles gewürdigt. Ihr Sozialprestige ist unerschütterlich. Monsieur le journaliste hat im Thailandurlaub eine Badewanne mit Gin geleert und anschließend Vermählung mit einem sehbehinderten Dreizehnjährigen gefeiert? Überhaupt kein Problem! Solange man noch ab und an einen nachdenklichen Artikel mit ethischen Fragen an den eigenen Berufsstand auf die Reihe bekommt, ist alles in Butter.

Es besteht kein Zweifel: Journalisten und (noch schlimmer) Reporter machen mich fertig. Wenn nach Fußballspielen die Interviews beginnen, bin ich wie gelähmt. Ich schaffe es einfach nicht mehr umzuschalten; ich muss alles sehen, alles hören, bis zur allerletzten verunglückten Phrase auskosten. Marion, das denke ich in diesen Augenblicken oft, meine arme Marion.

Langer Rede kurzer Sinn, was ich eigentlich sagen will, ist: Dieser Stauffer war mir auf Anhieb sympathisch. Ein kleiner, rundlicher, beinahe vollständig glatzköpfiger Mann, der – seine Hände und Unterarme waren extrem haarig – insgesamt einem freundlich dreinschauenden, etwas müden Vorrente-Schimpansen glich. Wir begrüßten uns wie alte Bekannte, sprachen ein wenig über Genf und Zürich, über seinen und unseren Job und schließlich über die Firma. Zusammen studierten wir die letzten Unternehmensnachrichten und beratschlagten kameradschaftlich, welche dieser ungeheuren Neuigkeiten wohl am besten als Aufhänger für einen schönen, prominent platzierten Artikel im Wirtschaftsteil der *NZZ* dienen könnte. Schon nach kurzer Zeit waren wir uns

einig, woraufhin ich den Zeitpunkt gekommen sah, ihm
Pauls Briefumschlag zu überreichen. Stauffer nahm das
Geld mit größter Selbstverständlichkeit entgegen, zählte
kurz nach und lud uns dann zum Essen ein. Er kenne da
etwas Nettes ganz in der Nähe. Und tatsächlich, zwanzig
Minuten später saßen wir im verwunschenen Garten eines wunderbaren kleinen Restaurants und freuten uns
auf dreimal Zürcher Geschnetzeltes mit Rösti. Wir un-
terhielten uns prächtig, und besonders Céline schien so
angetan von Stauffer, dass ich fast eifersüchtig wurde. Der
Mann war aber auch wirklich ein Ausbund an höflicher
Gelassenheit und überraschendem Witz. Mit leicht flau-
em Magen zeigte ich ihm schließlich sogar meinen am
Vortag verfassten Artikel »Der karitative Aspekt im Währungshandel – *Suisse Forex* und der Schwarze Kontinent«,
der Stauffer – er ließ das Besteck fallen und machte sich
sofort über den Text her – stellenweise leise Gluckser
entlockte. Anschließend machte er mir Komplimente. Er
werde in der Redaktion ein gutes Wort für mich einlegen,
obwohl er dort nicht den geringsten Einfluss besäße und
überdies natürlich klar sei, dass smarte Stücke wie dieses
niemals auch nur den Hauch einer Chance auf Veröffent-
lichung hätten.

Nach dem Essen, wir saßen müde im Schatten dieser
beinahe den ganzen Innenhof überblätternden Kastanie,
fragte ich Stauffer, ob das Gehalt eines Wirtschaftsredak-
teurs der *NZZ* denn so niedrig sei. Er verstand sofort, war
aber nicht die Spur erbost. Er nehme Geld für Artikel, antwortete er freimütig, weil er in absehbarer Zeit gefeuert
würde. Das sei abzusehen. Zudem habe er hinsichtlich

der Korruptheit des gegenwärtigen Systems keine Illusionen. Ein Teil dieses »Zusatzverdienstes« gehe als Spende an die Schweizer Sektion der Trotzkistischen Internationale, einen anderen zahle er auf die Konten seiner beiden Töchter ein. Den Rest, etwa dreißig Prozent pro Artikel, gebe er für Drogen und/oder Prostituierte aus.

Céline und ich schauten uns an. Dieser Mann war tatsächlich verrückt. Wir luden ihn spontan nach Genf ein. Und bevor er, wie wir mittlerweile mindestens angetrunken, aufbrach, hielt ich ihm Marions Miniaturdöschen unter die Nase, in dem ich nach wie vor Maris halbe Pille bewahrte. Stauffer nahm die Droge fachmännisch unter die Lupe und fragte dann, was das sei. Ich gestand meine Unkenntnis ein, konnte aber zumindest Ursprungsland und Wirkungsweise benennen. »Ah«, machte er nur, er habe von so einer »Substanz« gehört. Mehr sagte er nicht. Stattdessen verabschiedete er sich per Handkuss von meiner jetzt noch traumhafteren Kollegin und mit kräftigem Händedruck von mir. Anschließend schwiegen wir eine Weile. In einer Ecke des Innenhofs murmelte das Wasser eines kleinen Brunnens. Ansonsten war es still, wir waren ganz allein. Irgendwann nahm Céline das Döschen, besah es ausgiebig, öffnete es mit ihren gepflegten, nicht zu langen, nicht lackierten Fingernägeln. Und dann schob sie sich mit einem genießerischen Ausdruck die halbe Pille in den Mund.

Zürich-Seefeld

Céline und ich driften durch einen tropischen Zürcher Nachmittag. Sie will irgendwie zurück zum See und in einer dieser Uferbadeanstalten schwimmen. Ich habe ihr schon mehrfach auseinandergesetzt, dass wir keine Badesachen bei uns haben. Außerdem, aber das verschweige ich, bin ich mir nicht sicher, ob ich mit Céline genau dasselbe machen will wie gestern mit Mari. Irgendwo, Herrgott noch mal, muss es doch noch Unterschiede geben.

Sie aber lässt mein Argument nicht gelten; sie will schwimmen. Allerdings hat sie, soweit ich das beurteilen kann, dafür die falsche Richtung eingeschlagen. Es ist schlichtweg nicht zu glauben, aber die Situation stellt sich wie folgt dar: Ich bin angetrunken, und ich gehe mit einer sehr, *sehr* gutaussehenden, sich überdies im Eilzugtempo dem Kontrollverlust nähernden Frau durch eine fremde Stadt. Wir sind frei, wir könnten buchstäblich *alles* machen. Aber wir verplempern wertvolle Zeit.

Diese Straße hier heißt Seefeldstrasse – wir durchschlendern sie stadtauswärts. Rechts von uns, in unmittelbarer Nähe, liegt der See, doch wir biegen nicht ab. Céline stört das nicht. Sie erzählt schon eine ganze Weile von ihrer noch jungen Ehe, die aus etwa vierundzwanzigtausend Gründen nicht funktionieren will. Verglichen mit ihren privaten Problemen scheine ich tatsächlich im Paradies zu leben. Und es ist wahr, auch wenn ich die Dinge gern mit kritischem Blick beleuchte, auch wenn ich, mit anderen Worten, eigentlich alles, ganz besonders aber Menschen und Sprachen ablehne, so habe ich doch den Blick dafür nicht verloren, dass ich in Teilbereichen durchaus privilegiert bin. Bleiben wir gleich bei den Frauen: Mari? Ein Exotenknaller – womit hab ich das verdient? Vor allem, wenn man bedenkt, was für Wesen sich während meiner tragischen Jugend für mich interessierten. Und Céline? Ich bin mir sicher, der vernünftige Teil der Genfer Finanzwelt würde morden für einen Nachmittag wie diesen. Schließlich Marion? Mir fehlt da die unvoreingenommene Perspektive, aber wahrscheinlich ist meine Freundin auch nicht übel – das soll Jan beurteilen. Doch es sind beileibe nicht nur die Frauen. Schön ist auch, dass ich mir z. B. den Blick für Details bewahrt habe, für die kleinen skurrilen Besonderheiten meiner Umgebung. Nehmen wir diese Stadt, diese Straße, diesen kleinen Laden, dieses wundersam eingerichtete Schaufenster, vor dem meine (genauso wie ich) nun beinahe völlig durchgeschwitzte Kollegin Céline Reymond einen Moment stehen geblieben ist, um sich eine Zigarette zu gönnen. Ich erkenne nicht sofort, was hier feilgeboten wird – eigentlich ein gutes Zeichen. Augenscheinlich hat sich jemand Gedanken gemacht, die weit über eine schnöde Produktshow hinausreichen, die vielleicht sogar in Richtung Kunst gehen. Ich sehe ein junges Pärchen vor mir: Sie entwirft avantgardistisch strenge Strickkleider, er fummelt aus Elektroschrott Haushaltsgeräte zusammen, die keine gesonderte Funktion haben. Zusammen hatten sie die Idee: einen Laden eröffnen, einfach einen Laden, um ihre Sachen abseits des Kunstbetriebs den Blicken der Öffentlichkeit auszusetzen. Es ging vor allem um Irritation, um Provokation.

Ich schaue noch mal ins Schaufenster: Der Laden nennt

sich *Drogerie im Seefeld.* Célines Mann heißt übrigens Alexandre, und er hat, wie ich nun erfahre, ohne sie vorher zu fragen, für nächsten Monat zwei Wochen Aruba gebucht. Eine dieser blau-weißen Trams kommt vorbei, hält an, rumpelt weiter. Der Himmel ist jetzt auch blau-weiß. Ich will Céline darauf aufmerksam machen, aber dann werde ich wieder abgelenkt: Hier heißen *alle* Läden Seefeld. *Seefeld-Schlachter, Seefeld-Optiker, Seefeld-Friseur* (unwillkürlich beginne ich zu zählen), *Psychoanalysen im Seefeld, Ihr Seefelder Spezialist für automatische Waffen.*

Célines Telefon klingelt. Sie sagt »Hello«, lauscht und grinst mich an.

»Don't worry, Paul. Everything went perfect.«

Pause, sie hört wieder zu.

Dann noch einmal: »Don't worry, Paul. *Everything went perfect.*«

Sie klappt ihr Telefon zu. Ich schaue auf die Uhr. In zweieinhalb Stunden geht unsere Maschine. Céline sagt, dass sie niemals ihren Urlaub auf einer Insel verbringen könne, die in der Nähe des Staates Venezuela liege.

»Warum?«

»Weil dort die Käfer warten.«

Wir gehen immer weiter. Ein schwarzes, extrem gepflegtes Saab-900-Cabrio zwängt sich direkt neben mir in eine Parklücke. Zwanzig Sekunden später kommen wir an einer noch gepflegteren cremefarbenen und mindestens dreißig Jahre alten Vespa vorbei. Wie viele bestens erhaltene mobile Fossile ich allein in der letzten Stunde gesehen habe! Ich begreife, dass Zürich noch einmal auf ganz andere, nachhaltigere Weise reich ist als Genf. In Genf –

ist das nun der Drittwelt- oder der französische Einfluss? – will man Geld ausgeben für neue Sachen, für Sachen, die teuer sind, eigentlich will man schlicht Geld ausgeben. In Zürich hat man sich dem Ding als solchem, dem Material, der möglichst handgemachten Form, mit anderen Worten der völligen Idiotie zugewandt. Ein krankhaft deutscher Dingfetisch kommt zum Vorschein, der gern gekoppelt ist mit absurdem Preisbewusstsein. Da Marion und ich uns vor einiger Zeit selber so ein Ding angeschafft haben, weiß ich, dass der Saab von eben vor seiner Instandsetzung kaum mehr als ein paar Tausender gekostet haben wird. Es ist daher nicht der Preis, sondern das finanzielle Engagement bei der Renovierung, das den Unterschied ausmacht. Diese antiken, attraktiv abgesessenen cognac-farbenen Ledersitze meinetwegen – was könnte man tun, damit die wieder schick und trotzdem ganz casual aussehen? Soll man wirklich diesen vergleichsweise wahnsinnigen Betrag *in die Hand nehmen* und jenen ganz speziellen Tran erstehen, den Maris Landsleute aus den erbsengroßen Gehirnen der eigentlich längst ausgerotteten Seefeld-Wale pressen? Ja, man soll, und von Zeit zu Zeit liebten Marion und ich es auch, mit unserem Saab durch die Landschaft zu gleiten, und während ich noch darüber staune, dass solche Momente wirklich existiert haben, frage ich Céline, was für Käfer sie meint. Als Kind, antwortet sie verblüffend, habe sie mit ihrem Vater immer Tierfilme geschaut. Oder Filme über Landschaften, über Gebirge und Dschungel oder Wüsten. Und natürlich über das Meer.

Zwanzig Minuten später: Ich sitze auf einer großen

Wiese am See. Neben mir, auf meinem Jackett, liegt eine lediglich mit schwarzem BH und ebenso schwarzem Höschen angetane, gegenwärtig vermutlich durch fantastische Termitenlabyrinthe reisende Céline Reymond. Die Sonne brennt erbarmungslos. Ich schwitze sehr stark, und ich beobachte drei junge Versager, die sich eben erst zu einem riesigen Dreieck formiert haben und sich seitdem zwei Gummideckel mit affiger Selbstverständlichkeit zuschleudern. Außerdem lausche ich dem Freizeichen von Pauls Büroanschluss.

»Frank, what's up?« Paul klingt aufgekratzt, ja hysterisch, gleichzeitig abwesend.

»Céline is not feeling well. You have to cancel our flight for this afternoon and book the next one. Or better the first one tomorrow morning.«

Paul sagt: »Okay« und dann nichts mehr. In seinem Trinkerhirn müssen entscheidende Rezeptoren durchgeschmort sein. Wir trauern um unseren guten Kollegen und treuen Freund Paul Carragher.

»›Okay‹? I mean, did you understand what I said? Tell Christine to re-schedule everything and call me back. DID YOU UNDERSTAND ME?«

»Calm down, Frank. Everything is under control. What's wrong with Céline?«

»She took some Japanese drugs. And now ... well ... I think, she shouldn't fly today. I mean, I guess she's *already* flying.«

Paul macht nur »Ah oui?« und wechselt dann zum einzigen Thema, das ihn auf dieser Welt noch zu interessieren vermag.

»So, everything went fine with Stauffer?«

»Yes.«

»Tell me, what will happen?«

»Don't know. He'll write this article, I hope.«

»You hope? This fockin' prick *has* to write this fockin' article! I paid for it.«

»That's true, Paul. I totally agree. It would be a shame if he lets us down.«

Ich spüre, wie sich am anderen Ende der Leitung in Sekundenschnelle etwas aufbaut. In fünfzehn oder zwanzig, vielleicht auch schon in zehn Jahren wird Paul in einem gemütlichen Rollstuhl sitzen und die Tage damit verbringen, seinen leblosen rechten Arm zu beobachten. Wenn er Glück hat, wenn also noch genug Geld da ist, schaut ab und an eine Pflegerin vorbei und wechselt das Fernsehprogramm.

»Come on, Frank«, presst er hervor, »you are kidding, don't you? What did he say, when will the article be out?«

Das Frisbee fliegt in Zeitlupe. Genau in meine Richtung. Ich komme hoch, versuche es zu fangen, verliere dabei das Gleichgewicht und schaffe es gerade noch, mich mit der Hand nicht auf, sondern neben Céline abzustützen. Unwillkürlich werfe ich einen Blick auf ihren Bauch und dann auch ihren Spitzenslip, und ich richte mich wieder auf und fahre ganz leicht mit dem Finger über den Stoff, über Célines – wie nennt man das? Venushügel? –, über Célines Venushügel, und während ich das tue, bemerke ich, dass einer der drei Typen, die, wie alle Frisbee-Spieler dieses Planeten, aussehen wie hirntote Zentralkomiteemitglieder von *Attac*, herangekommen ist und mich bei meiner gegenwärtigen Beschäftigung beobachtet.

»He wasn't sure«, verrate ich Paul, »but maybe you can read the article already on Saturday.«

»In the weekend edition?« Paul klingt begeistert; sein Leben hat soeben einen neuen Sinn erhalten. »That would be great. And in the evening we'll party, mate.«

»Sure«, sage ich nur. Ich bin müde, ich möchte drei Tage schlafen. Andererseits hat die Aussicht, mit Carragher endlich mal wieder *richtig* auf die Pauke zu hauen, einen gewissen Reiz.

»And next week we'll talk to them again.« Er spricht von der Geschäftsleitung. »We'll present them the first fockin' results.«

»Sure, Paul. And now you go and tell Christine to cancel the flights, book new ones and call me back immediately. Comprende?«

»Allô?«, macht er. »Allô, allô?« Ich unterbreche die Verbindung, lasse mein Telefon auf den Rasen gleiten, nehme es aber sofort wieder in die Hand und rufe Marion an. Doch das Handy meiner Freundin ist ausgeschaltet. Und dieser Frisbee-Idiot starrt noch immer. Vermutlich will er, dass ich mit Céline weitermache. Ich schaue sie an. Vermutlich ist ihr egal, ob ich weitermache. Die Situation erinnert mich an die letzte Weihnachtsfeier. An jene hochkomplexen drei oder vier Minuten, die Céline und ich in dem Verschlag für die Netzwerkdrucker verbrachten, bevor einer dieser IT-Faktoten die Tür aufriss und in den großen Altpapiereimer urinierte. Ein paar Meter weiter haben sich zwei nicht mehr ganz taufrische Typen,

Mountainbiker, auf ein Badehandtuch gelegt. Einer von ihnen hat eine Tätowierung auf dem linken Schulterblatt, ein japanisches oder chinesisches oder mongolisches Schriftzeichen, das, wortwörtlich übersetzt, wahrscheinlich »Kaninchenstall« oder »Heute Mittag esse ich eine Schale Reis« bedeutet, und ich glaube, in einem geordneten Staatswesen wie dem nordkoreanischen würden die beiden jetzt nicht hier sitzen, sondern in den Produktionsprozess eingegliedert sein, und überhaupt, die ganze Wiese wäre herrlich leer. Ich nehme mir vor, im Fünften mal nachzufragen, ob die nordkoreanische zum Portfolio der von uns demolierten Währungen gehört, ob dieses Land überhaupt noch eine Währung besitzt. Da bewegt sich Céline, zum ersten Mal seit zehn Minuten. Ich sage ihr, dass wir hier verschwinden müssen, dass die pralle Sonne nicht gut für sie ist. Sie stöhnt etwas, was man als Zustimmung oder Ablehnung interpretieren könnte. So oder so, ich werde die Dinge in die Hand nehmen müssen.

Nachrichten

Ich höre leise Stimmen, einen breiten texanischen Akzent, dann eine Frau mit irgendeinem anderen breiten amerikanischen Akzent. Alle amerikanischen Akzente sind breit, verdammt noch mal. Ich richte mich auf und weiß augenblicklich, wo ich bin.

Der Fernseher ist die einzige Lichtquelle im Zimmer. Ich bräuchte gar nicht hinzuschauen oder hinzuhören, ich erkenne an diesem speziellen Blau, dass ich wieder einmal vor NBCNCC oder so ähnlich weggedämmert sein muss. Ich liebe diesen Kanal, sein schneeiges, unklares Bild, die kryptischen Laufleisten und vor allem natürlich die Interviews. Ich meine, ich habe nachweislich keine Ahnung vom Finanzsektor, aber wenn man seriösen Experten wie zum Beispiel einem Herrn Ulrich Stauffer von der *Neuen Zürcher Zeitung* Glauben schenken will, ist innerhalb der nächsten zwölf Monate mit einer Art Kernschmelze, mit dem Fegefeuer, mit der Umwertung aller Finanzwerte zu rechnen. Auf NBCNCC dagegen ist die Welt noch in Ordnung. Zusammen mit dieser pferdegesichtigen Moderatorin versprühen viertelstündlich ausgewechselte Analysten reinsten surrealen Optimismus: Sollte ich vielleicht gerade jetzt kaufen? Ist nicht gerade jetzt der richtige Augenblick, meine Ersparnisse und die meiner Kinder und Haustiere in dieses vielleicht etwas schwer zu durchschauende, aber hochgradig lukrative Geldanlageprodukt zu investieren? Die Antwort ist natürlich: Ja. Die Antwort war immer: Ja. Es gibt überhaupt keine andere Antwort als: Ja.

Ich weiß, dass der Kanal oben bei den Tradern den ganzen Tag läuft, als eine Art Unterhaltungsprogramm, als Comedy, und ich nehme mir noch ein Fläschchen aus der Minibar und trete ans Fenster. Irgendwo dort draußen, gar nicht weit entfernt, muss der Zürcher Flughafen sein. Aber ich kann nur Straßen sehen, Zubringer, Autobahnen, eine Landschaft ist trotz Tausender Lichter nicht zu erkennen. Es war klug von Christine, uns in diesem Kasten unterzubringen, allerdings finde ich jetzt keinen

Griff, um das Fenster zu öffnen und das Fläschchen auf dem Parkplatz zerschellen zu hören.

Ich werfe mich also wieder aufs Bett. Die Studiomoderatorin kündigt einen neuen Gast an. Dann ändert sich der Kamerawinkel, und vielleicht bilde ich es mir nur ein, aber für einen Moment sehe ich einen rotgesichtigen Beinaheglatzkopf im strahlend weißen Short-Sleeve-Leeds-United-Trikot neben ihr, der in seiner linken Hand eine Dose McEwans Lager hält, während die Finger seiner rechten nervös mit einer (nicht angezündeten) Zigarette spielen. Ich suche in der Schublade des Nachtschränkchens nach etwas zum Schreiben. Diese Idee darf ich nicht vergessen – warum sind wir nicht vorher darauf gekommen? Und warum sind wir alle nicht schon lange gefeuert worden? Ich finde weder Stift noch Zettel, und mir wird klar, dass *garantiert* schon jemand auf die Idee gekommen ist. Etwas später sehe ich ein, dass die Idee, jemanden von uns als Interviewgast durchzuboxen, Schwachsinn ist.

Der Whisky ist alle. Ich hocke vor der Minibar und hole, ohne hinzusehen, das nächste Fläschchen hervor. Diesmal ist es Orangensaft – kein Problem, runter damit! Gut bei dem enormen Flüssigkeitsverlust dieses Tages. Apropos, wie geht es eigentlich Céline? Ich öffne die Tür – Christine hat tatsächlich zwei Zimmer mit Verbindungstür gebucht –, und das Erste, was ich sehe, ist das Fernsehgerät, in dem derselbe Sender läuft wie bei mir. Das Pferdegesicht sitzt gar nicht mit Paul zusammen. Sie ist ganz allein, und sie moderiert irgendein weiteres fantastisch interessantes Thema an, während unter ihr, am unteren Bildrand, immer neue Börsenwerte bedächtig Richtung Abgrund wandern.

Man kann beim besten Willen nicht behaupten, dass Frau Reymond die Sendung mit derselben Aufmerksamkeit verfolgt wie ich. Sie liegt regungslos und komplett bekleidet – selbst die Espadrilles hängen noch irgendwie an ihren Füßen – auf dem Bett. Neben ihr ist das Sandwich, das wir uns nach dem Einchecken bestellt haben, vom Teller aufs Laken gerutscht. Ich setze mich auf die Bettkante und überlege, ob ich sie ausziehen und das Ganze später als Fürsorge rechtfertigen soll. Stattdessen nehme ich ihr Sandwich und gehe zurück in mein Zimmer, und im Laufe der Nacht versuche ich noch mehrere Male, Marion anzurufen. Um vier – *vier!* – Uhr nachts ruft sie dann endlich zurück.

»Frank?«

»Ja.«

»Entschuldige, dass ich mich erst jetzt melde, aber vorher ging es nicht. Wir ...«

»Es ging nicht?«, unterbreche ich sie.

»Nein, wir waren bis eben in der Agentur. Ich habe Jan geholfen bei diesem Auftrag. Der musste bis morgen fertig sein.« Sie macht eine Pause, in der ich vielleicht etwas sagen sollte. Aber ich sage nichts. »Das hat richtig Spaß gemacht«, macht Marion schließlich weiter, »und Geld habe ich auch endlich mal wieder verdient.«

»Du warst also bis eben mit deinem Jan in seiner schwuchteligen Designagentur? Bis vier Uhr morgens?«

»Na ja, fast. Nachher haben wir noch einen Happen gegessen. Ich war wirklich total fertig.«

»Wo?«, frage ich und quere noch einmal das Zimmer in Richtung Minibar.

»Bei Jan.«

Ganz hinten, hinter den Säften und all dem anderen Zeug, versteckt sich eine weitere Batterie kleiner Fläschchen mit kristallklaren Flüssigkeiten. Ich greife mir eine und erwische einen ganz hervorragenden, dieser Situation mehr als angemessenen Wodka aus deutscher Produktion.

»Marion«, fange ich nach einem beherzten Schluck wieder an, »versuch mal, dich in meine Lage zu versetzen, versuch einmal, zu denken, wie ich denke, okay?«

»Ja, ja, ich weiß«, sagt sie, »wenn ich du wäre, müsste ich ganz zwangsläufig denken, dass da was gelaufen ist. Stimmt's? Ist es das, was du denkst?«

Ihre Stimme klingt wirklich anders. Unglaublich, was ein wenig beruflicher Erfolg und beruflicher Sex auslösen können.

»Na klar, was soll ich denn sonst denken?«

»Bitte, Frank, ich kann das jetzt nicht mit dir diskutieren. Ich habe den ganzen Tag und fast die ganze Nacht gearbeitet. Ich bin total am Ende. Wir reden, wenn ich zurück bin, okay?«

»Wann kommst du denn überhaupt? Morgen? Sonntag? Scheiße!«

»Ja, deswegen rufe ich überhaupt noch so spät an. Das wird sich verzögern.«

»Hat Jan etwa noch andere furchtbar dringende Aufträge?«

Ich lasse das leere Wodkafläschchen auf den Fußboden

fallen. Das Geräusch beim Aufprall auf den weichen Teppichboden gefällt mir. Ich wiederhole den Vorgang.

»Ja, genau. Und es ist mir egal, was du davon denkst. Immerhin musst du die ganze Umbucherei nicht bezahlen. Ist doch toll, oder?«

»Und wann hast du vor zu kommen?«

»Kann ich noch nicht genau sagen. Wahrscheinlich Mitte nächster Woche. Oder Freitag.«

»Kommst du überhaupt wieder?« Diese Frage wollte ich gar nicht stellen. Sie ist mir einfach rausgerutscht. Nun, sie lag allerdings auf der Hand.

»Bitte, Frank, was soll das jetzt? Lass uns bitte später darüber reden, okay? Ich rufe dich am Wochenende wieder an.«

»Okay«, sage ich, beende das Gespräch und gehe zum Fenster. In der Ferne hinter den Autobahnen, über sanften Höhenzügen, liegt ein erstes zartes Morgenrot. Das sieht sehr gut aus. Trotzdem drehe ich mich irgendwann um und starre ins Halbdunkel des Zimmers. Die Moderatorin hat jetzt doch wieder Gesellschaft bekommen. Neben ihr sitzt – laut Einblendung – Frederic J. Stein von *Business Monthly*, und Frederic J. Stein von *Business Monthly* sagt: »Well, as we all know, Stephanie, bad markets are good markets. Money does not simply disappear.«

FREITAG

Céline Reymond

Ich erwache, weil jemand meinen Penis im Mund hat. Dazu höre ich eine Melodie, von der ich nach und nach begreife, dass sie zu einem Telefon gehört. Der brünette Kopf an meiner Mitte hört plötzlich auf, sich zu bewegen. Jetzt kann ich das Gesicht erkennen. Welch Überraschung – es ist Christine, unsere Sekretärin! Allerdings trägt dieses mindestens fünfzig Jahre alte Christine-Gesicht auch Züge von jemand anderem, und zwar von, wie ich allmählich realisiere, Jean-Pierre Hofstadt. Das Telefon macht immer weiter. Also wache ich schon wieder auf. Nach einer Weile habe ich sogar den Hörer in der Hand.

»Hallo?«

»Guten Morgen, Herr Stremmer. Es ist sechs Uhr dreißig.«

Wäre Hofstadt irgendwo in den Nazi-Auen um Berlin groß geworden und mit dem zugehörigen Dialekt bestraft worden, ich würde sofort glauben, dass unser quirliger Geschäftsführungsbutler an diesem Morgen wirklich alles daransetzt, mich persönlich aus dem Schlaf zu reißen.

»Ja, danke«, presse ich hervor.

»Haben Sie vielleicht schon einen Frühstückswunsch? Oder soll ich in zehn Minuten noch einmal anrufen?«

»In zehn Minuten.«

Eine kleine Pause, eine winzige, effektvolle Verzögerung. Vielleicht träumt er noch ein wenig davon, was er eben unter meiner Bettdecke angestellt hat. Dann endlich kommt: »Ist notiert, Herr Stremmer. Auf Wiederhören.«

Ich lasse mich zurück ins Kissen fallen. Erste Sonnenstrahlen betasten zärtlich meine Bettdecke. Ein weiterer großartiger Tag hat begonnen, den ich selbstverständlich als Geschenk wie auch als Chance begreife. Seit Wochen beginnen immer neue herrliche Tage, und jetzt ist diese Telefonmelodie schon wieder da, aber viel leiser. Ich höre Célines verschlafene Stimme.

»Oui.«

».......«

»Oui, merci.«

».........«

»Oui, un café et un croissant, s'il vous plaît.«

».........«

»Merci. Au revoir.«

Ich stehe auf und öffne die nur angelehnte Tür. Céline liegt auf dem Rücken, ihre Arme sind hinter dem Kopf verschränkt.

»Wie geht es Ihnen heute Morgen, Madame Reymond?«

»Mir geht es sehr gut, Herr Stremm*er*.«

»Sie haben gestern Drogen genommen«, informiere ich sie.

»Ja, das ist richtig. Das war sehr schön. Ich möchte diese Pille ... *erstehen*? Sagt man das so?«

»Vollkommen korrekt.«

Sie dreht sich auf die Seite und lupft die Bettdecke. Ich sehe, dass sie nicht mehr ihr Kleid und nicht mehr ihre Espadrilles, aber immer noch ihren Slip von gestern trägt.

165

Sie sagt: »Komm, wir warten hier zusammen auf das Frühstück.«

Ich zögere. Hat sie das jetzt ernst gemeint? Ich meine, sie ist die schönste Frau, die ich jemals gesehen habe. Sie ist zumindest die schönste Frau, die ich mehr als einmal und nicht im Fernsehen gesehen habe. Wahrscheinlich würde ich heute Morgen selbst ihren Mundgeruch lieben, den Salzgeschmack ihrer verschwitzten Titten. Céline hat die Bettdecke ganz zurückgeschlagen und sich auf den Bauch gelegt. Ist sie auf Maris Pille hängengeblieben? Oder ist das eine Art Belohnung, sind sie und natürlich auch Mari, die ich in diesem Zusammenhang auf keinen Fall vergessen will, eine Art Bonusprämie dafür, dass ich all die Jahre durchgehalten habe, ohne durchzudrehen? Céline räkelt sich, zieht ein Bein an und dreht den Kopf zur Seite. Ihren Willen, meine Sprache zu sprechen, kann man nur als eisern bezeichnen, denn jetzt sagt sie: »Ich weiß, was du am See gemacht hast. Mach das wieder, bitte!«

Das könnte sogar ernst gemeint sein. Wie angewurzelt stehe ich vor ihrem Bett. Worauf, zum Teufel, warte ich noch? Ich meine, wie viele Tage haben sich meine Nagetieraugen an diesem Hintern festgesaugt. Jetzt liegt er – ganz ohne Zeugen – vor mir. Wie viele Stunden träumten meine japsenden Geruchsknospen davon, diesen Geruch einzusaugen. Jetzt könnte er schon bald an meinen glitschigen Fingern kleben, an denen ich wie ein Tier schnuppern und die ich Céline anschließend in den Mund stecken würde. Ich versuche, etwas aus ihrem Gesichtsausdruck herauszulesen. Aber bei Céline kann man sich nie sicher sein; vielleicht waren selbst die Geschichten von ihrem schwachsinnigen Ehemann reine Erfindung. Mit dieser Frau, selbstverständlich auch mit Mari, mit beiden zusammen eigentlich, würde ich gerne terroristische Vereinigungen gründen. Wir würden uns abwechselnd lieben; wir würden die Glitzerpaläste angesehener Menschenrechtsorganisationen pulverisieren. Und nach unserer aktiven Zeit kämpften wir parlamentarisch weiter, für artgemäße Tierhaltung, für die Abschaffung der Sprachen usw.

Ich stehe also vor diesem Bett und kann mich nicht bewegen. Das ist unerklärlich. Zugegeben, ich hatte bis auf die letzten Tage nie wirklich Erfolg bei Frauen, aber gerade deswegen in den entscheidenden Momenten keine Hemmungen. Und jetzt? Es ist einfach unglaublich. Beinahe fühle ich mich wie mit Marion, außer dass nirgendwo ein Tagebuch lauert. Diesen Augenblick, das steht jetzt schon fest, werde ich noch auf meinem Sterbebett bereuen. Um das zu verhindern, reiße ich mich mit aller Kraft aus der Erstarrung und mache einen Schritt nach vorn. Noch einen Schritt weiter und ich liege neben ihr auf der Matratze, doch jetzt höre ich es klopfen. Jemand klopft an die Tür, verdammt. Céline springt lachend auf, wirft sich ihren Bademantel über und läuft quer durch das Zimmer.

»Ah, le petit-déjeuner. Merci.«

Sie kommt mit dem Tablett zurück zum Bett.

»Möchtest du etwas essen? Trink einen Kaffee mit mir, Frank.« Sie hält mir ihre Tasse entgegen. Sie tut, als wäre eben nichts gewesen. Nun, es *war* nichts. O Gott, wie konnte das nur geschehen?

Ich setze mich auf die Bettkante und nehme mir ein Croissant aus diesem kleinen Körbchen.

»Weißt du, wie man die in Zürich nennt?«

»Oui.«

»Wie?«

»Gipfli«, flötet Céline, »il s'appelle Gipfli«, und dann beißt sie in einen Gipfli, und in meinem Zimmer fängt das Telefon wieder an, höchstwahrscheinlich, weil ein SA-Mann aus Fürstenwalde mir dazu gratulieren möchte, dass von meinem läppischen Leben, dessen Höhepunkt ich gerade verpasst habe, schon wieder volle zehn Minuten vorüber sind.

Draußen steht die Sonne bereits erstaunlich hoch am Himmel. Es ist sechs Uhr vierzig. Geschätzte Außentemperatur: neunzehn Grad Celsius. Marion, das begreife ich plötzlich, ist weg.

Neuf décembre deux mille sept

Es ist also elf Uhr, und wir hängen alle zusammen in Pauls Büro herum. Außer Paul, Céline und mir ist auch Spiegelman da, einer der Goldesel aus dem fünften Stock. Ich habe mit einer leichten Übelkeit zu kämpfen, deren Ursache sowohl in dem Nahtoderlebnis des Rückflugs als auch in den offenen Wunden liegen könnte, die eine Drogensüchtige eben auf der Straße von der Sonne trocknen ließ. Es besteht zudem die Möglichkeit, dass meine derzeitige Verfassung auf eine Reihe unlösbarer persönlicher Probleme zurückzuführen ist. Insgesamt aber ist unsere Laune prächtig, und wir unterhalten uns angeregt und trinken absurde Fruchtsaftmischungen, die Christine von dieser neuen Saftbar ganz in der Nähe geordert hat. Dazu läuft Pauls Bürofernseher in der Ecke. Speziell ich bin über diese Ablenkung froh, denn so muss ich nicht fortwährend auf Célines Rock starren, unter dem – falls sie nicht Ersatz dabeihatte – immer noch dieser schlichte schwarze Sex-Slip von heute Morgen sein Unwesen treibt und sich allmählich darauf vorbereitet, zum Protagonisten meiner Albträume zu werden.

Spiegelman ist ein netter Kerl, ein in Amerika aufgewachsener Israeli, der aussieht wie der frühere Weltranglistenerste und Halbaffe Pete Sampras und dessen geistesgestörte Vorliebe für alles Deutsche mir den letzten Nerv raubt. Andauernd, also gut alle vier Wochen, denn öfter begegnen wir uns nicht, will er mit mir über Leute wie Schopenhauer oder Heidegger reden; andauernd ist er speziell an meiner Meinung interessiert. Neulich zum Beispiel hatten wir wieder unseren alten Streit: Ich erklärte ihm mit Engelsgeduld, dass Handeln und Denken meiner Landsleute durch einen vom jüdischen Meinungskartell totgeschwiegenen genetischen Defekt determiniert sind, dass sich daher im Deutschen Reich substanziell weder etwas verändert hat noch jemals verändern wird. Aber er und ich, wandte er energisch ein, wir könnten doch problemlos und ohne Vorurteile zusammenarbeiten. Wir beide seien doch lebendige Gegenbeispiele zu meiner These. Ich tat einen Moment so, als würde ich sein Argument prüfen, als wäre ich wirklich kurz davor, ihm

zuzustimmen. Dann antwortete ich schlicht mit »Nein«
und ließ ihn stehen.

Ansonsten ist »Pete« Spiegelman natürlich kein naiver
Idiot. Umsatzmäßig bewegt er sich dem Vernehmen nach
im oberen Drittel, weswegen sein berufliches Selbstver-
ständnis von keinerlei Ethikfolklore beeinträchtigt sein
dürfte. Was ihn an diesem Freitagvormittag dazu bewo-
gen hat, einige Minuten bei uns, der kreativen Elite des
Hauses, zu verbringen – diese Frage ist ohne jede Bedeutung. Wichtig ist allein, dass Paul ihn endlich loswerden
will, um mit Céline und mir noch mal genüsslich die
letzten vierundzwanzig Stunden Revue passieren zu lassen. Überhaupt, Paul ist wieder ganz der Alte. Paul Carragher ist zurückgekehrt in den Kreis der Vollmitglieder
des Empires. Spiegelmans Angebot, unsere zu erwarten-
den Abfindungen unter seine Trader-Fittiche zu nehmen,
wischte er eben mit einer barschen Handbewegung vom
Tisch.

»Do you know a lady by the name of Margaret Thatcher?«, fragte er und lief dabei schon wieder bühnenreif
rot an. »Do you know what she did when these greasy
cheating Argies took the Falklands? Or ask your German
friends. I tell you, mate: We never give up. We ...«, er erhob
feierlich die Stimme, »*shall fight them on the beaches, we
shall fight them ...*«, dann brach er ab und zwinkerte mir
zu. »Sorry, Frank.«

Wir trinken also unsere komischen Säfte und lauschen
Pauls Heldenepen über das Britentum, und aus dem Fern-
seher regnet es jetzt Raketen auf das Heilige Land, was
Paul zum Anlass nimmt, sich bei Spiegelman zu erkun-

digen, wann denn seine Landsleute endlich die »fockin'
Arabs« von der Erdoberfläche zu bomben gedächten.

Spiegelmans Antwort besteht aus Schulterzucken und
Grinsen. Er genießt es einfach hier unten bei uns. Er hat
überhaupt keine Lust, in den fünften Stock zu verschwinden, etwas zu arbeiten und somit unser aller Gehalt zu
sichern. Andererseits ist selbstverständlich allen im Raum
befindlichen Personen klar, dass Spiegelman auch bleiben
wollen würde, wenn er hier mit einer Horde von Holo-
caustleugnern in einem unter Strom gesetzten Hunde-
käfig säße. Das Geheimnis hinter seiner Anhänglichkeit
trägt – einmal mehr – den Namen Céline, und da das so ist
und da dieses Geheimnis zudem eine außergewöhnliche
Auffassungsgabe besitzt, verabschiedet sich Madame Reymond nun in ihre privaten Gemächer. Spiegelman schaut
ihr bestürzt nach. In seinem Händlerhirn beginnt die fie-
berhafte Suche nach Vorwänden, um sie am Gehen zu
hindern oder um ihr – noch besser – zu folgen. Paul beäugt
ihn derweil wie ein trunksüchtiges Reptil; auch ich bin
einigermaßen interessiert. Plötzlich geht es Spiegelman
nicht mehr so gut, plötzlich fällt ihm wieder ein, welch
schwergewichtige Aufgaben an diesem Restvormittag
noch auf ihn warten. Er wird sich also noch fünf Minuten
anhören, wie Leeds United damals den indischen Sub-
kontinent zivilisierte oder warum es ein Fehler war, die
Krauts nach dem Krieg wieder hochkommen zu lassen,
und dann endlich werden wir Gelegenheit haben, den
gestrigen Tag, dieses vom Genius Paul Carragher minutiös
geplante Kunstwerk, in allen Einzelheiten durchzukauen.

Eine Stunde später sind wir damit immer noch nicht fertig, und Céline ist wieder zu uns gestoßen, und wir sitzen jetzt auf den Steintreppen am See. Unsere Hände glänzen von in prähistorischen Eichenfässern gereiftem Olivenöl, das aus deliziösen Sandwich-Artefakten auf den Boden tropft und dort schimmernde extravergine Lachen bildet. Ich schaue mich um: Alles ist normal. Touristen, ein paar undefinierbare, eventuell gefährliche Elemente, der Rest kommt aus den panikgeschwängerten Bürohöhlen. Alle zusammen aalen wir uns in der Sonne. Denn es ist Freitagmittag. Das Wochenende erscheint bereits unvermeidlich. Die Stimmung an den Finanz- und sonstigen Märkten ist – gottverdammt noch mal, wen interessiert das? Paul auf jeden Fall nicht. Unser langjähriger Vorgesetzter betrachtet stattdessen sein Sandwich, das unter anderem mit Pute oder irgendeinem anderen Geflügel belegt sein dürfte. Unsere Situation, so hat er eben allen Ernstes behauptet, sei die von Schlachthähnchen gewesen, die man bereits mit den Beinen an Haken gehängt habe, während am Ende dieser blutigen Halle die Maschine mit den scharfen Messern wartete. Aber dann habe ein gewisser Mr Paul Carragher eine Idee gehabt, ein paar Telefonate geführt und ein diskretes Treffen in Zürich arrangiert.

»And from tomorrow on, I tell you, from tomorrow on these frog-eating bastards«, er redet natürlich von unseren CEOs, »will have to eat their fockin' words.«

Die letzten Sätze kamen schon wieder recht laut aus seinem Bierschlund. Ein älteres Touristenpärchen dreht sich zu uns um – wahrscheinlich Kanadier oder Australier, Bürger eines dieser harmlosen Gemeinwesen, in denen Beuteltiere oder Schwarzbären politische Verantwor-

172

tung übernehmen müssen. Menschen, die Paul auf jeden Fall verstehen können und daher nun darüber informiert werden, dass er dem »Primaten Spiegelman« tatsächlich eine größere Summe anzuvertrauen bereit sei. Allerdings nicht seine Abfindung, sondern – Paul brüllt jetzt ohne Hemmungen – SEINEN JAHRESBONUS.

Céline lacht ein wenig. Und sie kaut ein wenig. Alles, was sie tut, ist gut. Ich schaue genau deswegen wieder zu den Touristen hinüber. *Sie* lachen nicht. Die Frau, sie mag fünfundsechzig sein und ihr Leben damit verbracht haben, widerborstigen Schafböcken die Testikel auszuschaben, die Frau also starrt Paul immer noch an und schüttelt dabei ganz leicht den Kopf, und hinter ihrem Kopf, am Ende der Steintreppe, entdecke ich plötzlich ein anderes, wesentlich jüngeres, wesentlich attraktiveres Pärchen, das sich jetzt umarmt und das aus einem großen, schlanken Schwarzen (Anzughose, Hemd, Krawatte) und einer braungebrannten, langhaarigen, mit einem weißen Trägerhemd und einer weiten weißen, irgendwie transparenten Baumwollhose bekleideten Asiatin besteht, die ich ohne Mühe als Mari identifiziere. Blut schießt mir in den Kopf. Ich kann ihn nicht lokalisieren, aber ich fühle einen stechenden Schmerz, während sich in meinem Mund nostalgischer Speichel sammelt, um noch einmal einen dieser kleinen Fantasieanreger aus japanischer Bioland-Produktion hinunterzuspülen. Die Übelkeit des zurückliegenden Vormittags ist zurückgekehrt. Sie hat sich verschlimmert. Auch Paul macht keinen besonders glücklichen Eindruck mehr. Ich versuche herauszufinden, woran das liegen, was mit meinem *team coordinator* geschehen sein mag. Dann fällt mir ein, dass Céline vor etwa fünf Sekunden etwas gefragt hat. Ich glaube, sie wollte wissen, ob Paul eigentlich Informationen über »Monsieur Stauffer« eingeholt habe. Ob er zum Beispiel wisse, wann der letzte Artikel des »Monsieur Stauffer« in der *Neuen Zürcher Zeitung* veröffentlicht worden sei.

»When?«, fragt Paul. Eben noch von der Wucht des British Empire befeuert, klingt er nun auf einmal resigniert. Wie leer Augen wirken können, die jeden Morgen verkohlte Würstchen und blässliche Bohnen sezieren müssen.

»Neuf décembre deux mille sept«, teilt Céline uns mit. »This is more than half a year ago.«

Mari umarmt diesen Schwarzen nicht mehr. Mir geht es etwas besser deswegen. Aber sie steht weiter ganz dicht vor ihm. Die beiden reden miteinander, flüstern sich geile Sachen ins Ohr. Ich drehe mich um zu Céline, dem stärksten mir bekannten Gegengift. Aber es wirkt nicht. Es wirkt vielleicht deswegen nicht, weil aus ihrem Gesicht auf einmal jedwede Heiterkeit verschwunden ist. Sie schaut Paul an. Paul starrt seinerseits auf den See hinaus. Er überlegt. Er lässt sich Zeit mit seiner Reaktion. Seine Stirn ist übersät von milchigen Tropfen, die interessanterweise nicht nach unten rinnen. Das muss ein spezieller, vor Entsetzen und Wut zähflüssig gewordener Engländerschweiß sein.

»Who. The. Fock. Cares?«, stößt er schließlich mit letzter Kraft hervor, und die Australokanadier drehen sich schon wieder zu uns um, und Mari steckt diesem Schwarzen jetzt eine Zigarette in den Mund. Paul reibt wie irre seine fettigen Hände an der Hose ab. »Who the fockin' fock cares? Lucien is a good boy. You can rely on this frog, I swear.«

Ich stelle mir den schicken Lucien vor. Ich versuche mich an seine Stimme zu erinnern, seine Haarfarbe, seine gottverdammten Anzüge. Ich tue das vor allem, um mich abzulenken. Um nicht, es ist kaum zu glauben, in Tränen oder irgendetwas anderes auszubrechen. Auf einmal schnellt diese massige Gestalt neben mir nach oben. Einen Augenblick befürchte ich, dass er sich auf das Touristenpärchen stürzt, aber Paul steht einfach nur da. Seine Augen sind jetzt geschlossen.

Inbox

From: Marion Gräfe [m.gräfe@mail-to.com]
Sent: Fri 15/8/2008 12:47 PM
To: »Frank Stremmer«
Cc:
Object:

Lieber Frank,
heute Nacht (verzeih, dass es so spät war) habe ich Dir gesagt, ich würde Dich am Wochenende anrufen. Das werde ich nicht. Ich habe das Gefühl, ich kann Dir einfach nicht genau sagen, was ich momentan fühle und denke über uns, wenn wir miteinander reden. Deswegen schreibe ich Dir. Obwohl ich eigentlich gar keine Zeit habe und sehr müde bin und gleich weiterarbeiten muss. Aber ich

will nicht klagen, denn genau das hier, die Arbeit und alles, habe ich so lange vermisst. Weißt Du das eigentlich? Weißt Du, wie wichtig es für mich ist, zu arbeiten, etwas zu tun, auf das ich irgendwie (sicher lachst Du jetzt) stolz sein kann? Ich habe heute Morgen mit Frauke telefoniert, und sie sagt auch, dass es richtig ist, diese Chance mit der Agentur wahrzunehmen. Jan meint, ich könnte vielleicht irgendwann sogar richtig mit einsteigen. Er sucht nämlich momentan einen Teilhaber.

Ich will hierbleiben, Frank, bitte versteh das. Wenigstens noch eine Weile. Es ist so gut zu sehen, dass ich das noch kann, diese Arbeit, meine ich, dass ich gut bin. Die letzten Jahre in Genf, ich kann das nicht mehr. Da unten werde ich nie etwas finden, das wissen wir doch beide. Ich will nicht eine von diesen Tanten bei *Silhouette* werden, die den ganzen Tag nur über ihre Männer und Kinder reden. Kinder hab ich ja sowieso nicht.

Ich weiß nicht, was dieser Entschluss für uns bedeutet. Vielleicht ist es sogar gut für uns, wenn ich jetzt erst einmal weg bin. Vielleicht werde ich Dir ja sogar fehlen. Eigentlich wäre es schön, wenn ich Dir fehlen würde. Umgekehrt ist das nämlich so. Deine Witze, wenn Du aus dem Büro erzählst, das fehlt mir wirklich. Und dass Du morgens neben mir liegst, wenn ich aufwache.

Aber es ist jetzt erst einmal besser so, und das hat – bitte, bitte, bitte glaub mir das – nichts mit Jan zu tun.

Ein Kuss für Dich (auf den Mund, wenn Du willst ...)

Deine Marion

PS: Jetzt bin ich schon ein paar Tage hier, und ich habe immer noch keine einzige SS-Uniform auf der Straße gesehen. Da staunst Du, nicht?

Aus den Kriegstagebüchern: Juni/Juli 2008

13. Juni

Heute saß dieser, dieses Wort habe ich wirklich gedacht, Hodenhund allein unten im Hausflur. Habe eine Weile bei ihm gewartet, aber die alte Hexe aus dem Vierten kam und kam nicht. Wusste nicht, was mit dem Vieh tun. Stand nur da und schaute auf diesen riesigen Hautsack. Komischer Moment – wie ein Voyeur. Dann kam die Alte schließlich doch aus dem Aufzug geschlichen, der Hund stand auf und humpelte irgendwie mit ihr raus. Dabei wackelte und schlenkerte wieder alles zwischen seinen Hinterläufen. Musste mich regelrecht zwingen, woanders hinzuschauen.

Von seinem Frauchen übrigens: kein Wort. Ich: Bonjour, Madame. Sie: nichts. Bin ich mittlerweile unsichtbar? Auch der Köter hat kaum auf mich reagiert.

Als ich dann selber nach draußen bin, fing es ganz leicht zu regnen an. War nicht schlimm. War warm und klar, dass es schnell wieder aufhören würde. Aber für mich Dussel schon wieder zu viel, wieder ein Zeichen. Ich also auf dem Absatz kehrtgemacht und zurück in die Wohnung. Auf der Straße hätte man mich vielleicht überfahren. Weil mich doch keiner sieht.

17. Juni

Ziemlicher Krach gestern mit F. wegen Urlaub. Mein Verdacht: Eigentlich will er gar nicht fahren, jedenfalls nicht mit mir. Am Ende auch noch seine Frage, was ich überhaupt wolle, ich hätte doch permanent Ferien.

Und danach hatten wir Sex. Den ersten seit Wochen. Gar nicht mal schlecht, aber hinterher fühlte ich mich so leer, regelrecht tot. Auch F. wirkte irgendwie unglücklich, hat natürlich nichts gesagt. Hab so getan, als schliefe ich, bis seine Atemgeräusche ganz regelmäßig waren. Bin dann aufgestanden und in die Küche und hab stundenlang geheult. O.K., nicht stundenlang, aber lange.

Was ist bloß los mit uns? Wir schlafen miteinander, und alles ist irgendwie noch schlimmer als ohnehin schon.

18. Juni

Schon wieder mit F. über Urlaub geredet. Diesmal allerdings ganz sachlich und vernünftig. F. sagt, er will mit Paul über zwei Wochen im August sprechen. Mein Vorschlag in ganz nettem, wirklich versöhnlichem Ton, die Sache beim nächsten Mal doch vielleicht ein wenig besser und langfristiger zu planen. Seine Erwiderung: Das sei schwer möglich für ihn. Er wisse nie, ob er im nächsten Monat noch am Leben sei. Wisse nie, ob er sich im nächsten Monat nicht schon längst erschossen habe. Danach wieder dieses merkwürdige Lächeln bei ihm, von dem man nicht weiß, was es zu bedeuten hat.

Aber zwei Wochen im August wären wirklich schön. Mein Vorschlag: Korsika oder Sardinien oder, noch besser, Elba. F. war mit allem einverstanden.

24. Juni

Frauke war bei mir, sind zusammen zu Ikea gefahren. Warum, wussten wir anschließend beide nicht mehr. Beschäftigungstherapie, die Bernd und Frank immerhin einige hundert Franken gekostet hat.

Frauke ist immer noch nicht schwanger. Sie sagt ja selten etwas, aber ich glaube, sie ist auch sonst nicht gerade glücklich mit B. ... Da ist was im Busch. Komisch, er ist mein Bruder, aber ich weiß echt nicht, auf welcher Seite ich stehen soll. Vielleicht ist es einfach unmöglich, glücklich zu sein mit Männern.

Frauke hat mir gestanden, wie fertig sie das alles macht: erst die ganzen vergeblichen Bewerbungen und jetzt die ganzen vergeblichen Arzttermine wegen der Schwangerschaft. Das Gefühl, bei allen ginge es vorwärts, nur bei ihr nicht. Und was ist mit mir? Stimmt, hat sie gesagt, bei mir sähe es auch »zappenduster« aus. Zappenduster!

3. Juli

Gestern Abend Fraukes Rezept mit den verschiedenen Fischsorten ausprobiert. Zwei Stunden in der Küche. Hinterher mussten wir beide lachen, so scheiße hat das geschmeckt.

Sind dann einfach aufgestanden und essen gegangen – so was geht immer noch gut mit F., und dafür liebe ich ihn auch noch ein wenig. Stelle mir vor, wie das bei Frauke und B. abgelaufen wäre. Krise, sag ich da nur, Megakrise!

Leider saßen im Restaurant dann irgendwelche Diplomaten oder UN-Leute am Nebentisch. F.s Thema für diesen Abend. Immerhin, ich musste manchmal wirklich schallend lachen. Schön außerdem, wie die Männer im Restaurant mich angeschaut haben.

6. Juli

Ich kann wirklich nicht mehr. Nicht mal mehr aufstehen. Gestern und heute jeweils erst mittags um 12!

Dann den ganzen Tag: nichts!!!!!! Und draußen: Regen, Kälte. Ich friere richtig in der Wohnung.

24. Juli

Gestern mit Mutti gesprochen. Fahre im August nach Hause (mit Elba wird's ja eh nichts). Papa geht's gar nicht gut. Ihre Stimme hat richtig gezittert, als sie erzählte von der Nacht neulich, die sie allein in der Notaufnahme durchgewartet hat. Was für ein Mensch ich bin! Mir ging es plötzlich besser. Hab immer wieder nur gedacht: Das ist ein guter Grund, hier abzuhauen.

Am Abend F. aus dem Büro abgeholt. Pauls Geburtstag. Sind mit ihm und seiner Sheryl (lustige Frau, hängt auch den ganzen Tag bei Glocals.com herum) und dem netten Schotten und noch anderen Kollegen essen gegangen. Wie wunderschön diese Céline ist. Wie muss F. sich fühlen, nach acht Stunden mit ihr zu mir zurückzukehren.

Trotzdem netter Abend. Lange nicht so viel getrunken. Alle richtig ausgelassen. Und außerdem die ganze Zeit immer nur gedacht: Bald fahr ich nach Hause, bald, b...d, bald. BALD!

Marions Stil wird immer karger. Erstaunlich bei einem derart schillernden Innenleben. Die sanften, undurchdringlichen Augen des Bärtigen ruhen auf mir. Wie mag es um seine Sorgen und Kümmernisse stehen? Woran mag er gerade denken? Vielleicht an die fernen Tage seiner Jugend, in denen er als Hirte über die kahlen Hänge des Atlas zog? An die sternenklaren Nächte, in denen der Hund neben ihm schlief und er leise auf seiner Flöte spielte, um die Angst vor der Dunkelheit zu vertreiben? Oder erinnert er sich an jenen Tag, an dem er erstmals diesen Präzisionslaser zur Klitorisbeschneidung einsetzte, durch den er bei den Wilden auf der anderen Seite der Sahara so viel Geld scheffelte, dass er nach Genf kommen und das wunderschöne *Maison Kebab* eröffnen konnte? Wir schreiben Freitag, den fünfzehnten August; etwas von dieser weißen, nach Minze schmeckenden Soße ist von meinen Händen auf das drittletzte »bald« des letzten Tagebucheintrages meiner Exfreundin Marion Gräfe getropft. Ich würde gern wissen, was das zu bedeuten hat, ob ich darin ein Zeichen erkennen soll. Ich würde zudem gerne wissen, wie lange ich noch diese nordafrikanische Schlagermusik ertragen kann, die unablässig aus den Boxen leiert. Immerhin, ich trinke Tee und Bier gleichzeitig. Außerdem rufe ich im Zweiminutentakt bei Mari an und bestücke ihre Mailbox mit kleinen Gedichten aus Silbenfetzen und Lauten, die mir japanisch vorkommen. Als mir keine japanischen Geräusche mehr einfallen, beginne ich, ihr noch einmal aus Marions Werken vorzulesen. Nach einer Weile gebe ich auch das auf und betrachte stumm die Reste meiner Mahlzeit. Der Bärtige sitzt jetzt im Hinterzimmer. Ich kann nur seine Beine sehen und seine Hände, die ruhig auf den Oberschenkeln liegen. Er wartet. Ich glaube wirklich, er wartet. Eines Tages wird ein Telefon klingeln, ein Brief eintreffen, ein Sperling tot vom Himmel stürzen. Dann wird er wissen, was zu tun ist. Er wird die Zeichen verstehen.

Menschen, Insekten, Menschen

Der *Quai du Seujet*, immerhin einundzwanzig Friseursalons vom *Maison Kebab* entfernt: Die Rhône schäumt
hier türkisfarben. Mit dem ganzen Druck des Sees jagt sie
durch die Turbinen und schenkt diesem Gemeinwesen
Strom zum Aufladen jener Handys, die zuvor mit japanischen Lautmalereien in die Agonie getrieben wurden.
Feuerrot glüht über dem Jura die sogenannte Sonne, während eine junge Frau versucht, ihr sogenanntes Fahrrad
abzuschließen. Das will jedoch irgendwie nicht klappen.
Die junge Frau heißt – so interpretiere ich die Botschaft
meines katastrophalen Unterbewusstseins – Jeanne, und
sie ist recht hübsch und studiert Ethnologie im vierten
Semester. Jeanne also schaut sich um. Niemand ist in der
Nähe. Niemand bis auf diesen Mann da vorn. Er trägt einen
modischen schwarzen Anzug und ein weißes Hemd, und
seine dünne schwarze Krawatte ist gelockert. Sie taxiert
sein kriminelles Potenzial. Er sieht nicht wie ein Fahrrad-
dieb aus, eher wie ein Banker. Wie einer dieser Männer,
für die Geld etwas bedeutet. Sie mag solche Typen nicht,
aber sie wird ihm vertrauen müssen. Die Generalprobe
beginnt in zwei Minuten, und sie will nicht schon wieder
alles verzögern. Das war letzte Woche schon echt peinlich,
als sie vorher mit ihrer Kommilitonin Joëlle geschlafen
hatte und danach, in ihrer wichtigsten Szene, der Text auf
einmal weg war. Wie aus dem Gehirn gelöscht.

Jeanne nimmt ihr Fahrrad und versteckt es notdürf-
tig hinter einem mit Buschwerk bepflanzten Betonkübel.
Hier müsste es einigermaßen sicher sein. Und gleich mor-

gen will sie sich endlich ein neues Schloss kaufen. Sie dreht sich noch mal um: Der Banker starrt weiter auf den Fluss. In seiner Hand eine Bierdose. Merde! Die hatte sie eben nicht bemerkt. Die beunruhigt sie irgendwie. Aber sie hat jetzt wirklich keine Zeit mehr, und wenn sie fertig ist mit dem Studium, wird sie nach Papua-Neuguinea gehen und forschen, einfach nur forschen. Am liebsten zusammen mit Joëlle.

Ein Mountainbike aus französischer Fertigung. Ich habe den Sattel etwas hochgeschraubt, und jetzt ist alles beinah perfekt. Warmer Wind rauscht in meinen Ohren. Der Alkohol, den mir der Bärtige eben als Proviant mitgegeben hat, rauscht mir durch die Adern. Meine gegenwärtige physische Leistungsfähigkeit liegt bei fünfundachtzig Prozent. Wann bin ich diese Woche mit dem Rad zur Arbeit gefahren? Wann war das? Ich fühle mich wie ein alter Mann, der sich gut fühlt. Ich sollte *viel mehr* Rad fahren.

Aber vorher halte ich noch einmal an – auf der anderen Seite des Flusses, bei dieser umgebauten Fabrik, in der bedauernswerte Geschöpfe sich französische Punkmusik anhören müssen – und stopfe mir das rechte Hosenbein in die Socke. Einer der Dealer, die hier ihr Revier haben, kommt auf mich zu. Offenbar glaubt er, ich sei aus einem anderen Grund vom Rad gestiegen, und natürlich hat er damit recht, und die Szene – gieriger Finanzmann kauft bei ausgebeutetem schwarzen Mann –, die Szene, die uns beiden momentan durch den Kopf geht, habe ich schon x-mal im Fernsehen gesehen. Vielleicht aus diesem Grund, vielleicht aber auch, weil ich jetzt erkennen kann, dass das Weiß in seinen Augen unfassbar gelb ist, überlege ich es mir anders und frage ihn in der Sprache meiner verbrecherischen Vorfahren, in diesem wunderbar klaren, akzentuierten Nordhochdeutsch, ob einer der hier überall ausgeschilderten Fahrradwege zufällig grob – ich deute auf das flamingopink leuchtende Bergmassiv im Osten – in Richtung Salève führt. Ich glaube, der Mann hält mich nicht für verrückt. Trotzdem macht es ihm überhaupt nichts aus, mich eine ganze Weile wortlos zu mustern. Ich wiederum kann den Blick kaum von seinen muskulösen Oberarmen abwenden. Was für einen reizvollen Kontrast deren dunkelbraune Haut zu seinem strahlend weißen Muscle-Shirt bildet.

Was für reizvolle Kontraste mein Leben insgesamt zu bieten hat. Denn jetzt, zwanzig Minuten später, sind die Stadt ganz und die Sonne beinahe verschwunden, und in Gegenden wie diese wird jemand wie Muskelmann niemals vordringen. Insekten stürzen mir kamikazemäßig in den Mund. Hinter haushohen Hecken höre ich vereinzeltes Wispern, Lachen, steigen die Rauchsäulen der Barbecue-Feuer empor. Wo bin ich hier? Ist das die Hölle? Oder schon Veyrier? Eines der Insekten hat es bis in meinen Magen geschafft. Dort ist es dunkel. Ganz wie jetzt auch hier draußen. Es macht also keinen Unterschied, und das Insekt hat ohnehin keine Angst. Was ist das für eine Flüssigkeit? Kommt die aus den Wänden? Und woher kommen eigentlich die Wände? Also gut, nehmen wir ein Bad. Das Bad riecht nach Kebab. Was für ein merkwürdiges Kribbeln in meinen Insektenbeinchen, denkt das Insekt. Und jetzt schaukelt auch noch alles.

»Frank!«, ihre Stimme klingt nach in schätzungsweise 0,7 Promille aufgelöstem Unbehagen. Immerhin, die Haare sind gewachsen. Das steht ihr besser. Allerdings würde ihr auch ein Stahlhelm besser stehen. Sie trägt enge Leggings und ein ärmelloses, enges Adidas-Top. Denn sie ist Sportlerin. Und sie ist barfuß. Und sie hat eine Zigarette in der Hand.

»Frank, was machst *du* denn hier?«

»Radtour.«

»Aha. Und da kommst du einfach mal so bei uns vorbeigeschneit?«

»Ganz genau.«

»Na, was für ein Zufall.«

Sie schaut über meine Schulter hinweg zur Garageneinfahrt. Unwillkürlich drehe auch ich mich um. Aber dort steht nur Bernds Idioten-Cayenne. Auf den Nachbargrundstücken, auf den manikürten Rasenflächen, bei den nordisch schlichten Garten-Sitzgruppen: niemand zu sehen.

»Willst du reinkommen?«, fragt sie endlich. »Ich sitze auf der Terrasse und trinke ein Glas Wein.«

»Du allein?«

»*Ganz genau*«, äfft sie mich nach.

»Was ist mit Bernd? Ist der Herr Schwager etwa noch bei der Arbeit?«

Sie zuckt mit den Schultern.

»Wenn man so will. Hat diese Konferenz in Dakar. Bis morgen, glaube ich.«

Sie kichert leise, und wir gehen durch die riesenhafte Diele, und die Diele geht nahtlos in einen riesenhaften

Wohnbereich (*zwei* Sofalandschaften, Kamin, professionell bestückte Hausbar) über. Allmählich kann sogar ich Fraukes Reproduktionssehnsucht verstehen: In diesem Haus könnte man ganze SOS-Kinderdörfer verschwinden lassen. Und natürlich fällt mir Bernds Mantra wieder ein, wenn das Gespräch auf die Genfer Immobilienpreise kommt. »So ein Objekt heute? Unmöglich! Da müsste man Rothschild heißen. Oder Stremmer, hahaha.« Usw.

Die Expedition in Richtung Terrasse ist beendet. Auf dem Tisch brennen mehrere Kerzen, weit entfernt leuchtet das Wasser des Pools. Anderes Wasser plätschert, ich kann allerdings nicht erkennen, wo.

»Eins Komma fünf«, informiere ich Frauke, »das war *damals* schon ein Top-Angebot. Das war schon *damals* ein richtiger Kracher, stimmt's?«

Sie schließt die Augen und nickt mechanisch. Dann öffnet sie die Augen wieder.

»Setz dich, Frank. Ich hab ein Fläschchen Roten zu bieten. Château de was weiß ich. Warte, ich hol dir ein Glas.«

Sie dreht sich um und geht zurück ins Haus. Ihr Arsch zeichnet sich sehr genau unter den Leggings ab. Fraukes Figur, das muss man dem Team von *Silhouette Femmes* lassen, steht der von Marion in nichts nach. Böser noch als die Menschen, schießt es mir durch den Kopf, ist die Natur, die den Kinderwunsch erfand, um all das zu vernichten.

Frauke setzt sich zu mir. Wir lauschen diesem Plätschern, ansonsten ist tatsächlich nichts zu hören, und es dauert eine Weile, bis ich mich frage, warum ich es nicht einmal ungewöhnlich finde, dass wir unsere Unterhaltung mit einer ausgedehnten Gesprächspause beginnen.

»Also«, fange ich schließlich doch an, »weißt du *zufällig*, was mit Marion los ist?«

Frauke starrt ins Ungefähre ihrer Besitzungen. Irgendwo dort in der Finsternis weit hinter dem Pool muss die Grenze zum Nachbarfürstentum verlaufen.

»Sie will vorerst in Deutschland bleiben und bei diesem Jan arbeiten. Hat sie dir das nicht geschrieben?«

»Ja, hat sie. Aber das ist ja wohl nicht alles, oder? Los, Frauke, komm schon.«

Sie nimmt einen genießerischen Schluck, lässt die Flüssigkeit im Mundraum herumfluten. Was, zum Teufel, soll das? Sind wir hier auf Weinprobe in Froschreich?

»Komm schon, Frauke«, wiederhole ich, »jetzt sag mir endlich, was los ist mit Marion.«

Frauke stellt ihr Glas ab, wendet sich zu mir und teilt mir dann sachlich mit: »Ich würde sagen, Marion hat's geschafft. *Das* ist los, mein lieber Frank.«

SAMSTAG

Monsieur Jacques Berger

Ich wache auf: Das muss der Samstag sein. Am Himmel zerstäuben Kondensstreifen. Ich liege auf einer Wiese, vielleicht einer Viehweide, nur zehn Meter entfernt von einer kleinen baumgesäumten Straße. Unter mir breitet sich ein kleines Tal mit Fußballplätzen und etwas Wald aus. Das ist das Tal der Arve. Die Häuser auf dem Hügel gegenüber – das ist bereits Champel, das ist die Stadt. Ich befinde mich demnach in einer der Landwirtschaft sowie der Naherholung vorbehaltenen Zone in unmittelbarer Nähe der Westschweizer Bankenmetropole Genf, und zu allem Überfluss ist es halb acht Uhr morgens. Aus diesem Grund stehe ich auf. Mein Telefon liegt etwas abseits im Gras. Jeannes Fahrrad liegt etwas weiter abseits am Straßenrand. Meine Hose sieht erstaunlich gut aus. Beinahe tadellos. Allerdings sind sowohl meine Krawatte als auch mein Jackett verschwunden, und auf meinem Hemd prangt ein großer roter Fleck, über dessen Ursache ich momentan nicht nachdenken kann. Außerdem ist es bereits warm. Der Tag verspricht heiß zu werden. Heißer als all die anderen. Ich lasse mich wieder ins Gras fallen. In den Bäumen singen sogenannte Vögel. Im Tal, auf den Fußballplätzen, sind die Beregnungsanlagen angesprungen. Nebelschwaden ziehen über die Rasenflächen. Dort muss es angenehm kühl sein, kühler noch als in den verwaisten Gängen meines Stammsupermarkts, die ich kaum zwei Stunden später durchstreife. Mein Problem, eines meiner zehntausend Probleme, ist jetzt: Ich habe Kopfschmerzen. Die Kopfschmerzen bewirken, dass ich keinen Hunger verspüre. Ohne Hungergefühle kann ich jedoch nichts kaufen, bin ich unfähig zu irgendwelchen Kaufentscheidungen. Was, zum Teufel, mache ich also hier?

Nun, ich gewinne Zeit. Ich laufe zwischen den Regalen umher, fülle den Einkaufskorb mit *Marions* Lieblingsleckereien, ich ertrage das vollkommen unerträgliche, auch noch auf Französisch vorgetragene Produktanheischungsgefasel. Ich tue das alles aus einem einzigen Grund, der vielleicht den Namen Rosa oder Ana oder Mafalda trägt, früher als Stern der portugiesischen Sexfilmindustrie galt und der sich vor allem *immer noch* in der Nähe des Ausgangs mit einer Art Wesen, unter Umständen einer Kollegin, unterhält. Bitte, Estefania, mach endlich deine verfickte Kasse auf! Ich brauche jetzt einfach das spöttische Lächeln deiner fast schwarz geschminkten Lippen. Lass mich bitte sofort den Kopf auf dein braunblass schimmerndes Dekolleté pressen und den betörenden Duft deiner hoch versicherten Titten einsaugen, während du meinetwegen immer weiter Paletten mit Magerjoghurt über den Scanner jagst. Du bist die einzige Konstante in meinem Leben. Du hast etwas, was selbst Céline fehlt, und nun gehst du – Gott steh mir bei – nicht etwa zu deinem Platz, sondern in Richtung Personalräume?

Mein Einkaufskorb knallt auf die Fliesen. Draußen explodiert die Hitze. Sie explodiert in meinem Kopf. Zwei laut palavernde Mexikaner oder Nicaraguaner oder Salvadorianer oder was weiß ich was verstummen. Sie starren auf mein Hemd. Ich bedanke mich bei meinem Hemd. Die unglaubliche Hässlichkeit wirklich aller Sprachen. Ich mache einen Schritt auf die beiden zu, und etwas ändert sich in ihrem Blick, und mein Telefon hat zu klingeln begonnen. Aus irgendeinem Grund bin ich sicher, dass es Mari ist. Ich überlege, wie lange ich brauche, um zu duschen, mich umzuziehen und mit ihr am See zu treffen. Ich könnte sie und ihren Freund zum Mittag einladen. Womöglich sogar auf eine Pille.

Bei den Mexikanern ist das Entsetzen gewichen. Momentaner Gesichtsausdruck: Neugier. Ein fleckiger PR-Mann einer erfolgreichen Genfer Brokerfirma hat die Nacht unter freiem Himmel verbracht und empfängt nun unter freiem Himmel einen Anruf. So etwas haben die beiden offenkundig noch nicht gesehen. So etwas scheint in ihrem Burrito-Universum noch nie vorgekommen zu sein. Andererseits muss ich zugeben: Auch ich bin einigermaßen perplex. Denn das Display zeigt nicht etwa Maris Namen an, sondern eine *Suisse Forex*-Nummer, und zwar eine, mit der ich meines Wissens noch nie verbunden war. Nur aus diesem Grund nehme ich mich zusammen und melde mich soldatisch knapp mit: »Stremmer?«

»Herr Stremmer, hier spricht Jacques Berger. Können Sie bitte heute in die Firma kommen?«

»Äh, ja. Ja, natürlich.«

»Um zwölf Uhr? Frau Reymond und Herr Carragher werden auch da sein.«

»Ja, ich werde kommen.«

»Danke, Herr Stremmer. Auf Wiederhören.«

Seit wann tätigt dieser verfluchte Froschlaich solche Anrufe selber? Wofür hält er sich den Clown Hofstadt? Und wo ist eigentlich Jeannes Fahrrad abgeblieben?

Das Telefon klingelt schon wieder. Diesmal ist es ganz sicher Mari, die aber verrückterweise mit Pauls Handy anruft. Aus einer ganzen Reihe von Gründen melde ich mich erneut mit meinem Namen und höre darauf zunächst nur ein Räuspern. Jemand (Mari, die Paul täuschend echt imitiert, eventuell aber auch Paul, der die ihn perfekt imitierende Mari perfekt imitiert) befreit geräuschvoll die Atemwege und fragt dann: »What the fockin' fock is going on? CAN YOU TELL ME THAT?«

»I've got no clue«, antworte ich. Das entspricht den Tatsachen. Ich habe nicht die geringste Ahnung, was Berger von uns will. Das Einzige, was ich mit absoluter Sicherheit weiß, ist, dass wir uns ab schätzungsweise ein Uhr mittags eine neue Anstellung suchen können.

»This idiot calls me on a Saturday morning at nine thirty! I mean, fuck me, what's going on?« Paul kann sich einfach nicht beruhigen. Eventuell gründet er in den nächsten Minuten einen Betriebsrat. Oder er schläft mit seiner Frau. Um das zu verhindern, erkundige ich mich, ob er heute schon einen Blick in die *NZZ* geworfen hat.

»Why should I?«, fragt Paul zurück. »Do I speak German? Am I a fockin' Kraut?«

»So, maybe there is a problem with the article.«

Schon wieder dieses Räuspern. Etwas mit Pauls Atemwegen scheint nicht zu stimmen, und ich bewundere

Mari für ihre Leistung, dieses Geräusch täuschend echt nachzuahmen, und dann macht es Klick in der Leitung.

Jeannes Fahrrad hat während meines Rendezvous mit Miss Portugal einen Fluchtversuch unternommen. Es steht eindeutig nicht mehr dort, wo ich es abgestellt habe. Aber, und das ist viel sonderbarer, es ist immer noch da. Es lehnt an einer Litfaßsäule. Es wartet unter einem – was für ein schöner, ermutigender Zufall – Gudrun-Ensslin-Plakat. Man muss sich das einmal in Ruhe auf der Zunge zergehen lassen: Konservativ geschätzt, besteht Genf zu hundertfünfzig Prozent aus Migranten. Allein die Anzahl durchgedrehter Inselaffen ist besorgniserregend. Und trotzdem kann man in dieser Stadt ein Zweitausend-Franken-Mountainbike einfach so vorm Erotikmarkt stehen lassen. Ich meine, was sagt mir das? Wie, zum Teufel, soll ich das alles noch verstehen? Ich radle also nach Hause. Jetzt *habe* ich plötzlich Hunger. Und dazu Angst. Ich brauche dringend Hilfe, doch beim Bärtigen ist noch geschlossen. Dafür hat nebenan der Friseur geöffnet. Ich kaufe Milch und Croissants. Direkt vor unserem Haus, halb auf dem Gehweg, parkt ein Cayenne. Am Steuer sitzt eine Frau mit kurzen Haaren. Wenn mich nicht alles täuscht, hat diese Frau heute Nacht mein Hemd ruiniert.

Ein neues Gefühl ist auf einmal da. Ein irgendwie erhabenes Gefühl. An die Dinge, die heute noch geschehen, werde ich mich ewig erinnern.

La Ville de Genève

»Ich fühle mich wie ein Schwein«, sagt Frauke zum zwanzigsten Mal. »Frank, versprich mir bitte, dass du das Marion niemals erzählst! Niemals!«

»Mach dir keine Sorgen«, erwidere ich mechanisch. »Das bleibt todsicher unter uns. Warum sollte ich das irgendwem erzählen?«

Wir sitzen in meiner Küche, es ist Viertel nach elf, wir trinken mittlerweile den dritten Kaffee, und der einzige Grund, der mir einfällt, warum ich Marion die Ereignisse der letzten Nacht *nicht* in allen Einzelheiten schildern sollte, ist, dass ich diese Einzelheiten mehr oder weniger vergessen habe. Nur schemenhaft kehren einzelne Bilder zurück, Erinnerungsblitze. Zum Beispiel sehe ich mich auf einer der Liegen am Pool. Überall sind Flaschen verstreut, schwimmen sogar im Wasser, im Hintergrund lodern Fackeln. Frauke sitzt auf mir und lässt Rotwein aus ihrem Mund rinnen. Über ihre Titten. Auf mich. Diese Irre reißt mein Hemd auf, während meine Finger versuchen, sich in ihren *Silhoutte Femmes*-Jahresabo-Stahlarsch zu krallen. Solche Bilder sehe ich, kann sie aber in keinen Gesamtzusammenhang bringen; es gelingt mir nicht, aus ihnen eine allgemeingültige Theorie abzuleiten. Allerdings komme ich – vor allem, weil Frauke hier so ein Theater macht – langsam zu der Überzeugung, dass die letzte Nacht eindeutig zu den interessanteren meines neuerdings unfassbar interessanten Lebens zählt.

In weniger als einer Stunde dürfte dieses Leben überdies einem weiteren Höhepunkt entgegensteuern: Monsieur Jacques Berger und seine Froschfreunde von der Geschäftsleitung warten auf mich, um mit mir meine weitere Karriereplanung zu erörtern. Für diesen Anlass würde ich gern eine Dusche nehmen, unter Umständen sogar ein frisches Oberhemd anziehen. Demonstrativ schaue ich immer wieder zur Uhr. Unglaublich, wie ich hier meine Zeit verplempere. Aber ich schaue eben auch Frauke an. Es fällt mir schwer, das einzugestehen, aber ich finde sie immer besser. Selbst ihre Absurdhaare – Herr im Himmel, was geschieht nur mit mir – machen mich mittlerweile scharf. Deutsche Frauen, da hat der Südländer ganz recht, sind halt doch was Besonderes.

Frauke redet immer weiter auf mich ein. Sie redet auch auf Küchenstühle, Tassen, auf den Kühlschrank ein. Eben zum Beispiel unterrichtete sie uns darüber, dass Bernd und sie versuchen, ein Kind zu bekommen. Die Pille nehme sie deswegen schon seit über zwei Jahren nicht mehr. Ob mir überhaupt klar sei, was das eventuell bedeute?

Zwanzig Minuten später: Wir sind auf dem Weg in die Innenstadt. Ich habe mich umgezogen, allerdings nicht geduscht, bin unrasiert und insgesamt unfähig, die absolut gesetzlose Art, mit der die Volljuristin Frauke Wesenberg-Gräfe den Cayenne durch die Straßen peitscht, nicht als kaum verschlüsselte sexuelle Botschaft zu verstehen. Mein Hirn ist gepeinigt von wollüstigen Wahnvorstellungen, und es ist mir ein Rätsel, wie ich auch nur einen vernünftigen Satz zu der bevorstehenden Plauderei mit Berger beitragen soll. Statt Strategien zu meiner Rettung schwirren mir immer mehr Szenen der letzten Nacht im Kopf herum, und dazu geile Close-ups der Portugiesin, von Hofstadt und seinem Sex-BlackBerry. Ich sehe meine Lehrerin, die mich damals – ich habe Nächte durchgebetet deswegen – einfach nicht missbrauchen wollte. Ist das alles stressbedingt? Oder eine Spätfolge der Pillen? Ich brauche mehr von diesen Dingern, und unter Umständen sind es einfach nur Entzugserscheinungen, die mich jetzt fragen lassen, was eigentlich mit Fraukes idiotischem Citroën geschehen ist.

»Hab ich doch eben schon gesagt. Der steht am Flughafen. Hat Bernd genommen. Der gute Porsche soll natürlich schön zu Hause bleiben. Am besten in der Garage. Das muss man sich mal vorstellen: Der hat mir allen Ernstes gesagt, ich soll Fahrrad fahren. In der Stadt hätte ich ja ohnehin nichts zu tun.«

Frauke hat seit Beginn der Fahrt das Thema variiert. Gegenstand der Monologe ist jetzt ihre vollends zerfaserte Ehe. Bernd sei ein Schlappschwanz, teilt sie mir mit, der sich schon lange nicht mehr für sie interessiere, der sie nicht mehr anfasse, der praktisch nichts mehr mit ihr unternehmen wolle. Mitten in dieser Aneinanderreihung von Selbstverständlichkeiten überrascht mich eine neue Vision: Da spricht nicht Frauke von Bernd, sondern Marion von mir. Sie und Jan haben gerade miteinander geschlafen. Jetzt liegt ihr Kopf auf seinem Sixpack, und man plaudert genüsslich, und Marions Tagebuch-Gejammer

treibt ganz allmählich den ersten Sargnagel in die hoff-
nungsvolle Liebes- und Arbeitsbeziehung. Ich frage Frauke, wie sie eigentlich ein Kind bekommen wolle, wenn
Bernd schon beim Gutenachtküsschen Zicken macht.

»Das ist es ja«, pflichtet sie mir bei und mäht um ein
Haar einen über den Zebrastreifen torkelnden, vergan-
gene Nacht auf irgendeinem Botschaftsempfang abge-
stürzten Massai-Häuptling um. »Ich fühle mich regelrecht
schmutzig dabei. Neulich habe ich schon überlegt, irgendwelche Bilder von seinen Thai-Seiten runterzuladen und
übers Bett zu hängen. Es ist nur noch entwürdigend.«

Ich schaue in den Seitenspiegel. Der Mann hat drohend
die Faust erhoben. Er wird jedoch rasch kleiner. Frauke
fährt wie eine Wahnsinnige. Egal, ob es Tote gibt, ich soll
pünktlich zu meinem Meeting erscheinen. Egal, ob ich
pünktlich zum Meeting erscheine, es soll Tote geben. Ich
schaue auf die Uhr: 11:55. Ich kann es auf keinen Fall mehr
schaffen. Ich werde zu meinem letzten Geschäftstermin,
wie zu unzähligen anderen vorher, zu spät erscheinen.
Diese Gewissheit stimmt mich melancholisch. Gerade
wenn man älter wird – und für einen Moment nicht an
Sexorgien denkt –, hinterlassen Abschnitte, die zu Ende
gehen, ein Gefühl der Beklemmung. Und dass heute ein
Abschnitt zu Ende geht, dürfte klar sein. Diese abrupte
Vorladung und Bergers Ton vorhin können nur eins bedeuten: die Notschlachtung. Niemals in der Historie des
ebenso altehrwürdigen wie gemeingefährlichen Brokerhauses *Suisse Forex* hat sich die Geschäftsleitung an einem Samstag getroffen. Wochenenden werden in diesen
Kreisen mit der Familie verbracht. Oder auf Golfplätzen

und Skipisten, in den Armen hochbezahlter Gesellschaf-
ter(innen), neben blankpolierten Kloschüsseln und leeren
Tablettenröhrchen. An Wochenenden arbeiten allein die
Trader, die gierig genug sind, um am Wochenende zu arbeiten. Von den distinguierten CEOs samt ihrem Butler
Hofelman hingegen keine Spur. Was muss bloß passiert
sein, um mit dieser ehernen Tradition zu brechen? Wurde über Nacht das Geld abgeschafft? Hält Ulrike Meinhof
einen Diavortrag?

Wir kommen an einem Zeitschriftenladen vorbei. Ich
befehle der dauerplappernden Frauke, in zweiter Reihe
zu halten, springe aus dem Auto und betrete eine im Däm-
merlicht liegende Raumröhre, an deren hinterem Ende
eine greise Chinesin wacht. Das Sortiment umfasst unter
anderem sämtliche Oppositionsblätter Mauretaniens sowie argentinische Hundemagazine, von deutschsprachi-
ger Presse hingegen keine gottverdammte Spur. Ich weiß,
es ist sinnlos, aber aus purer Boshaftigkeit frage ich die
Alte, wo sie denn an diesem wunderschönen Samstagvor-
mittag die überaus angesehene *Neue Zürcher Zeitung* versteckt hält. Die Antwort der Patronin fällt wortreich aus,
sie wird mir sogar mit einem Lächeln serviert. Allein, ich
verstehe kein Wort, ich kann nicht mal die Sprachfamilie
identifizieren. Um die Sache abzukürzen, greife ich in
einen Zeitschriftenständer und knalle ein Magazin auf
den Tresen, dessen Cover in Großaufnahme die Cellulite-
Schenkel einer blutjungen amerikanischen Schauspiele-
rin abbildet.

Zurück im Cayenne: Frauke wirft einen missbilligenden Blick auf meinen Einkauf, drückt das Gaspedal brutal

durch, und wir sind schon wieder einige hundert Meter weiter, als sie fragt:

»Für so einen Scheiß halte ich an? Ich dachte, du hättest keine Zeit.«

»Ist ein Geschenk für Marion«, informiere ich sie. »Ihr Therapeut hat gesagt, sie soll ab und an solche Sachen lesen.«

»Warum? Weil da steht, dass alle anderen auch scheiße aussehen?« Frauke überlegt eine Sekunde, dann fügt sie hinzu: »Eigentlich keine schlechte Idee. Jedenfalls besser als der Schrott, den Bernd liest. *The International Herald Tribune! Le Monde Diplomatique!* Das muss man sich mal vorstellen. Bernds Wurst-Französisch, und dann *Le Monde Diplomatique*. Wenn wir morgens frühstücken, oder besser, als wir noch zusammen gefrühstückt haben, hat er mir immer Artikel vorgelesen. Kannst du dir das vorstellen? Am frühen Morgen liest er ...«

Frauke redet immer weiter, und die Innenstadt kommt immer näher. Zum Glück ist heute Samstag. Zum Glück wurde dieses extrem außerordentliche Samstagsmeeting an einem Samstag einberufen, weswegen sich die Verkehrssituation im Bereich Genève-Centre als außerordentlich entspannt präsentiert. Wir biegen in jene kleine, enge Straße ein, und dort hinten taucht bereits das Gebäude meines Ex-Arbeitgebers auf. Frauke beschleunigt noch einmal. Sie glaubt an meine Karriere. Sie gibt tatsächlich alles, damit ich pünktlich bin. Vielleicht will sie ja Bernd verlassen und zu mir kommen. Auf jeden Fall will sie heute mit seinem Auto noch etwas ganz und gar Schreckliches anstellen.

Ich rufe »Stopp!«. Reifen quietschen, zwei Tonnen Cayenne kommen mühsam zum Stehen, ich springe raus. Auf den fünf Metern, die ich ohne Klimaanlage überstehen muss, trifft mich die Sonne mit voller Wucht. Es ist zwölf Uhr drei. Alles in allem nicht schlecht. Ein unglaublich heißer Tag kocht seinem Höhepunkt entgegen.

Dimensionen

Ich haste über den Flur des vierten Stocks. Aus Konzentrationsmangel, eventuell auch infolge einer beginnenden Geisteskrankheit bin ich auf unserer Etage ausgestiegen. Doch Céline und Paul sind natürlich schon los. Es ist überhaupt niemand hier. Niemand, mit dem ich über meine Gefühle sprechen könnte. Immerhin, in Célines Büro liegt eine *NZZ* auf dem Tisch. Ich nehme den Wirtschaftsteil heraus, laufe zurück zu den Aufzügen, und während der Fahrt nach oben springen mich Worte wie »Absturz« oder »Sinkflug« aus den Überschriften an.

Die Aufzugtüren öffnen sich: fünfter Stock. Mein Blick fällt auf die Panorama-Weltkarte an der Wand gegenüber, mit der *Suisse Forex* Besuchern und sich selber unmissverständlich vor Augen führt, dass von den Aktivitäten unseres Hauses der ganze Planet betroffen ist. Diese Firma ist in der Lage, drei ranzige Brocken Rentiertalg, die in einer fellgedeckten Hütte in Grönland den Besitzer wechseln, nicht nur als Währung zu handeln, sondern in pures Gold zu verwandeln. Ich meine, für so einen Klumpen bekommt man heute vielleicht zwei Bananen und einen Schnürsenkel, doch morgen unter Umständen schon Bernds Cayenne oder Bernds Haus oder, in siebzehnfacher Ausführung, Bernds Frau. Diese Ungewissheit ist es, die unser Geschäft so spannend macht. Kein Mensch weiß, wie sich Währungen wirklich entwickeln – am allerwenigsten die Jungs, die ich nun zu meiner Linken in ihrem Großraumverschlag sichte. Wie nicht anders zu erwarten (und obwohl der Währungshandel am Wochenende irgendwie ruht), sind eine Menge Traderplätze besetzt. Wo ist eigentlich Pete Spiegelman? Ich habe Lust, mit diesem Halbaffen über Heinrich Heines Rückhand zu fachsimpeln. Oder er könnte mir endlich mal erklären, wie genau er eigentlich mein durch und durch obszönes Gehalt verdient.

Das Problem ist nur: Ich habe im Moment einfach keine Zeit für Spiegelman. Und ich schätze, ab heute Nachmittag werden Leute wie er keine Zeit mehr für mich haben. Andererseits ist Zeit ein relativer Faktor. Ich begreife das beim Blick auf diese Reihe riesiger Uhren über der Weltkarte, auf deren Zifferblättern jeweils der Name eines wichtigen Börsenplatzes vermerkt ist. In Hongkong ist es jetzt achtzehn Uhr sieben; im gesamten asiatischen Raum ist der Schwachsinn, der mir noch bevorsteht, bereits Geschichte. Diese Vorstellung beruhigt mich. Allerdings, so stelle ich etwas überrascht fest, brauche ich gar keine Beruhigung. Ich schwitze, ich rieche vermutlich etwas nach Schweiß, und durch meinen Kopf jagt eine Reihe unguter Fantasien, doch ansonsten geht es mir gar nicht mal schlecht. Sogar meine Kopfschmerzen sind verschwunden. Ich biege also in annehmbarer Verfassung und zum zweiten Mal innerhalb einer Woche nach rechts in den Flur der Geschäftsleitung ein. Wo soll dieses verfickte Meeting eigentlich stattfinden? Wieder in dem kleinen Konferenzraum? Oder ist diesmal eine intimere Location, vielleicht das Séparée vom Gottkaiser Berger persönlich vorgesehen? Sicherheitshalber schaue ich zunächst bei Hofstadt rein. Dieser hinterhältige Büroschwengel ist natürlich nicht da. Aber er *war* da, denn sein Rechner läuft, und selbst der Bildschirmschoner hat sich noch nicht eingeschaltet. Ich trete etwas näher heran: Sieh an, der fleißige Jean-Pierre sitzt an einer E-Mail, und deren Adressat trägt den katastrophalen Namen Patrik Rochaud. Wer soll das sein? Mein Nachfolger? Und was fällt Hofstadt ein, seine Nachrichten auf Französisch zu verfassen, in einer Sprache, die ich bekanntermaßen seit mehreren hundert Jahren nicht mehr ertrage. Ich lösche die Mail und schaue mir noch einen Augenblick Hofstadts Schreibtisch an: wenige stilvolle Utensilien, peinliche Ordnung. Rechts ein Foto mit zwei fetten Kleinkindern, die vor einer alles in allem ziemlich gut aussehenden Frau hocken. Hofstadt, das muss man ihm lassen, hat Humor.

Zurück auf dem Flur, versuche ich es mit akustischer Ortung: Vergeblich, es herrscht absolute Stille. Kein leises Gemurmel, kein gedämpftes Gekicher, erst recht kein hysterisches Gebrüll. Findet das Meeting am Ende gar nicht statt? Ist es möglich, dass Hofstadt bei seinem letzten Zirkusbesuch einen moldawischen Stimmenimitator aufgegabelt und sogleich instruiert hat, mich mit der ganzen

Autorität des unvergleichlichen Jacques Berger in sein, in Hofstadts Reich zu befehligen, um mich danach in aller Ruhe zu vergewaltigen? Ganz in Gedanken öffne ich die Tür zum Konferenzraum: Bingo!

Besuch aus Genf

Die Liste der Anwesenden:

Jacques Berger, CEO (*Suisse Forex S.A.*), lederhäutiger Machertyp, angeblich begeisterter Golfer und Taucher, verheiratet, 14 Kinder;

James Dessault, CEO (*Suisse Forex S.A.*), elitärer Klischee-Franzose, angeblich Sozialist, Hobbys unbekannt, verheiratet;

Jean-Pierre Hofstadt (*Suisse Forex S.A.*), angeblich Assistent der Geschäftsleitung, feingliedriger BlackBerry-Fetischist, Verfasser des ersten interaktiven Genfer Dark-Room-Führers, verheiratet, zwei Kinder;

Filiberto Joaquin Salvini, (*Suisse Forex S.A.*), Head of Human Resources, steinalter, sardonischer Italo-Womanizer, passionierter Pasolini-Archivar, Bewunderer eines gewissen Benito Mussolini und einer gewissen Marion Gräfe, Familienstand: unbekannt;

Céline Reymond, (*Suisse Forex S.A.*), Public Relations Unit, Head of French section, strahlendes, selbst Gegenstände sexualisierendes Fabelwesen, begeisterte Drogenkonsumentin, verheiratet.

Mein Blick fällt zunächst auf die Fenster der anderen Straßenseite. Unglaublich, wie viele Büros auch dort besetzt sind. Ich erkenne einen Mann, der an seinem Schreibtisch mit einem glänzenden länglichen Gegenstand herumfuchtelt. Ein Brieföffner? Ein Messer womöglich? Natürlich sollte ich auch die anderen um ihre Meinung bitten, aber für mich spricht einiges dafür, dass der Idiot da drüben an diesem glutheißen Augustsamstag eigens in sein Büro gekrochen ist, um die sich seit Monaten stapelnden »Vorgänge« endlich einmal in aller Ruhe abarbeiten zu können und sich anschließend, weil die Schönheit dieser Erde einfach nicht mehr zu ertragen ist, beide Augen auszustechen. Das ist zumindest meine Theorie.

Hofstadt ist konzentriert. Seine ansonsten so entzückend zart geschwungenen Lippen sind fest aufeinandergepresst. Er macht sich an einem Laptop zu schaffen, der zweifellos in irgendeiner Verbindung mit dem Projektor in der Tischmitte steht. Ich schaue also nach links und entdecke an der Wand einen blauen, rechteckigen Fleck und begreife, dass es sich dabei um die Startseite einer Homepage handelt, auf der plötzlich gestochen scharf die Worte *Finance Watch Switzerland* zu lesen sind. In diesem Augenblick werden mir zweierlei Dinge klar – erstens: Meine minimalen Hoffnungen auf einen doch noch irgendwie glimpflichen Ausgang des Meetings entbehren jedweder Grundlage. Zweitens: Ich befinde mich, eben weil das so ist, in einem Zustand gespannter – ja, es ist wirklich so – *Vorfreude.* Und außerdem: Wo, zum Teufel, steckt eigentlich dieser tollwütige Inselaffe, dem wir dieses ganze Theater verdanken?

»Setzen Sie sich bitte, Herr Stremmer. Guten Morgen.«
Das war Berger. Er redet schon wieder auf Deutsch. Darüber hinaus ist er mein Chef, weswegen ich seiner Aufforderung ohne weiteres nachkomme, mich auf dem freien Stuhl zwischen Salvini (angedeutetes Kopfnicken) und Céline (keine Reaktion) niederlasse und nach einigen Sekunden zur Kenntnis nehmen muss, dass mir das aristokratische Sandelholz-Rasierwasser unseres Personalchefs irgendwie noch besser gefällt als ihr leicht schwebender Sommerwiesenblumenduft. Ohne Zweifel ein Platz mit Potenzial. Ich kann beispielsweise Salvinis Italo-Goldarmband und seinen Cosa-Nostra-Siegelring bestaunen; ich kann mich aber auch mit Blicken an Célines makellosem, dezent muskulösen Oberarm festsaugen, die feinen blonden Härchen darauf durch ein verstohlenes, tastend zittriges Berühren ihres Venushügels zum Vibrieren bringen. Und das Beste: Ich darf Hofstadt lesen, die Facetten seines ganz individuellen Irrsinns studieren. Dieses Vergnügen hatte ich in all den Jahren viel zu selten. Heute bietet sich die Gelegenheit. Heute kann ich endlich fragen, weshalb und mit welchen Mitteln er die von krankhaften Hetero-Sexfantasien geplagte Nur-noch-Hausfrau Frauke Wesenberg-Gräfe dazu zwingt, mit derselben Frisur wie er durch ihre tristen Tage zu wandeln. Warum er andererseits nie eine menschliche und vertrauensvolle und physische Beziehung zu mir gesucht hat. Warum er, mit einem Wort, solch ein gottverdammter Idiot ist. Zwanzig Zentimeter neben Hofstadts Filigranschädel sitzt nach wie vor der Typ mit dem Brieföffner an seinem Schreibtisch. Ich kann nicht erkennen, ob er irgendeiner Beschäftigung

nachgeht. Ein Energieschub, eine Vision, ein durch das Büro schwirrender Kolibri – der Mann dort drüben wartet offenkundig auf etwas. Da geht es ihm wie uns. Auch wir warten. Und zwar – ich glaube, das hat Berger gerade gesagt – noch einen Augenblick.

Nach einigen Augenblicken, die mir wie Lichtjahre in einer sibirischen Silbermine, wie ein mehrwöchiges Abendessen mit Marions Eltern (aber ohne ihre geile kleine Schwester), letztlich wie mein vor sich hin köchelndes, kleine Blasen werfendes Leben vorkamen, ist der Augenblick vorbei. Berger wirft einen Blick auf seine *Patek Philippe*-Privatanfertigung. Ein widerlich geiles Ding, mit dem er noch heute Nachmittag über den Grund des Mariannengrabens navigieren wird. Dann nimmt Berger mich ins Visier. Seine Miene ist ernst. Seine klaren, kalten blauen Augen bilden einen schönen Kontrast zu seinem tiefbraunen Entscheidergesicht. Was fällt dem Mann ein, mich auf diese Weise zu fixieren? Beinahe könnte man glauben, er wolle mich feuern. Oder mir zumindest ohne Betäubung einige Gliedmaßen entfernen. Nun, wie auch immer, ich halte seinem Blick stand. Solange man mich dafür bezahlt, können wir uns hier noch über mehrere Legislaturperioden anstarren. Ich werde mich in diese Augen hineinbohren; ich werde sämtliche Maginotlinien, die sich in dem Gehirn dahinter verbergen, zerbröseln. Im Gegensatz zu meinem Chef habe ich nichts Besseres zu tun. Berger spürt das. Als Tatmensch hat er eine instinktive Abneigung gegen Zeitverschwendung. Er wendet sich daher dem getreuen Jean-Pierre zu und sagt: »Alors, Monsieur Carragher n'est pas encore arrivé, mais on commence«, und der unterhaltsame Teil des Tages kann somit beginnen.

Hofstadt hat uns bereits ungeduldig beobachtet. Er bewundert seinen Herrn wie niemanden sonst. Zu gerne würde er einmal diese nikotingegerbte Sportlerhaut berühren, in sie hineinkneifen, sie später vielleicht in einem Umluftofen rösten. Vorerst jedoch lässt er seine Finger nur über das Touchpad wandern, weswegen sich die blaue Fläche an der Wand in eine andere blaue und schließlich in eine weiße Fläche mit sehr viel blauer Schrift verwandelt. Ich überfliege den Artikel (er trägt den geheimnisvollen Titel *Besuch aus Genf* und wurde von einem gewissen Ulrich Stauffer verfasst) in Sekunden. Es geht um den (angeblichen) Bestechungsversuch zweier Angestellter des Genfer Brokerhauses *Suisse Forex*, die nach Zürich gekommen sind, um für fünftausend Franken in bar einen Jubelartikel in einer renommierten Zeitung einzukaufen. Eindeutig eine Räuberpistole, wenn man mich fragt. Ich bereite mich darauf vor, alles abzustreiten bzw. Paul bzw. Céline die alleinige Verantwortung zuzuschieben.

Apropos Céline. Sie liest noch. Außerdem wirkt sie ein wenig blass, aber das steht ihr wirklich nicht schlecht. Letztlich steht ihr – abgesehen vom Ehering – einfach alles. Hofstadt hat unterdessen Blätter hervorgeholt. Ob jemand eine englische oder vielleicht eine französische Übersetzung benötige? Trotz tonnenschweren Herrenschmucks hebt Salvini die Hand. Sieh einer an, Graf Ravioli beweist Mut zur Lücke! Hier ist ein Mann, der sich wie der Duce bis ganz zum Schluss weigert, das Idiom des Exportweltmeisters zu erlernen. Aus tief empfundener Solidarität nehme ich mir ebenfalls ein Blatt und zaubere so ein kurzes Lächeln auf Célines Gesicht. Hofstadt hingegen ist wütend. Und er hat Angst. Vermutlich wird ihm gerade klar, dass ich seine übersetzerischen Fähigkeiten kritisieren, dass ich diese Veranstaltung in ein grausames Tribunal verwandeln werde. Also holt er sofort zum Gegenschlag aus. Ohne den Befehl Bergers abzuwarten, setzt er den kleinen Pfeil an der Wand wieder in Bewegung, und nur zwei oder drei Klicks später lauschen wir zunächst einem Gespräch, einer Art Audioprotokoll von erstaunlicher Qualität, auf dem neben Stauffer auch ein Mann und eine Frau zu hören sind, die zugegebenermaßen wie Céline und ich klingen – mit jeweils gut eins Komma fünf Promille im Blut.

Als Nächstes klickt sich Hofstadt zu einem Filmchen durch. Irgendetwas in mir erwartet unwillkürlich flache Ärsche und Hokkaido-Gequieke, doch wir bekommen einen Innenhof zu sehen, einen idyllischen, wahrscheinlich von einem Fenster im ersten Stock aufgenommenen Restaurantgarten. In der Bildmitte ein Tisch, an dem ein untersetzter Glatzkopf, ein schwitzender Anzugträger und eine infernalisch attraktive Frau zu Mittag essen. Ihre Stimmen sind zu hören, aber nicht so deutlich wie vorhin. Vögel zwitschern, andere Gäste unterhalten sich, die ganze Atmosphäre wirkt so friedlich und entspannt, dass es mir beinahe leidtut, dass diese Szene unmöglich, jedenfalls nicht mit meiner Beteiligung, stattgefunden hat.

Schließlich ist der Film zu Ende. Ganz gegen seine Natur lässt Berger einige Sekunden verstreichen, dann fragt er ruhig, ob wir zunächst eine Stellungnahme abgeben möchten. Ich muss das Ganze natürlich erst einmal verarbeiten. Stauffer schreibt also nicht mehr (oder nicht nur) für die *NZZ*, sondern auch auf der Website irgendeiner käsigen NGO. *Finance Watch Switzerland* – wie behämmert muss man eigentlich sein, um bei so einem Laden mitzumachen? Stauffer hat augenscheinlich überhaupt nicht begriffen, was ich ihm damals zu erklären versuchte: Wenn es jemals eine Revolution geben sollte, dann nicht gegen, sondern *wegen* uns. Leute wie ich, Firmen wie unsere sind nichts anderes als Bannerträger eines heraufziehenden Bolschewismus. Wir sind die rote Sonne, der neue Morgen der Menschheit. Ein Jan-Carl Raspe würde heute für uns traden. Dieser gottverfluchte Trotzkist Stauffer hat alles versaut; bei der nächsten Säuberung ist er fällig.

Aber derlei Banalitäten sind nicht das Einzige, was mir momentan durch den Kopf geht. Interessant erscheint mir auch die Frage, wie Berger und seine Kumpels uns so schnell auf die Schliche kommen konnten. Hat sich die Polizei etwa schon gemeldet? Sind gar schon echte Zeitungen auf die Sache angesprungen? Und dann, während im selben Moment jemand die Tür zum Konferenzraum aufreißt, taucht auf einmal die alles in allem amüsante Frage auf, was Paul mit dem schönen Lucien veranstalten wird, wenn er ihn in die Finger bekommt.

Angst

Ich glaube an die absolute Allmacht des Zufalls. Nichts, was geschieht, ist vorherbestimmt, und alles, was geschieht, könnte auch ganz anders geschehen. Unser Leben ist eine einzige Farce, es wird von bösartiger, lächerlicher Kontingenz regiert, und aus diesem Grund lohnt es sich selbstverständlich nicht, nach irgendwelchen Zeichen oder übernatürlichen Erklärungen zu suchen. Nehmen wir zum Beispiel Paul. Er kommt jetzt, an diesem Samstagmittag um zwölf Uhr dreiundzwanzig, nicht etwa deshalb zur Tür hereingebrochen, weil ich ein paar Sekunden zuvor daran dachte, wie er dem schnieken Lucien per Flammenwerfer den eleganten Rue-du-Rhône-Zwirn vom Leibe schmurgelt. Nein, Paul gesellt sich nun zu uns, weil sein orgieninduzierter Samstagmorgenkater sowie das Trümmerfeld seiner Wohnung bzw. Ehefrau exakt diese Uhrzeit als frühestmöglichen Termin für ein halbwegs zivilisiertes Treffen mit seinen Vorgesetzten zulassen.

»Hello everybody! Sorry for being late, but ... you know.« Er ist am Kopfende des Tisches stehen geblieben und könnte Berger, der weiter stur nach vorne blickt, problemlos von hinten einen Kuss auf die Wange hauchen. Er könnte ihm andererseits aber auch das Genick brechen. Des Weiteren nähme es ihm in diesem Raum wohl niemand übel, wenn er sich dazu entschlösse, durch die Fensterscheibe zu springen und endlich zu überprüfen, was ihm diese weise achtundfünfzigjährige »Masseuse« aus der Crockton Road in Oldham einst prophezeite. Paul Carragher stehen eine Menge Optionen zur Verfügung.

Er bräuchte dringend Hilfe deswegen, jemanden oder etwas, der oder das ihm zu einem, zu irgendeinem Entschluss verhilft. Doch es geht ihm wie mir. Die Schicksalsgöttin hat ein für alle Mal Sendepause. Und selbst wenn sie ihm leise flüsternd einen Weg aufzeigen würde, er könnte sie niemals hören hinter all den kreischenden Tonspuren, die Alkohol und Sheryls Hausapotheke und all die anderen Sachen über sein Hirn gelegt haben.

Sekunden verrinnen. Pauls lebhafter Begrüßungssatz muss einstudiert gewesen sein. Gut möglich, dass er sein Pulver damit bereits verschossen hat. Er steht also da, und alle schauen ihn an, und wir können immerhin registrieren, dass er Lucien nicht flambiert, sondern schlicht imitiert hat. Denn Paul ist ausgesprochen gut, sogar – dieses rosa Einstecktuch! – *zu gut* gekleidet. Kann es sein, dass dieser Idiot etwas verwechselt hat? Glaubte er am Ende, Queen Victoria wolle ihn hier und heute zum Ritter der Kommunikationsbranche schlagen? Niemand weiß, was in diesem aus Plumpudding und Ale gebackenen Kahlkopf wirklich vorgeht, aus dem Paul uns mittlerweile geradezu hilflos anstarrt.

Immerhin, Berger dreht sich jetzt doch um: »Mr Carragher, why don't you sit down? There is a seat next to Mr Hofstadt.«

»Ahh, yes. Sorry.«

Es ist einfach nicht zu glauben. Paul Carragher, das steht jetzt fest, erscheint also zu diesem Treffen, das alles in allem einen würdigen, keineswegs aber feierlichen Rahmen für seine berufliche Demontage darstellt, tatsächlich im Zustand elegant ausstaffierter Volltrunkenheit.

Ich schnuppere, versuche rauszufinden, welchen mörderischen Cocktail sich mein unmittelbarer Vorgesetzter gestern Abend oder heute Morgen oder von gestern Abend bis heute Morgen zwischen seine Hirnwindungen gepresst hat. Aber abgesehen von Salvinis virilem Aroma und Célines toskanischen Sommerwiesen fällt mir nur mein eigener Schweißgeruch auf. Wahrscheinlich halten die anderen das für Angstschweiß. Mich ärgert, dass Céline oder Salvini oder, noch schlimmer, Hofstadt ein solches Bild von mir bekommen könnten. Mich ärgert es vor allem, weil es natürlich Angstschweiß *ist.* Ich hatte schon gestern auf Jeannes Fahrrad Angst. Eigentlich habe ich permanent Angst. Abgesehen von meiner Fernbedienung gibt es überhaupt nichts, wovor ich keine Angst habe. Aber, und das ist ja wohl das Entscheidende, ich sehe nicht ein, warum ich mir von ein wenig Knieschlottern und Zähneklappern zum Beispiel eine solche Premiumvorstellung wie diese Sitzung hier versauen lassen soll. Ich lehne mich also zurück und verschränke die Arme hinter dem Kopf. Damit habe ich genau dieselbe Haltung eingenommen wie Brieföffner-Mann (»Ich werde es gleich tun ich werde mich und danach alles und jeden abstechen selbst diesen Papierkorb der mich jahrelang gefoltert hat außerdem möchte ich singen immer nur singen oder singe ich schon?«) auf der anderen Straßenseite. Paul ist währenddessen zu seinem Platz geschaukelt. Er hat Hofstadt sogar einen jovialen Klaps auf die Schulter verpasst.

»Mr Carragher, could you please have a brief look at this and give us a quick explanation?«

Brief? Quick? Ist Berger jetzt auch noch verrückt geworden? Andererseits schwingt in seiner Stimme bereits deutlich Ärger mit. Das ist verständlich. Einige von uns, nicht ich natürlich, mögen tatsächlich Besseres zu tun haben, als hier auszuharren, bis ein orientierungsloser Lager Lad wieder halbwegs zurechnungsfähig ist. Das Ritual geht dennoch von vorn los. Paul bekommt Gelegenheit, Stauffers Artikel sowie Hofstadts klägliche englische Übersetzung zu studieren. Anschließend hören wir uns noch einmal diese in Teilen wirklich amüsante Zürcher Mittagsplauderei an, betrachten aufs Neue, wie dieser diskrete Umschlag in Stauffers verwitterter Aktentasche verschwindet. Wenn ich sage »wir«, meine ich damit alle im Raum befindlichen Personen mit einer Ausnahme. Paul hat während der ganzen Vorführung nicht ein Mal von Hofstadts Text aufgeschaut. Etwas darin, man mag es nicht für möglich halten, scheint ihn tatsächlich zu fesseln.

Dann ist die Beweisaufnahme abgeschlossen. Vorläufig zumindest. Hofstadt hatte noch etwas auf der Pfanne, so sah er zumindest aus, doch auf eine majestätisch knappe Handbewegung Bergers hin schaltet er den Projektor ab, und es ist überraschenderweise James Dessault, der zweite Mann des kleinen, jedoch den Unbilden der Zeit und des Wetters trotzenden, den Untergang des globalen Kasinokapitalismus ebenso mühelos wie profitabel ignorierenden Unternehmens *Suisse Forex S. A.*, der sich nun vorbeugt und mit dieser unnachahmlichen, seit Kindheitstagen mit Châteauneuf-du-Pape und Froschtran geölten Stimme nur zwei Worte sagt:

»Mr Carragher?«

Nichts. Paul hält den Kopf weiterhin gesenkt. Hat dieser Mann eigentlich je eine Schule besucht? Ist es möglich, dass er immer noch liest? Ich persönlich glaube, er ist eingeschlafen.

»MR CARRAGHER?«

Dessault hat jetzt die ganze Autorität seiner Gehaltsstufe in die Stimme gelegt, worauf – warum auch immer – ein feines, höhnisches Lächeln über Salvinis Lippen huscht. Ich betrachte Céline. Ihre Titten bewegen sich kaum merklich auf und ab. Durch die Armöffnung ihrer ärmellosen Bluse kann ich ein Stück ihres BHs erspähen. Es beruhigt mich, dass Céline heute, wie an mindestens dreihundert anderen Tagen im Jahr, einen schwarzen Büstenhalter trägt. Célines BH bedeutet Normalität, wenn auch eine bestürzend geile Normalität. Pauls Augen hingegen, mit denen er jetzt plötzlich nicht mehr sein Blatt, sondern mich anstiert, verheißen den Ausnahmezustand, das reine, von seinen exquisiten Psychopharmaka kaum noch unter Kontrolle gehaltene Chaos.

»Did you«, höre ich ihn leise fragen, »did you take something out of this bloody envelope?«

Lösung I

Ich sehe die Decke des Konferenzraums, aber auch einen Teil des Gebäudes gegenüber. Brieföffner-Mann ist aufgestanden und ans Fenster getreten. Er schaut zu uns rüber, hält eine Hand über die Augen, um mehr erkennen zu können. In der anderen Hand hat er ein Telefon. Ich kann nicht erkennen, ob er spricht. Ich kann überhaupt nicht viel erkennen. Und dann kommen die Schmerzen wieder. Sie treiben mich fort. Es ist, als würde ich von einem kochenden Fluss mitgerissen. Ich schließe die Augen, und es wird besser, und es wird leider nicht dauerhaft besser, sondern im Gegenteil langsam, dann immer schneller immer schlimmer. Neben mir liegt Céline mit dem Kopf auf der Tischplatte. Dort, wo ihr Gesicht sein sollte, hat sich eine rote Lache ausgebreitet. Ich habe das ungefähre Gefühl, dass sich ihr Gesicht verändert hat, dass sie auf den Faktor Attraktivität bei der bevorstehenden Stellensuche nicht mehr unbedingt setzen sollte. Aber das sind letztlich nur Vermutungen. Sehr gut möglich, dass alles in Ordnung ist, dass ihre Nase, ihre Augen am richtigen Platz, dass sie generell *noch da* sind. Überdies sind das doch alles Märchen. Mir kann niemand erzählen, dass die Weiber heutzutage die guten Jobs immer noch mit ihrem Aussehen oder der ein oder anderen mit ihrem Aussehen in direktem Zusammenhang stehenden Gefälligkeit ergattern. Das sind doch Schauergeschichten. Das ist nicht mehr die Realität. Selbst in unserer Branche. Apropos, was ist eigentlich unsere Branche? Erstaunlich, aber ich kann mich momentan nicht darauf besinnen. Ich sollte jemanden fragen, genauere Informationen einholen. Generell könnte ich Informationen zu allen möglichen Themen gebrauchen. Zum Beispiel würde ich zu gern erfahren, wo die anderen sind. Ich versuche, mit dem Stuhl etwas nach hinten zu rücken. Dieser neue Schmerz, den ich dabei fühle, ist eigentlich erträglich. Aber es ist ein Schmerz, der beunruhigt, der auf etwas hinweist, was langfristig eventuell ganz und gar unerträglich sein könnte. Andererseits: Langfristiges Denken war nie mein Steckenpferd. Es ist mir ganz egal, was in ein paar Jahren ist. Oder wer meine Rente zahlt. Wenn ich mir meinen Arm so anschaue, die tropfenden rot-schwarzen Fetzen meines Jackettärmels, dann habe ich den Verdacht, dass die Rente zu meinen weniger dringenden Problemen gehört. Ich schiebe den Stuhl also nach hinten, und überall in meinem Körper brennen kleine fröhliche Feuer, und ich beuge mich trotzdem unter den Tisch und sehe auf der anderen Seite Hofstadt am Boden liegen. Das muss einfach Hofstadt sein. Denn sein toter, zu Mus verarbeiteter Laptop liegt gleich neben ihm. Was ist das bloß immer mit Hofstadt und den technischen Geräten? Ich schlage vor, den Mann zusammen mit seinem BlackBerry zu begraben. Ich schlage vor, mich in Genf zu begraben. An der Stätte meiner größten Erfolge. Die Trauerrede soll der Bärtige halten, und zwar auf Arabisch, so dass niemand versteht, dass er nur immer wieder die Speisekarte seiner Hammelfleisch-Manufaktur herunterleiert. Und die Sonne soll scheinen, so wie jetzt. Über dem Haus mit Brieföffner-Mann sehe ich den Himmel. Er ist unfassbar blau. Noch nie habe ich einen derart blauen Himmel gesehen. Oder ist das jetzt mein Zustand? Es könnte durchaus sein, dass meine Sinneseindrücke von meiner gegenwärtig insgesamt suboptimalen Gesamtverfassung beeinflusst sind. Denn auch die Westen der beiden Männer, die nun von irgendwoher erschienen sind, kommen mir ganz unnatürlich orange vor. So orange wie Maris T-Shirt vor einigen Tagen. Mari berührt jetzt ganz leicht meinen Arm. Eine als Rettungssanitäterin verkleidete Mari berührt meinen Arm, und dazu höre ich Stimmen, sogar Stöhnen, und insgesamt ist es vielleicht besser, wenn ich meine Augen für eine Weile schließe. Aber das geht nicht. Es geht einfach nicht.

Lösung II

»Did you take money out of my envelope?«

Paul hat seine Frage wiederholt, und zwar diesmal für alle im Raum vernehmbar. Aus diesem Grund, aber auch, weil er noch für ein paar Minuten mein Vorgesetzter ist und ich trotz meines beinahe körperlichen Verlangens nach gewalttätigen revolutionären Wirren Hierarchien immer akzeptiert habe, sollte ich mir beizeiten eine Antwort einfallen lassen. Die Antwort, die mir einfällt, ist:

»No.«

Paul schüttelt den Kopf, und dann lächelt er resigniert, und schließlich schaut er Céline an. Céline zuckt mit den Schultern. Ich meine, was denkt sich dieser Trottel eigentlich? Glaubt er tatsächlich, *wir* hätten ihn beklaut und so seinen Lebenstraum von einem schönen kleinen PR-Artikel in der *NZZ* platzen lassen? Dabei liegt auf der Hand, dass Stauffer nur die von ihm erwähnten Fünftausend brav abgeliefert hat, bei der Polizei, bei seiner idiotischen *Swiss Finance Watch*, was weiß ich, wo. Mit dem Rest, falls es einen Rest gegeben hat, mit Pauls sauer verdienten

Scheinen, geht dieser Trotzkist jetzt feiern, und niemand auf der ganzen Welt, am allerwenigsten eine deprimierte Rothaut aus dem englischen Luftkurort Leeds, kann daran etwas ändern.

»Mr Carragher«, mischt sich Berger ein, »I guess everything in this article is true? You paid this man to write an article about us in the *NZZ*?«

»Yes, that's correct, Sir. It was Frank's idea but of course I am responsible for this. And also it was my private money Frank and Céline gave to Mr Stauffer. I know this is not a, let's say, conventional method to get some positive PR. But in the end we only tried to do the best for us, I mean, for the company. We really hoped to find something in there today«, er deutet auf den *NZZ*-Wirtschaftsteil, den ich in Célines Büro gefunden habe, »but obviously, Frank's plan didn't work.«

Unglaublich! Mit vier Komma acht Promille und einem halben Kilo Prozac im Blut aus dem Stand eine solche Rede hinzubekommen – Châpeau!

Berger scheint weniger beeindruckt. Er wirft Dessault einen kurzen Blick zu. Dieser Blick kann auf etwa achtundvierzig verschiedene Arten interpretiert werden, wobei die Version *Alors, die Dinge liegen auf der Hand, lass uns die Sache zu Ende bringen und dann endlich zu unseren Liebhabern verschwinden* natürlich die wahrscheinlichste ist.

»Alors«, fängt Berger tatsächlich an, und dann teilt er uns mit unbeteiligter Stimme mit, dass unser Verhalten ganz und gar inakzeptabel sei und wir deswegen mit sofortiger Wirkung sowie ohne Anspruch auf Abfindung entlassen seien. Er habe bereits Rücksprache mit Monsieur Ferreira (kranker Vollidiot, Chef der Rechtsabteilung) gehalten, doch zum jetzigen Zeitpunkt sei noch nicht abzusehen, ob und mit welchen rechtlichen Konsequenzen wir darüber hinaus zu rechnen hätten. In jedem Fall sei klar, dass Monsieur Druliolle, der Anfang nächsten Monat die Kommunikationsabteilung übernehmen werde, sich, anders als ursprünglich geplant, ein neues Team zusammenstellen müsse.

WAS? Wie geil ist das denn? Der schöne Lucien übernimmt den Laden und macht vorher durch eine geschickt eingefädelte Intrige reinen Tisch bei seinem neuen Arbeitgeber? Womöglich, nein, wahrscheinlich stecken Druliolle und Stauffer sogar unter einer Decke. Ich meine, das gibt es doch gar nicht! Solche Sachen passieren nicht einmal in Marions hirnlosen Kriminalromanen. Und außerdem: Warum? Was soll dieser ganze Aufstand eigentlich? Paul und ich waren ohnehin erledigt. Und Céline? Na ja, Céline ist Céline.

Lucien Druliolle will also ohne Verzögerung absolute Macht. Seine schicken Anzüge, sein Boxter, seine streng nach hinten gegelte Franzosen-Mähne – alles nur Tarnung. Zu Hause rennt der Mann als Josef Stalin herum. Er ist begeisterter Anhänger totalitärer Gesellschaftsmodelle und kann nur deswegen der deutschen Version nichts abgewinnen, weil sein berufliches Fortkommen bei *Petersberg & Strauss* dauerhaft von einem teuflischen PR-Nazi aus Saarbrücken blockiert wird. Doch damit hat es jetzt ein Ende. *Suisse Forex* wird Sprungbrett sein für eine Karriere, die überhaupt keine Grenzen mehr kennt.

Ich schaue Paul an. Wie verarbeitet er das alles? Lucien hat ihm nicht nur einen verhängnisvollen Tipp gegeben, er hat ihn geradezu lehrbuchmäßig in den Abgrund manövriert. Wie, um Himmels willen, bringt Paul es fertig, in diesem Moment *nicht* an Ort und Stelle durchzudrehen? Nun, immerhin sieht Paul nicht gut aus, so viel steht fest. Aber genau genommen sah er noch nie gut aus in seiner wabbeligen Warme-Ekelbohnen-und-Würstchen-zum-Frühstück-Existenz. Denn Paul ist Engländer. Als solcher hat er die verdammte Pflicht, jetzt den gewalttätigen Teil dieses Meetings einzuläuten. Doch es geschieht nichts. Niemand macht etwas. Bis auf den Laptop, der leise vor sich hin surrt, ist alles still. Dahinter sitzt übrigens ein Hermaphrodit namens Jean-Pierre Hofstadt, dessen Blick schon seit einiger Zeit unruhig umherflattert. Es ist klar, *er* möchte etwas tun. Ungeduld wuchert in ihm. Seine letzte Trumpfkarte will unbedingt auch noch ausgespielt werden. Und richtig: Jetzt bittet er mit schüchternem Handzeichen ums Wort und eröffnet uns gleich anschließend, dass sich auf der Webpage von *Swiss Finance Watch* auch an anderer Stelle Interessantes über *Swiss Forex* finden lässt. Er wisse zwar nicht, wie er die Sache einstufen solle, er halte es aber in jedem Fall für notwendig, die Geschäftsleitung darüber in Kenntnis zu setzen. Hofstadt beugt sich über den Tisch und schaltet, ohne Bergers Plazet abzuwarten, den Projektor wieder ein. Ein bemerkenswerter Fall von Eigeninitiative! Die Sache ist demnach wichtig. Andererseits, was – außer BlackBerrys – kann für jemanden wie Hofstadt noch von Bedeutung sein?

Wie auch immer, *Jean-Pierre* fummelt an diesem Laptop herum. Die blauen Flächen an der Wand kommen und gehen, temperamentvoll wandert der kleine Pfeil hin und her. Dann schließlich: ein schönes, klassisch in Schwarz-Weiß gehaltenes Word-Dokument, offenkundig aus einer anderen Datei auf die Website geladen. Leider habe er es gestern Nacht nicht mehr geschafft, den Artikel zu übersetzen, teilt Hofstadt mit, doch zumindest die Deutschsprachigen unter uns könnten sich nun selber ein Bild machen. Und in der Tat, ich *habe* Lust, mir selber ein Bild zu machen. Als PR-Mann bin ich immer an der Arbeit eines Kollegen interessiert. Ganz besonders dann, wenn der Kollege – es ist schauerlich; gibt es etwa doch ein Schicksal? – den Namen Frank Stremmer trägt.

Der Schwarze Kontinent

Der karitative Aspekt im Währungshandel –
***Suisse Forex* und der Schwarze Kontinent**

*Frank Stremmer (*Suisse Forex S. A., *Genève)*

Um es gleich vorwegzuschicken: Es ist wahr. Aus Sicht des Währungshandels spielt Afrika bis auf den heutigen Tag eine marginale Rolle. Afrika, das war in Branchenkreisen stets ein Synonym für Hyperinflation, Korruption, verrottende Infrastrukturen und strukturellen Zerfall, für Bananenkriege und Ganzkörperbeschneidungen, für sechsäugige Matronen und schief grinsende Kannibalen. Kurz, für den Währungshandel war Afrika bislang vor allem eines: eine Terra incognita, ein weißer Fleck, eine Zone, deren Währungen nur eine Entwicklungsrichtung kannten und daher nur mäßiges Interesse hervorzurufen vermochten.

Suisse Forex, ein in Genf beheimatetes Brokerhaus, hat nun eine neue und vielversprechende Perspektive für den Schwarzen Kontinent entwickelt. Afrika, das bedeutet für die Westschweizer in erster Linie: Kundschaft. Seriösen Berechnungen zufolge verschwindet Jahr für Jahr der Haushalt eines mittelgroßen europäischen Staates in den Taschen und auf den Konten afrikanischer Funktionseliten. Dieses Geld, das vor allem mit Bestechung, illegalem Rohstoffhandel und durch das Abzweigen von Entwicklungshilfe- und Spendengeldern verdient wird, verwendet der durchschnittliche afrikanische Kunde bislang zu einem extrem hohen Prozentsatz für private Anschaffungen, sprich: für Luxusartikel, häufig aus europäischer Fertigung. *Suisse Forex* beabsichtigt, diese Kultur des ungehemmten Konsums zu verändern und eine Mentalität zu schaffen, in der Geld vor allem als Instrument begriffen wird, um mehr Geld zu verdienen. Negativbeispiele, wie etwa der archetypische Clanchef, der – gesichert von einer Armee verrückter Kindersoldaten – sein Vermögen für Nobelkarossen oder Alpenchalets eintauscht, könnten bald schon der Vergangenheit angehören: *Suisse Forex* will, kann und wird afrikanische Liquidität für den globalen Handel mit Währungen nutzbar machen. Das renommierte eidgenössische Unternehmen hat den Ehrgeiz und das Know-how, ganz im Sinne des Genfer Reformators

Calvin ein neues, ein im besten Sinne puritanisches Denken in den dekadenten Oberschichten des Kontinents zu verbreiten. Auch in Afrika soll Geld bald schon vor allem mehr Geld erzeugen. Vom Kap bis ans Mittelmeer, vom Indischen bis an den Atlantischen Ozean wird ein neuer Geist Einzug halten: der Geist der Re-Investition. Weit davon entfernt, als kolonialer Lehrmeister aufzutreten, möchten die Schweizer in Afrika den Kapitalismus, frei nach Max Weber, noch einmal ganz neu erfinden, wobei der Hintergrund dieser ambitionierten Strategie selbstverständlich nicht vollends uneigennützig ist: *Suisse Forex*, bereits jetzt europäischer Marktführer in Sachen Währungshandel, erschließt sich auf diese Weise nicht nur ein neues, überaus finanzkräftiges Kundensegment, sondern auch …

… und so weiter und so fort – harmloser Quatsch, eine gelangweilte Spielerei, mehr nicht. Kaum vorstellbar, dass ich betrunken genug war, um Stauffer so ein Zeug in die Hand zu drücken.

Ich schaue mich also um, suche vergeblich nach Reaktionen. Offenbar versteht niemand hier ausreichend Deutsch, um meinen Humor in all seinen Verästelungen schätzen zu können. Andererseits, eventuell verstehen Berger und Hofstadt genug, um mich nicht mehr nur für unfähig, sondern auch für gefährlich zu halten. Ich warte also ab.

»Was soll das sein, Herr Stremmer?«, bricht Berger endlich das Schweigen. Alle, selbst Salvini, beobachten mich. Ich stehe im Zentrum ungeteilter Aufmerksamkeit. Und nur deswegen lasse ich mir Zeit mit meiner Antwort. Ist es am Ende das, was ich immer gewollt habe? Und was passiert eigentlich auf der anderen Straßenseite? Der Mann mit dem Brieföffner ist weg. Sein Büro ist verwaist. Er ist auf dem Weg zu seiner ausgestopften Frau, zu seinen sogenannten Kindern. Ich schaue jetzt mitten in Bergers verbrannte Visage. Ich schenke ihm einen letzten angeekelten Angestelltenblick, und dann, bevor ich das Konferenzzimmer verlasse, teile ich den anderen mit, dass ich selbstverständlich keine Ahnung habe, was dieser Frank Stremmer mit dem Artikel gemeint oder gar gewollt haben könnte, und dass ich überdies ...

Zweites Frühstück in der *Rue Berger*

Die Sonne! Der Himmel glüht kobaltblau. Diese Straße ist wie ausgestorben. Ich bleibe vor einer Bar oder einem Bistro oder irgendwas stehen, und Marion sagt gerade:

»Das ist ja schrecklich«, und dann, »O Scheiße, das tut mir leid. Hoffentlich kriegst du nicht noch richtig Ärger.«

Ich lasse mich auf einen der Plastikstühle fallen. Marion will wissen, was denn nun werden solle. Ob ich schon darüber nachgedacht hätte? Ein Kellner erscheint. Ich bestelle Bier. Es ist ein Fehler, jetzt Bier zu bestellen. Es ist auch ein Fehler, mich hier draußen in die Sonne zu setzen.

»Was willst du denn jetzt bloß machen?«, fragt Marion noch einmal.

»Mal schauen. Ich weiß nicht. Was willst *du* denn machen, Marion?«

»Ach komm, Frank. Das ist jetzt nicht der richtige Moment, okay?«

»Okay«, sage ich.

Ich gehe durch Straßen, die ich noch nie gesehen habe. Irgendwo in dieser Gegend habe ich heute Morgen noch gewohnt. Außerdem ist mir warm. Man könnte wirklich behaupten, dass mir warm ist. Ein Friseur schaut schläfrig nach draußen.

»Hello?«, meldet sich eine angenehm kühle japanische Frauenstimme.

»Hi, it's me. How are you doing?«

»I'm fine, thanks. It's funny, I just thought about you.«

»You did?«

»Yes. What are you doing? Shall we meet?«

»Right now? What about your boyfriend?«

»He's back in London. Let's meet right now. Or better in one hour. Same place as last time.«

»Have you got a pill for me?«

»Sure.«

Eine reizende kleine Boulangerie. Warum eigentlich nicht? Warum sollte ich jetzt nicht eintreten und etwas kaufen? Ich trete ein, und es spricht einiges dafür, dass ich nicht nur die Verkäuferin und dieser Oma einen guten Tag wünsche, sondern auch ihrem Hund, der mir bekannt vorkommt, der höchstwahrscheinlich im selben Haus wohnt wie ich und der sich vor allem durch seine monströsen, in einem ausgeleierten, unbefellten Hautsack knapp über den Boden schleifenden Testikel von allen bekannten Hundespezies wohltuend abhebt.

Ich kaufe ein schönes, langes, frisches Baguette, verlasse den Laden, kehre um, erstehe noch einen Coffee-to-go und verlasse den Laden erneut. Wie heißt eigentlich diese Straße hier? Aha, *Rue Berger*. Ich trete näher an das Schild heran und lese die kleine Tafel mit den Erklärungen: *Jacques Berger, 16.08.1998–16.08.2008, französischer Forex-Broker (Handicap 2, Vorliebe für Motorjachten und weißrussische Erzieherinnen), vollzog herausragende Personalentscheidungen.*

Interessant! Ich nehme einen Schluck von dem Kaffee, der mir nach dem Bier guttut, und beiße ins Baguette, dessen wirklich exquisite Geschmackskomposition mich unverzüglich in ihren Bann zieht. *Zweites Frühstück in der Rue Berger* – für einen Filmtitel wär das zu kompliziert. Eher ein Kapitel. Eine Überschrift aus einem dieser Froschfresser-Romane. Zum Glück nie gelesen das Zeugs. Nie auch nur ...

»Ja?«

Im Hintergrund höre ich Straßengeräusche, vorbeifahrende, schnell vorbeifahrende Autos.

»Ja, hallo, ich bin's.«

»Frauke! Was gibt's? Ist der Cayenne noch heil?«

»Ich glaube schon. Weiß ich nicht. Bernd hat den jetzt.«

»Aha, der Herr Schwager ist aus Bangkok zurück. Wie ist der Kongress denn gelaufen? Ich meine, reichten die Spesen wenigstens für ...?«

»Dakar«, unterbricht mich Frauke.

»Was?«

»Die Konferenz war in Dakar. Und eben, als ich Bernd abgeholt habe, weil der Citroën wieder nicht anspringt, haben wir uns sofort wieder gestritten.«

»Ja und? Wo liegt das Problem?«

»Ich habe ihm von uns erzählt. Von gestern Nacht.«

»Wieso, was war denn gestern Nacht?«

»Frank, *bitte*! Bernd war echt wütend. Der hat mich mitten auf dem Zubringer aus dem Auto geschmissen. Kann gut sein, dass er heute noch bei dir auftaucht.«

»Dir ist klar, dass Marion das jetzt auch erfährt. Scheiße, Frauke, bist du verrückt?«

»Ja, Scheiße. Ich wollte das nicht, aber der Typ ist mir so auf den Geist gegangen, das glaubst du nicht.«

»Und jetzt? Was machst du jetzt? Gehst du zu Fuß nach Hause?«

»Keine Ahnung. Hab keine Ahnung, was ich jetzt machen soll. Vielleicht gehe ich ins Hotel. Obwohl, andererseits, das sehe ich nicht ein. Sollen wir uns nicht treffen?«

»Ich bin schon verabredet.«

»Mit wem?«

»Mari. Sie heißt Mari.«

»Na, das geht ja schnell bei dir. Wie lang ist Marion jetzt weg? Acht Tage? Zehn?«

Ich denke über Marion, Mari und Frauke nach. Über ihre verschiedenen, sich ergänzenden Qualitäten. Würde man alle drei zusammen in eine Person stecken, die Synergieeffekte wären enorm.

»Vielleicht«, sage ich, »können wir uns nachher treffen. Oder alle zusammen. Ich glaube, das wäre wirklich geil.«

»Sag mal, du spinnst ja wohl, oder? Marion kann echt froh sein, dass sie dich los ist.«

»Komm schon, Frauke, jetzt stell dich nicht so an. Ich ruf dich später an, okay?«

Sie zögert. Die Straßengeräusche sind verschwunden. Plötzlich ist es ganz still auf ihrer Seite.

»Okay, dann gehe ich jetzt erst mal einkaufen. Die Karten habe ich ja noch. Und du rufst später wieder an?«

»Verlass dich drauf.«

»Okay. Aber pass auf wegen Bernd. Der steht bald bei dir auf der Matte, jede Wette.«

Von der *Rue Berger* biege ich in die *Rue Wesenberg-Gräfe* ein, der kleinen Hauptstraße unseres Quartiers. Hier kann man viele schöne Sachen kaufen, und dort hinten wartet die Pornoportugiesin in ihrem Supermarkt, und alles kommt mir so vertraut vor, dass ich von dem dringenden Bedürfnis überfallen werde, meinen Kontostand zu checken. Ich betrete daher den Automatenraum *meiner* Bankfiliale, und der aktuelle Kontostand beträgt genau vierundvierzig Millionen dreihundertzweiundsechzigtausendzweihundertsiebzehn botswanische Pula. Damit bin ich immer noch das, was man eine gute Partie nennt. Ich hebe also einen Teil meines Vermögens ab, um nachher mit Mari oder mit wem auch immer ein wenig flexibel sein zu können und um – auf keinen Fall sollte ich das vergessen – eine stattliche Anzahl jener Pillen zu erwerben, von denen ich eventuell schon sehr bald abhängig sein werde.

Ich habe Geld. Und ich habe, ganz im Gegensatz zu Paul Carragher, der mich gerade mit seinem Mobiltelefon zu erreichen versucht, Haare. Und zu guter Letzt besitze ich noch Reste dieses Baguettes, das unter Umständen das schmackhafteste Baguette ist, das seit der Einführung des computergestützten Währungshandels gebacken wurde. Es gibt einfach solche Tage. Tage, an denen alles passt: Man bekommt Anrufe, man redet mit Leuten, man arbeitet, wird gefeuert, vergnügt sich in Restaurants und Varietés, man nimmt sich endlich mal wieder die Zeit für ein Buch. Oder für die Natur. Ich sitze mittlerweile auf einer Bank im Park. Da hinten torkelt Oma mit ihrem besonderen Hund. Die Sonne ist dabei, alles Leben zu vernichten. Ich sage:

»Hallo?«

»Frank, it's Paul. What's up? Everything okay?«

»Sure, no prob. And you?«

»Yeah, fock them. I mean … fock them.«

»So, what do you want?«

»Let's go out tonight. I tell you, we should go out tonight and have some fun. I mean, who gives a shit about a bunch of cheesy frogs? And also: Sheryl has been crying for two hours now.« Paul macht eine Pause. Er nimmt praktisch Anlauf und brüllt dann: »I'M GETTIN' CRAZY HERE, **FOR FOCK'S SAKE**.«

»Look«, erkläre ich in sachlichem Ton. »I already have a few things on the agenda today. So, let's talk later. But in theory my answer is: Yes.«

»Great. I'll call you later. Cheers, mate.«

»Wait«, sage ich.

»What?«

»One question.«

»What?«

»Shouldn't we invite Monsieur Druliolle? I mean, wouldn't this be a noble, a truly British gesture?«

Wieder eine Pause. Vorsorglich halte ich den Hörer etwas weiter vom Ohr weg, doch dann flüstert Paul beinahe:

»I tell you, if I meet Lucien today, I'll open up his fockin' skull. I will fockin' smash his fockin' skull.«

»Great«, sage ich. »See you later then.«

Die Straße, durch die ich zehn Minuten später komme, ist ohne weiteres als die meinige zu identifizieren. Es ist ganz still. Der Bärtige träumt hinter seinem Tresen. Ich sehe diese Häuser und den katastrophal blauen Himmel darüber. Und ich sehe einen schwarzen *Corps Diplomatique*-Cayenne auf einem Behindertenparkplatz. Von Bernd selbst allerdings keine Spur. Vor meinem Haus, im Treppenhaus, vor meiner Wohnungstür, hinter dem Duschvorhang – kein Bernd, er ist nicht da. Und ich bin einfach zu beschäftigt, um darüber nachzudenken, warum.

Hokkaido

Es ist verrückterweise nach wie vor Samstag. Etwa einen Meter über dem Kopfsteinpflaster der Place Molard, auf der ich momentan sitze und ein Getränk zu mir nehme, dessen Namen eben eine junge, sehr schöne Japanerin für mich aussprechen musste, etwa einen Meter also über den schwarz oder anthrazit glänzenden Steinen flimmert

die Luft auf eine so entsetzliche Weise, dass ich immer
wieder und für lange Zeitabschnitte die Augen schließe.
Dabei stehe ich wahrscheinlich noch nicht unter Dro-
geneinfluss! Ich nehme daher einen weiteren Schluck,
schaue sodann auf meine schwachsinnige Uhr und rü-
cke anschließend meine sogenannte Sonnenbrille zu-
recht. Und dann nehme ich schon wieder einen Schluck.
Mari schaut mir bei meinen vielfältigen Aktivitäten zu.
Sie findet es nicht schlimm, dass ich keinen Job mehr
habe. Sie will mit mir nach Japan fliegen, mir alles zeigen
und neue Pillen besorgen, und heute trägt sie eine weite
schwarze Leinenhose, ein enges schwarzes T-Shirt und
flache schwarze, unglaublich japanische Sandalen. Eben
haben wir uns zusammen die Gedichte angehört, die ich
gestern – untermalt vom Araber-Gejaule im *Maison Kebab* – auf ihr Handy gekreischt habe. Erschreckend, zu
was ich fähig bin. Erschreckend auch, was für Leute es
wagen, sich in meiner unmittelbaren Nähe aufzuhalten.
Am Nachbartisch sitzt also dieses total verhauene amerikanische Touristenpärchen. Es sitzen *immer* irgendwelche Amerikaner an meinem Nebentisch. Diese hier sind
über den Großen Teich gekommen, um ihre alten Kumpel
Shwartzer & Gonzales zu besuchen, mit denen zusammen
sie früher, bevor Gott in unser aller Leben trat, andere
psychisch Kranke ausgeraubt haben. Am Tisch neben den
Amerikanern: Spanier oder domestizierte Südamerika-
ner. Neben den Spaniern: eine Familie aus dem wunderbaren Königreich Saudi-Arabien. Man lässt sich gerade
von einem Sklaven Limonade nachschenken, weswegen
ich Mari nun schon zum zweiten Mal anflehe, doch bitte

endlich mit mir von hier zu verschwinden, vielleicht auf das Boot oder irgendwo anders hin, und während ich etwas leiernd Vorschläge unterbreite, explodiert es in meinem Gehirn, fangen plötzlich zerebrale Leitungen und Kontakte und Schaltstellen an zu sirren, und ich höre Geräusche, wahrscheinlich meine eigenen Worte, als nicht enden wollendes Echo. Damit steht zumindest fest: Mari (»Today we will do it. But we have to stay together and we must take care of each other. It's a little bit dangerous – but it's quite something, you will see«) hat mir für diese Premiumtablette auf gar keinen Fall zu viel versprochen. In einer beklemmend präzisen Vision breitet sich der Ablauf der kommenden Stunden vor mir aus. Da sind zum Beispiel: lange schwarze Haare. Sie flattern wild im Fahrtwind hin und her. Zweifelsfrei bin ich in einem sehr schnellen Auto unterwegs. Vermutlich habe ich sogar ein Ziel. Doch jener Ort erscheint nebensächlich. Was zählt, ist: Ich sitze in diesem Auto, dessen Dach man entfernt hat, und neben mir rast eine geheimnisvolle Sushi-Kellnerin mit Lichtgeschwindigkeit durch eine fantastische Landschaft.

Mari und Frauke – innerhalb eines Tages lassen mich gleich zwei außergewöhnliche Autofahrerinnen an ihren gemeingefährlichen Vorstellungen von Mobilität teilhaben. Ich sehe uns mit den Augen anderer Verkehrsteilnehmer. Ich sehe einen metallenen Blitz, einen Schatten, eine aufheulende Fata Morgana. Doch außer einer auf dem Asphalt zerquetschten Katze *gibt* es keine anderen Verkehrsteilnehmer. Wir kommen durch leere Dörfchen, kleine Waldfetzen, wir jagen über verbrannte Felder, durch sanfte Ebenen. Wo sind wir hier eigentlich? Ist das noch Europa? Mari legt Musik ein, und dann, später, schwimmen wir etwas. Sie und ich, wir landen immer irgendwie am oder auf oder im Wasser. Dieses Wasser hier gehört zu einem sehr großen, mir immerhin bekannt vorkommenden Binnengewässer. Mari erzählt von ihrer Internatszeit auf Hokkaido, von langen, schneereichen Wintern, von Häusern aus Papier, von Algenseife, von Gespenstern im Brunnen, vom Murmeln der Gebirgsbäche und von den ersten Vogelstimmen, wenn der Frühling endlich gekommen war. Ich erzähle noch mal davon, wie ich heute gefeuert wurde, was für ein Gefühl ich dabei hatte, was für eine unendlich reichhaltige Auswahl an Gefühlen ich dabei *nicht* hatte. Doch Mari interessiert sich mehr für Brieföffner-Mann. Sie will alles über ihn wissen; sie ist regelrecht vernarrt in diesen kleinen Idioten, und als ich ihr schließlich selbst seine Schuhgröße genannt sowie seine sieben geheimsten Strangulierungswünsche beschrieben habe, fragt sie mich unvermittelt, ob ich ernsthaft glaube, dass Brieföffner-Mann existiert.

Was soll das denn? Heute Morgen marodierte meines Wissens noch keine Pille durch mein Nervensystem; daher sah ich heute Morgen, im Gegensatz zu jetzt, auch noch keine drei Sonnen an diesem brennenden Himmel über mich lachen. Wir liegen im Gras. Ich ziehe Maris Bikinihose nach unten und lasse meine Zunge über den schmalen, heute kurzrasierten Streifen Schamhaar wandern. Es riecht nach See. Mari spreizt die Beine. Ihre Schamlippen sind kühl und feucht. Ich öffne sie etwas, jetzt sind sie warm und feucht.

Mari hat sich mit den Ellenbogen abgestützt und beobachtet mich. Auf ihrem Bauch vermischen sich See-
wassertropfen mit Schweiß. Wobei der Schweiß wiederum eine Mischung aus ihrem und meinem darstellen
dürfte. Ich verstehe Mari nicht. Was ändert das schon,
wenn es Brieföffner-Mann gar nicht gibt? Ich meine, bin
ich Descartes? Briefe gibt es schließlich auch nicht mehr.
Was zählt, ist, dass es nun weitergeht, dass Maris Haare
wieder im Wind flattern, dass unser schwarzes Auto, vor
dem ich, besäße mein Hirn noch die dafür notwendigen
Rezeptoren, Angst hätte und das angeblich Maris Tante
gehört, durch nun abendliche Landschaften rauscht. Es
ist wahr, auch dieser Tag geht zu Ende. Die Sonnen sind
im Begriff unterzugehen. Das Wort Untergang, aber auch
ein winziges, sich wahrscheinlich nur für Sekunden öff-
nendes und danach für immer schließendes Zeitfenster
relativer Klarheit und relativen Pflichtbewusstseins in-
spirieren mich, Paul anzurufen und mit ihm die Rahmen-
daten des bevorstehenden Samstagabends abzuklären.

Paul, das wittere ich durchs Handy, ist bereits hinüber.
Keine Ahnung, wo er Sheryl abgelegt hat, ob sie überhaupt noch auf dem Kontinent weilt, aber er ist bester
Laune. Obwohl er schätzungsweise bereits vier Suppen-
teller in Whisky gedünsteter Antidepressiva ausgelöffelt
hat, ist er sofort mit einem weiteren Imbiss einverstanden.
Der Einfachheit halber und auch weil ich Experimente
hasse, weil ich generell den Fortschritt der Menschheit
weder anerkenne noch befürworte, schlage ich das *Sumo
Kushiyaki* vor.

»That place from last week?«, fragt Paul. Das Kurzzeitgedächtnis dieses Inselaffen funktioniert tadellos. »That Japanese place with these two hot Yoko Ono-waitresses? Well … why, the fock, not?«

Ich informiere meinen ehemaligen Kollegen darüber, dass eine der beiden Yoko Onos momentan (kopfschüttelnd) neben mir sitzt und die Straßen des grenznahen Frankreich, des schönen Departements Haute-Savoie, in anarchische, tropfende Totenzonen verwandelt.

Paul braucht einen Augenblick, bis er diese Information verarbeitet hat. Dann aber, bevor wir das Gespräch beenden und ich mich wieder ganz den draußen vorbeiziehenden Pappmaché-Welten, den unterirdischen Weinbergen, den kleinen Froschkiller-Châteaus, den in Nanosekunden auf- und abtauchenden Marktplätzchen mit ihren blumenverzierten Guillotinen widmen kann, bevor in meiner holzartig verhärteten Seele erneut diese heiseren Gesänge beginnen, die Marion wahrscheinlich an ihre trüben Nachmittage mit der Buckelwal-CD erinnern würden, kurz bevor ich also zurückkehre ins Reich der aus Pillen aufgeschütteten Venushügel, bezeichnet mich der ausgewiesene PR-Fachmann Paul Carragher anerkennend als »Fockin' Kraut cunt«.

Ich schaue mir die Gegend an. Ich schaue Mari an. Sie hat recht. Brieföffner-Mann hat nie existiert. Die Digitalanzeigen des Cockpits leuchten. Es ist: 19:36. Die Außentemperatur beträgt: 31° Celsius. Und dann – wie ist das nur möglich? – drückt Mari das Gaspedal noch weiter durch.

tot

Wir trafen uns schließlich nicht im *Sumo Kushiyaki*, sondern im *Trenta Cani*, ein kleiner Italiener irgendwo in
der millionenschweren Grenzregion zwischen Malagnou
und Champel. Mit »wir« meine ich eine Mischung völlig
unterschiedlicher Charaktere und Lebensentwürfe, die
Paul und ich im Wesentlichen nach den Prinzipien der
Chaostheorie komponiert hatten. Außer Mari und mir
waren anwesend: Céline Reymond nebst ihrem Gatten
Alexandre (einem geradezu obszön froschfresserischen
Froschfresser), das Ehepaar Paul und Sheryl Carragher,
Frau Frauke Wesenberg-Gräfe, demnächst eventuell wieder nur Wesenberg (kurzhaarige, austherapierte Exil-
Germanin mit Fitnesspsychose), sowie Collin oder Kevin
oder was weiß ich, dieser Schotte aus dem Büro, den ich
ausschließlich in Restaurants treffe. Wir alle aßen – an-
dernfalls hätte sich dieser ölige Spagetti mit dem Notiz-
block umgebracht – vorweg Meeresfrüchtesalat und dann
selbstgemachte Pasta mit verschiedenen Sachen darin
oder darüber. Dazu tranken wir zehn Flaschen Rot- und
vier Flaschen Weißwein, wobei letztere ausschließlich
durch die Carraghers erledigt wurden. Im Nachhinein
lässt sich nicht behaupten, dass eine bestimmte Atmosphäre an diesem Abend dominierte. Die Stimmung änderte sich vielmehr mehrfach, aber das ist nur ein privater
Eindruck von mir, dem man nicht unbedingt Vertrauen
schenken muss. Denn für mich änderten sich im Verlauf
des Abends auch *wiederholt* die Farbe der Wände sowie
die Motive der Gemälde an den Wänden. Anders aus-

gedrückt: Während dieser gut dreieinhalb Stunden im *Trenta Cani* durchlebte ich (und schätzungsweise auch Mari) Reisen, die mich von den Wipfeln eines guatemaltekischen Urwaldriesen in die theoretischen Verästelungen der großen chinesischen Kulturrevolution und von dort in die neuronalen Netzwerke eines Pantoffeltierchens transportierten. Gleichzeitig, und das macht die unendliche Überlegenheit japanischer Drogenforschung aus, besaß ich noch Kapazitäten, die am Tisch geführten Gespräche mit exquisiten Beiträgen zu bereichern. Zum Beispiel ganz am Anfang, als Alexandre in unnachahmlicher Kennermanier, ganz so, als wäre er der Hochkommissar der Grande Nation persönlich, Weine für die Runde auswählte und dafür einen ersten aggressiven Kommentar von Paul einstecken musste, rettete ich die Situation, indem ich erklärte, dass es aus Sicht des Reiches immer noch die gesündeste Lösung sei, wenn sich Frankreich und Britannien gegenseitig ausrotteten. Damit war Paul augenblicklich aus dem Schneider und konnte sich weiter angeekelt seiner von Beginn an volltrunkenen und immer weitertrinkenden Ehefrau widmen, während ich federleicht die sauertöpfische Miene Alexandres mit Célines geradezu beglücktem Lächeln verrechnete.

Wir amüsierten uns also. Alltagsprobleme, schwerwiegende Persönlichkeitsstörungen, die bleierne Sehnsucht nach irgendeinem Ende – für Stunden traten derlei Ärgernisse in den Hintergrund. Dort allerdings wucherten sie umso ungestörter und ungehemmter weiter, weswegen speziell ich zeitweise annehmen musste, dass einige der anwesenden Personen komplett wahnsinnig geworden waren. Ich meine zum Beispiel Alexandre: Dieser Trottel glaubte ernsthaft, wir würden uns für seine Geschichten, für die bizarren Abenteuer interessieren, die man als Immobilienmakler in den grenznahen Departements erleben kann. Der Mann wollte sich gar nicht mehr beruhigen. In einer Art Bekenntnisrausch legte er Zeugnis ab von kotverschmierten Zwischenmietern oder in Wohnzimmern geparkten SUVs, und mit Ausnahme von Céline hingen wir tatsächlich alle an seinen widerlich fleischigen, mich irritierenden, ja erregenden Lippen. Dann, mit einem Mal, hatte Alexandre sein Pulver verschossen. Er sank in sich zusammen und widmete sich fortan wieder diesem Zwitschern in seinem Kopf, diesem elenden Gefiepe, das ihn seit seinem dreizehnten Lebensjahr verfolgt und das an jenem denkwürdigen Tag begann, als er diesem süßen, wehrlosen Katzenbaby den Kopf abbeißen *musste*. Alexandre war also etwa ab Flasche acht oder neun zu einem Teil der – diese Pille!! – außerordentlich wandlungsfähigen Kulisse geworden. Paul übernahm fortan fachmännisch das Ruder und informierte uns abwechselnd über die immensen Vorteile des Islams in Sachen Frauenhandhabung sowie die immensen Nachteile des Fußballclubs Manchester United in allen übrigen Bereichen. Zudem, für Paul ungewöhnlich, erklärte er sich mit einigen Aspekten der Amtsführung seines Idols Margaret Thatcher nicht einverstanden. Diese hätte nämlich, wenn es nach ihm und seinen *mates* gegangen wäre, nicht nur die Falklands zurückerobern, sondern gleich auch noch zum Festland übersetzen und die »fockin' cheating Hand-of-fockin'-God-Argies« in die Anden treiben sollen. An dieser Stelle erntete Paul einen kritischen Kommentar von Collin (Collin: »Fucking english cunt.« Paul: »What? Shall I ask for Buckfast, or what?« Collin: »Fucking english cunt«) sowie energischen Zuspruch von Frauke. Alle schauten sie überrascht an. Damit hatte selbst Katzenkopf-Alexandre nicht gerechnet. Ich hingegen wusste, Frauke dachte an diesen Argentinier, an ihre Affäre damals, die sie den Job bei der UN gekostet und endgültig dem Thai-Girl-Experten und Volljuristen Bernd Gräfe ausgeliefert hatte. Überhaupt: Frauke! Als Nationalsozialistin und werdende Mutter übernahm sie von Anfang an ein Stück Verantwortung. Ihr Humor, ihre Intelligenz, ihre Frisur – niemand am Tisch konnte sich der Aura dieser deutschen Frau entziehen, und meine private Sexrangliste dieses Abends wurde nicht grundlos von ihr angeführt. Also, Platz eins: Frauke Wesenberg-Gräfe (vierfach gekelterter *Silhouette Femmes*-Platinarsch), Platz zwei: Céline (Céline), Platz drei: Alexandre (aussagekräftiges Franzosen-Gesamtpaket mit Caligula-Ausstattung, irgendwie noch geiler als Hofstadt), Platz vier: Mari (nur deswegen so weit hinten, weil ich bereits einige Stunden zuvor ein an Sex erinnerndes Erlebnis mit ihr hatte, eine drogenbefeuerte Achterbahnfahrt in Richtung Herzkatheter, eine Werkschau, letztlich eine Prüfung).

Irgendwann ging ich zu den Toiletten. Alles schwankte, waberte, zerfloss, die Meeresfrüchte in mir waren zum Leben erwacht, und im Vorraum (!) der Toilette saugte plötzlich Sheryl (!) auf so professionelle Weise an mir herum, dass ich beinahe gekommen wäre, hätte mir nicht gleichzeitig eine bitter verächtliche Marion Gräfe fernmündlich zu meinem Frauen- und Frauke-Geschmack gratuliert.

Wenig später löste sich die Runde auf. Kreditkarten flogen in die Tischmitte, Taxis wurden gerufen. Am Ende gingen Paul, Mari und ich durch die leeren Straßen von Malagnou, und der Himmel war klar, und der plötzlich auffrischende Wind blies trockene Blätter und Papierfetzen über den Asphalt. Es war, als hätte sich der Herbst in die tropisch warme Luft eingeschlichen, und Paul erzählte von unseren früheren Abenden, von diesen immergleichen Abenden. Von irgendwelchen Prozessen, die er nicht mehr steuern könne. Von einer ganz eigentümlichen, brandneuen Angst. Mari und ich hörten zu. Wir hatten keine Ahnung, wovon er sprach. Die Pillen in uns arbeiteten. Sie arbeiteten immer weiter. Ihre Wucht nahm sogar noch zu. Trotzdem entdeckte ich als Erster die beiden Männer, die weiter vorn an der Straßenecke standen. Einer von ihnen sah tatsächlich aus wie Lucien, wie eine algerische oder tunesische, mit Jeans und Poloshirt verkleidete Ausgabe des schicken neuen *Suisse Forex*-PR-Königs Lucien Druliolle, und wahrscheinlich war es diese frappante Ähnlichkeit, die Paul veranlasste, es nicht bei seinen üblichen Beleidigungen zu belassen, sondern stehen zu bleiben.

Wie gesagt, ich glaube an den Zufall. Alles, was uns geschieht, ist Zufall. Niemand steuert. Warum sollte sich jemand die Mühe machen? Paul liegt auf dem Asphalt. Ich knie neben ihm und halte seinen Kopf. Die Wunde an seinem Hals, aus der er wie verrückt blutet, ist Zufall, ein Nebenprodukt. Mari telefoniert. Ruhig nennt sie der Einsatzzentrale unseren Standort, beschreibt die Umstände des Notfalls. Der Afrikaner steht mit seinem Kumpel einige Meter entfernt. Er weint. Immer wieder presst er dieselben Wörter hervor. Ist das Französisch? Oder seine schwachsinnige Muttersprache? Paul sagt nichts. Er röchelt nicht einmal. Die Stille, die von ihm ausgeht, ist wunderschön.

III.

Zum Beispiel: Ich sitze in der vollgepackten Kantine dieser UN-Unterorganisation, deren Buchstabenkürzel und Existenzzweck mir tatsächlich schon wieder entfallen sind, und ich lausche Gesprächen um mich herum, und ich bin dabei, etwas ganz Wesentliches noch einmal ganz neu zu begreifen: Absolut *jede* Sprache ist hässlich. Absolut jede Verständigung ist überflüssig. Es gibt überhaupt keine Ausnahmen. Sprachen sind unerträglich, weil sie Sprachen sind.

Amtssprache an dem Tisch, der direkt in meinem Blickfeld liegt, den ich praktisch observieren *muss*: Englisch. Und zwar das nasal-pikierte Upperclass-Englisch, das pumpende Subsahara-Englisch, das scharrende, hackende Balkan-Englisch, das quälend banale Südstaaten-Englisch, das katastrophale, kaum als Englisch zu erkennende Franzosen-Englisch. Thema: Dienstliches – *Herr im Himmel.* Natürlich haben alle Meinungen. Alle am Tisch geben allen am Tisch Gelegenheit, Meinungen zu formulieren. Dazwischen gierige Nahrungsaufnahme. Wie voll die Teller dieser Parasiten sind! Ich werde also aufstehen, mich als Mann der freien Wirtschaft vorstellen und die Leute fragen müssen, warum sie hier in diesem Laden herumsitzen und Standpunkte evaluieren und Kompromissformeln durchspielen, anstatt, so wie es sich verdammt noch mal gehört, Krieg gegeneinander zu führen, sich gegenseitig zu skalpieren und die gegnerischen Eingeweide zu nahrhafter Suppe zu pürieren.

Ich stehe jedoch nicht auf, denn gerade ist Bernd Gräfe erschienen und hat sich zu mir gesetzt. Wir schauen uns an. Es ist völlig sinnlos, die Sache vom Sommer noch einmal zu erörtern. Bernd sagt: »Es sieht nicht schlecht aus. Du bist auf der Shortlist.«

»Hervorragend«, sage ich.

Und dann schauen wir beide durch diese riesige Fensterfront nach draußen. Auf dem Rasen laufen Raben herum. In der Mitte der Grünfläche hat man eine Skulptur aus Metall aufgestellt. Ich habe das Gefühl, die Figur hat einen hohen Symbolgehalt.

Bernd sagt: »Ich schätze, du bekommst ein zweites Interview.«

Ich will auch darauf etwas antworten, doch im selben Moment lässt sich einer der Raben auf der Skulptur nieder, und an einem der Tische bricht vielstimmiges Gelächter aus, und diese beiden Ereignisse reichen völlig aus, um mich von meinem Vorhaben abzubringen.

Zum Beispiel: Ich sitze in einem Flugzeug und schaue auf Nord- oder noch Mittel- oder sonst irgendein England herunter, und ich erkenne bereits diese bräunlich roten Häuserzeilen, die sich über Hügel ziehen, zu Mustern formieren, zu Zentren verdichten, sich dann wieder im satten Grün der Landschaft verlieren oder Schnellstraßen werden, dann Autobahnen. Wir sind jetzt knapp unter den Wolken. Ich glaube, dort unten regnet es. Wir regnen. Einige der Straßen glänzen, von irgendwo muss eine Sonne scheinen.

Céline trägt ein einfaches schwarzes Kleid; ihre Haare sind zu einem Pferdeschwanz gebunden. Ich trage einen schwarzen Anzug, ein weißes Hemd und eine schwarze Krawatte. Am Anfang des Fluges, während der ersten Minuten, habe ich die Innenseite ihrer Oberschenkel gestreichelt. Sie hat meine Hand bis hinauf zu ihrem Slip geführt. Dann, lange bevor wir die Nordsee erreichten, war es damit vorbei.

Oder: Ich sitze in einem sogenannten Flugzeug, und zehntausend Meter unter mir breitet sich seit mindestens einer halben Stunde eine beigebraune Fläche aus. Ich tippe Mari an, die neben mir schläft, die jedoch nicht aufwacht, die also eventuell tot ist, wovor ich plötzlich sehr große Angst habe, und dann beruhige ich mich wieder, und ich lege meine Hand auf ihren warmen, weiterhin durchbluteten, immer noch tiefbraunen Arm, und schließlich schaue ich wieder auf diese Ebene hinab. Ist das die Wüste Gobi? Galoppieren Mongolen-Taliban dem Paradies entgegen? Womöglich trainieren die dort unten schon für den Weltuntergang.

Doch da ist nichts. Kein Haus, kein Baum, vielleicht Sand oder Geröll, eine geile, mich unmittelbar sexuell ansprechende Nur-noch-Fläche. Ich würde gern wissen, was am Boden zu hören ist. Ich meine außer dem Wind, und irgendwann, ganz am Ende, dem eigenen Herzen. Ich will das wirklich wissen.

Eine Stewardess kommt den Gang entlang. Ich frage

sie, welche Region wir momentan überfliegen. Sie beugt sich über Mari hinweg mir entgegen. Sie hat mich nicht verstanden. Also bestelle ich ein weiteres Glas Rotwein.

Oder: Beispielsweise dieses Trommeln. Ich gehe durch die Straßen in der Nähe des Kongresszentrums. Der Wind ist eisig. Ein Januarwind hat sich in den November verirrt. Er ist gekommen, um den Leuten die Haut zu trocknen und von den Gesichtern zu ziehen. Mir ist das gleichgültig. Ich folge einer Frau. Einer Polin oder Bulgarin oder Ukrainerin. Osteuropa auf jeden Fall. Ich folge dieser Frau, die natürlich gut ist, seit mehr als einer Viertelstunde. Taxis halten, Limousinentüren öffnen sich. Immer mehr Leute tauchen auf. Manche von ihnen holen Karten, die sie um den Hals tragen, unter ihren Mänteln hervor. Auch die Frau kramt jetzt in ihrer Handtasche, und es wäre schön zu wissen, was hier eigentlich los ist. Was für eine Krankheit oder Pflanzenfamilie all die Leute veranlasst hat, ihre wunderbaren Heimatländer zu verlassen.

Meine Position jetzt: unmittelbar hinter ihr. Der Wind trägt mir ein Parfüm zu, führt es an mir vorbei, zerstäubt es später irgendwo über den Alpen. Da vorn ist bereits der pompöse Eingangsbereich. Wo kommt bloß dieses Trommeln her? Plötzlich höre ich auch monoton leiernden Gesang.

Die Frau hat ihr Ziel erreicht. Sie verschwindet in der Drehtür und eilt den Sicherheitsschleusen entgegen. Ich werde sie nie wiedersehen, ich konnte ihr nicht einmal nachschauen. Denn ich bin zu abgelenkt; das Bild, das sich mir momentan bietet, ist zu stark: Eine Gruppe alter Komantschen, Apachen, Huronen, was weiß ich, steht direkt neben dem Eingang. Sie singen und trommeln und starren die Teilnehmer an. Ich meinerseits starre die Indianer an. Ich stehe direkt vor ihnen. Der Wind fährt durch ihre langen grauen Haare. Ihre faltigen Gesichter haben keinen Ausdruck. Sie singen immer weiter, und ich bin mir nicht mal sicher, ob die Lieder einen Text haben. Es wäre schön, wenn die Lieder keinen Text hätten.

Es wäre ein Anfang.

INGER-MARIA MAHLKE

Rechnung offen

Roman

Dass der kaufsüchtige Claas Jansen eine leerstehende
Wohnung im eigenen Mietshaus beziehen muss, hat weit
mehr Gründe als die Bankenkrise. Und nicht nur er sieht
sein früheres Leben in einem rasanten Abwärtsstrudel
verschwinden. Am Scheidepunkt zwischen Kiezwirklich-
keit und hipper Großstadt geht es um nicht minder Exis-
tenzielles. Jeder hat hier eine Rechnung offen: die afrika-
nischen Dealer, die ihre Schlepperkosten abarbeiten, die
alzheimerkranke Alte und der Hochstapler, die Kurzzeit-
domina, ihr achtjähriger Sohn und andere Gestalten –
eine globalisierte Notgemeinschaft.

Sensibel, radikal und mit ganz eigenem Ton entwirft
Inger-Maria Mahlke ein diagnostisches Zeitbild – eine
große Parabel über die Abgründe des Lebens am Rande
unserer gentrifizierten Welt.

*»Der Philosoph Sören Kirkegaard schrieb einmal, der Mensch
sei groß ›wie er elendig‹ ist. Selten wurde dieser Satz so ein-
dringlich bewiesen wie in ›Rechnung offen‹ von Inger-Maria
Mahlke.«* WDR 1Live

BERLIN VERLAG

ELISABETH RANK

Bist du noch wach?

Roman

Mit wem soll man darüber reden, dass es niemanden mehr gibt, mit dem man über alles reden kann?

Rea und Konrad sind Mitbewohner – und die allerbesten Freunde. Doch je näher Reas 30. Geburtstag rückt, desto deutlicher spürt sie ihre Unzufriedenheit: Sie hat das Gefühl, alle Clubs gesehen, alle Erfahrungen gemacht und alle wilden, schönen Sonnenuntergänge erlebt zu haben. Permanent muss sie sich hinterfragen: Kommt jetzt der nächste Schritt? Was hat ihr die Stadt noch zu bieten? Konrad scheint seinen Weg bereits geplant zu haben: ohne Rea. Und er hat plötzlich eine Freundin; die erste in all den Jahren. Rea erträgt die neuen Schritte in der Wohnung nicht, die neuen Geräusche. Also flüchtet sie in die Sorglosigkeit eines Urlaubs – nur, um dort die Verfahrenheit ihrer Lage noch deutlicher zu spüren. Freunde: Sie sind die Familie, die wir uns selbst aussuchen. Ihnen vertrauen wir oft mehr an als jedem anderen. Aber wie stabil sind unsere Wahlverwandtschaften? Elisabeth Rank schreibt nicht über den großen Streit, sondern über eine langsame Entwöhnung, ein Sich-Auseinanderleben mit dem eigenen Lebensplan.

»Ohne Worte. Einfach lesen. Glücklich sein.«   WDR 1 Live

BERLIN VERLAG